Jutta Böhrer

Hanna

Für meine Tochter Virginia
sie ist der
Sonnenschein in meinem Leben!

und

An
meine liebe
Mama!

Danke,
dass du immer
hinter mir
stehst!

Jutta Böhrer

Hanna

Roman

Bibliografische Information der Deutschen Nationalbibliothek:
Die Deutsche Nationalbibliothek verzeichnet diese Publikation in der Deutschen Nationalbibliografie; detaillierte bibliografische Daten sind im Internet über http://dnb.dnb.de abrufbar.

Herstellung und Verlag:
BoD – Books on Demand, Norderstedt

ISBN: 978-3-7392-2594-4

Inhaltsverzeichnis:

Kapitel 1 - Träume

Kapitel 2 - Irrungen

Kapitel 3 - Wirrungen

Kapitel 4 - Veränderungen

Kapitel 5 - Familie

Kapitel 6 - Versuchte Klärungen

Kapitel 7 - Wahrheiten

Kapitel 8 - Turbulenzen

Kapitel 9 - Heimat

Kapitel 1

Träume

Es war, als könnte sie die Sonne auf der Haut spüren, die Wärme der roten Erde fühlen, die durch ihre Finger rieselt.

Dabei war sie noch nie in diesem Land gewesen, aber es kam ihr so vertraut vor.

„Hanna, was ist los mit dir?"

Hanna schreckte auf und bemerkte jetzt erst, dass Tränen über ihr Gesicht liefen.

Sie blickte in das besorgte Gesicht ihrer besten Freundin Sabrina.

„Hanna, sag mir doch warum du weinst, ist etwas passiert? Hanna, so rede doch. Was ist los?"

Sabrina kniete vor Hanna, die in ihrem Lieblingssessel saß, und versuchte sie zu beruhigen.

„Hanna, bitte......."

„Es ist wieder vorbei."

„Was ist vorbei?"

„Schon wieder ist es vorbei ...."

Sabrina sah ihre Freundin beunruhigt an, denn sie konnte sie nicht verstehen.

„Hanna, sag mir doch was los ist."

„Ich hatte es schon fast zusammen, aber jetzt ist es wieder weg. Oh Sabrina, werde ich es mir jemals leisten können?"

„Also, nun der Reihe nach. Von was redest du?" fragte Sabrina geduldig.

„Also, ich......"

Hanna sah Sabrina verzweifelt an und brach in Tränen aus.

„Ich habe mich schon so darauf gefreut, immer kommt etwas dazwischen, und immer ist mein Geld weg, das ich gespart habe."

Sabrina wusste, so kam sie nicht weiter, sie stand auf, gab Hanna einen sanften Klaps auf die Schulter.

„Ich glaube, ich mach` uns erst einmal einen starken Kaffee."

Hanna sah Sabrina dankbar an und erhob sich.

„Ich geh schnell ins Bad und mache mich etwas frisch. Ich muss ja furchtbar aussehen."

Sabrina lächelte.

„Na, du hast schon besser ausgesehen. Ich habe einen Apfelkuchen mitgebracht, magst du ein Stück?"

„Oh ja, gerne."

Hanna drehte sich um, ging aus dem Zimmer Richtung Bad. Sabrina sah ihr nachdenklich nach. Wie dünn sie geworden ist, dachte sie.

Das ist mir in letzter Zeit gar nicht so aufgefallen. Hanna war ja schon immer schlank, aber in dieser schwarzen schmalen Hose und dem kurzen grauen Wollpullover, der gerade bis zur Taille reichte, fiel erst richtig auf, wie schmal sie geworden war.

Sabrina machte sich große Sorgen um Hanna. Sie war in letzter Zeit so traurig und still, dass passte so gar nicht zu ihr, wo sie doch immer so fröhlich und spontan war.

Ob es wohl etwas mit dem Angriff auf Hanna in der Straßenbahn zu tun hatte?

Sabrina erinnerte sich noch gut, es war ungefähr vor einem guten halben Jahr, mitten im Sommer.

Hanna wollte von einem Einkaufsbummel, in der Stadt, nach Hause fahren. In der Straßenbahn wurde sie dann von zwei Frauen angegriffen, eine fasste sie an den Haaren und schlug nach ihr. Hanna war danach so aufgelöst und ängstlich, dass Sabrina sie kaum beruhigen konnte.

Das Schlimmste für Hanna war, dass niemand ihr in der Straßenbahn geholfen hat. Alle Fahrgäste sahen entweder aus dem Fenster oder lasen in ihrer Zeitung. Es hatte lange gedauert, bis Hanna wieder alleine mit der Straßenbahn fahren konnte. Sabrina dachte, Hanna habe es überwunden, aber das braucht wahrscheinlich auch seine Zeit.

Aber fest steht, dass dieses Ereignis Hanna doch verändert hatte, wenn auch nicht offensichtlich.

Sabrina seufzte, ging in die Küche um Kaffee zu kochen. In der Küche blieb sie vor dem Fenster stehen, sah hinaus, stellte fest, dass es zu regnen aufgehört hatte und die Sonne sich langsam ihren Weg durch die Wolken bahnte. Es schien als wolle der Winter endlich zu Ende gehen.

Sabrina freute sich so sehr auf den Frühling, dass ihr jeder Sonnenstrahl wie ein Geschenk vorkam.

So, jetzt mache ich endlich Kaffee, dachte sie, nahm die Kaffeekanne, und goss Wasser hinein.

Hanna fühlte sich elend und irgendwie kindisch, so aus der Fassung zu geraten, aber zurzeit wurde ihr alles zu viel.

Sie betrachtete sich im Spiegel, die dunklen Augenringe und die blasse Hautfarbe passten so gar nicht zu ihr, wo sie doch eigentlich ein dunkler Typ war, mit den nussbraunen, langen Locken und den dunkelbraunen Augen.

„Na, altes Mädchen, wir haben aber auch schon besser ausgesehen." sagte sie zu ihrem eigenen Spiegelbild.

Sie drehte den Kaltwasserhahn auf, und wusch sich ihr Gesicht mit eiskaltem Wasser. Danach fühlte sie sich schon besser, nahm die Bürste in die Hand und bürstete ihre Haare energisch, flocht sie zu einem dicken Zopf zusammen, und sah sich im Spiegel noch einmal an. Sie dachte, na, schon besser, hoffentlich behalte ich die Nerven, wenn ich Sabrina alles erzähle. Wir werden sehen. Hanna roch den frisch aufgebrühten Kaffee aus der Küche. Sie freute sich darauf.

Hanna legte die Haarbürste wieder an ihren Platz und verließ das Bad. Sie ging den schmalen Gang entlang, in dem nur eine kleine Garderobe, für Jacken und Mäntel und ein Schuhschrank mit Spiegel stand.

Hanna blieb am Türstock zum Wohnzimmer stehen und betrachtete es, wie nett sie es doch eingerichtet hatte, mit den vielen Pflanzen und ihrem Lieblingsplatz, der aus einem alten Ohrensessel, den sie auf dem Flohmarkt gekauft hatte, und der großen Palme bestand, die hinter dem Sessel stand. Die Palme gab dem Wohnzimmer so ein südliches Flair. Neben dem Sessel stand ein kleines Tischchen mit Zeitungen und dem Buch, in dem sie gerade las. An der langen Wand, neben ihrem Lieblingsplatz, stand ein Bücherregal, das immer aussah als würde kein Buch mehr hineinpassen.

Am Esstisch, der in der anderen Ecke des Raumes, direkt am Fenster stand, saß Sabrina und wartete auf sie.
„Der Kaffee riecht ja herrlich." sagte Hanna
Sabrina sah von ihrer Zeitung auf, in der sie gerade las.
„Na endlich, ich dachte schon du hast mich vergessen, setz dich, dann können wir anfangen."
Hanna setzte sich an den runden Tisch und ließ sich von Sabrina eine Tasse Kaffee eingießen.
Sie goss reichlich Milch dazu und nahm sich ein Stück Apfelkuchen.
„Schmeckt prima."
„Freut mich, ich habe ihn heute früh frisch gebacken."
Nachdem beide reichlich Kuchen gegessen und Kaffee dazu getrunken hatten, fand Sabrina, es war an der Zeit, dass Hanna ihr nun erzählte was passiert war.
„Hanna!"
„Ja...."
Hanna wurde ganz mulmig, denn sie kam sich wegen des Ausbruchs so albern vor.
„Hanna, sag mir doch was passiert ist."
„Ich weiß nicht, wo ich anfangen soll. Außerdem habe ich Angst, du könntest mich auslachen, weil ich wegen so etwas in Tränen ausbreche."
„Ich lache dich nicht aus."
Hanna schluckte und sagte
„Mein Traum............."
Jetzt begriff Sabrina.
„AUSTRALIEN!"
„Ja........"
„Was ist passiert."
„Ach, ich hatte mir doch extra ein Sparbuch angelegt, dass weißt du doch. Oder?"

„Ja.“

„Jetzt ist das ganze Geld wieder weg, was ich schon gespart hatte.“

„Wie viel?“

„2500 €“

Sabrina war überrascht.

„Aber wie?“

Hanna seufzte.

„Als ich gestern früh auf den Weg zur Arbeit war ist mein Auto plötzlich stehen geblieben. Ich habe es immer wieder probiert, aber es hat keinen Mucks mehr getan.“

„Und weiter?“ fragte Sabrina

„Na ja, ich wurde abgeschleppt, und der Meister der Autowerkstatt hat gesagt, er würde mich heute anrufen, ob man noch was machen kann. Das hat er dann auch getan. Ist noch Kaffee da?“

Sabrina nahm die Kaffeekanne und sah hinein ob noch etwas in ihr war.

„Ja, noch gut zwei Tassen. Magst du noch eine Tasse?“

„Ja, gerne.“

Sabrina goss in beide Tassen Kaffee und Milch.

Hanna nahm dankbar die Tasse und trank sie mit großem Durst leer.

Sabrina sah ihre Freundin fragend an.

„Was hat der Werkstattmeister nun gesagt?“

„Er sagte, dass mein Auto einen Motorschaden hat und die Reparatur gut 3000 bis 3500 € kosten würde. Er hat mir geraten, es sei besser, mir gleich ein neues Auto zu kaufen. Er hätte da einen gebrauchten Kleinwagen in gutem Zustand für ca. 2500 €. Ich brauche ja ein Auto und wenn er in Ordnung ist, werde ich ihn kaufen.“

„Das Geld musst du von deinem Sparbuch nehmen?"
„Ja, meine anderen Ersparnisse sind ja für die neue Wohnung und das neue Fahrrad draufgegangen."
Sabrina lächelte ihre Freundin an.
„Da ist ja wirklich alles zusammengekommen."
„Ich hatte mich schon so darauf gefreut, jetzt muss ich es wieder verschieben. Manchmal denke ich, dass ich nie nach Australien komme."
„Ach, das glaube ich nicht, du wirst es schon noch schaffen. Aber, deswegen so aus der Fassung zu geraten."
„Ich weiß", sagte Hanna „ich komme mir jetzt auch ganz albern vor. Sabrina, ich glaube, manchmal spielen mir meine Nerven einen Streich."
„Das wäre auch kein Wunder, nachdem was du in letzter Zeit alles durchgemacht hast. Geht's jetzt wieder?"
Hanna sah ihre Freundin an.
„Ja, mir geht es schon viel besser. Das Reden hat mir gut getan. Wollen wir ein Glas Wein trinken Sabrina? Ich habe dir noch was Erfreuliches zu erzählen."
Hanna lächelte, stand auf, ging in die Küche um eine Flasche Rotwein zu öffnen. Mit der offenen Flasche Wein und zwei Gläsern kam sie wieder ins Wohnzimmer zurück.
„Na, schon gespannt?"
„Ja, sehr."
Sabrina nahm ihrer Freundin die Gläser ab und stellte diese auf den Tisch. Hanna goss Wein in die Gläser und beide tranken einen Schluck.
„Was ist das für eine gute Nachricht?" Sabrina konnte es vor Spannung fast nicht mehr aushalten. Hanna genoss es ein wenig, ihre Freundin so zu sehen. Wollte sie aber nicht länger auf die Folter spannen.

„Die Mansarde oben ist frei geworden. Frau Kampfer sucht einen Nachmieter. Uuuund ...."

„Und was, nun sag schon Hanna."

„Ich habe dich als Nachmieterin vorgeschlagen."

Sabrina konnte es nicht fassen.

„Was hat Frau Kampfer dazu gesagt?"

„Das du vorbei kommen sollst, um sie dir anzusehen. Wenn sie dir gefällt, brauchst du nur noch den Mietvertrag zu unterschreiben."

„Wie hast du das gemacht?"

„Ich habe Frau Kampfer nur von dir vorgeschwärmt."

„Oh Gott, was hast du ihr denn gesagt?"

„Nichts besonderes, ich habe Frau Kampfer nur gesagt, was du so machst und was du für ein Mensch bist. Keine Angst, ich habe ihr nichts vorgelogen, ich habe ihr nur die Wahrheit gesagt. Natürlich habe ich ihr gesagt, dass du meine beste Freundin bist. Das hat sie dann überzeugt."

Sabrina stiegen Tränen in die Augen, und sie fiel ihrer Freundin um den Hals.

Hanna lächelte.

„Na, jetzt übertreibst du es aber mit den Tränen."

Sabrina musste herzhaft lachen.

„Darauf müssen wird anstoßen."

Sie nahmen beide ihre Weingläser in die Hand und stießen sie klirrend aneinander.

Hanna freute sich so sehr mit ihrer Freundin, dass Australien im Moment vergessen war.

„Hau Ruck." sagte der Möbelpacker, der den oberen Teil des massiven Regals gerade noch halten konnte. Er schrie.

„Karl, fass doch endlich mit an, ich kann das schwere Teil kaum noch halten. Musst du jetzt auch noch eine Zigarette rauchen. Wir sollten das Monstrum erst hinauf tragen."

Karl, der zweite Möbelpacker, stöhnte.

„Ja, ja, ist ja schon gut. Hätte ich geahnt dass dieses Regal so schwer ist, hätte ich Josef noch angerufen. Zu zweit ist das ja kaum zu schaffen. Kannst du es noch kurz halten, ich mach' nur schnell die Zigarette aus."

Karl drückte seine Zigarette am Treppenabsatz aus und fasste das Regal am unteren Ende.

„Ich habe es, es kann losgehen."

„Also, wenn ich 'Hepp' sage, heben wir es gleichzeitig an und dann geht's rum um die Kurve."

Karl dachte, dieser fränkische Dialekt, da werde ich wohl immer ein Problem haben. Na ja, wenn man aus dem „hohen" Norden kommt hat man so seine liebe Müh. In der Hoffnung, dass er Fritz richtig verstanden hatte sagte er.

„Okay, so machen wir es."

Fritz vergewisserte sich noch mal, dass er das Regal auch sicher in der Hand hatte.

„Hepp!"

Mit vereinten Kräften zogen sie das Regal um die Kurve der Treppe.

Fritz dachte, noch einmal, dann haben wir es geschafft.

„Also, Karl, noch ein Stockwerk, dann ist das Regal oben."

„Das auch immer die schwersten Möbelstücke in das oberste Stockwerk müssen."

„Also, noch mal. Hepp!"

Sie hatten es geschafft. Sie waren im vierten Stock angelangt.

„Das war ja eine Glanzleistung. Jetzt haben sie sich aber eine Brotzeit verdient. Wenn sie das Regal nur noch schnell in das Wohnzimmer tragen könnten." sagte Sabrina.

„Aber gerne." sagte Fritz, der sich auf eine gute Brotzeit freute. Als beide das Regal verstaut hatten, setzten sie sich auf zwei Hocker und ruhten sich erst einmal aus.

„Meine Freundin müsste gleich wieder da sein. Sie ist schnell zum Metzger gefahren um was Herzhaftes zum Essen zu holen. Wollen sie derweil Kaffee, Bier oder etwas anderes zu trinken?"

„Oh, ein Bier wäre nicht schlecht, nicht wahr Karl?"

„Gerne." stöhnte Karl der noch ganz außer Atem war.

„Gut, ich hole welches." sagte Sabrina und ging in die kleine Küche, die noch nicht ganz eingeräumt war, holte zwei Gläser aus einem Karton, hielt sie gegen das Licht, um zu sehen ob sie sauber waren. Dann nahm sie zwei Flaschen Bier aus dem Kasten und ging ins Wohnzimmer um es den Möbelpackern zu bringen. Sabrina reichte ihnen das Bier und wartete auf Hanna. Sie dachte, wie schnell das gegangen war mit der Wohnung. Nach dem Gespräch mit Hanna in ihrer Wohnung, wo sie ganz schön beschwipst waren, hatte sie sich sofort mit Frau Kampfer verabredet. Diese hatte ihr dann die Wohnung gezeigt. Sabrina war sofort begeistert, die Wohnung war hell und geräumig, zwei

Zimmer, ein Wohnzimmer und ein Schlafzimmer, eine kleine Küche mit Essplatz.

Natürlich das Badezimmer nicht zu vergessen mit der großen Badewanne. Was Sabrina toll fand war, dass die Toilette separat lag. Vom Wohnzimmer aus ging ein Balkon zur Südseite hinaus. Im Sommer wollte sie Geranien und Lobelien und Minirosen anpflanzen.

Wo Hanna nur bleibt, dachte Sabrina.

Da klingelte es schon an der Tür. Sabrina öffnete, vor der Tür stand eine leicht genervte Hanna.

„Also, der Verkehr, zum Verzweifeln. Ist das Regal schon oben?"

„Ja, Karl und Fritz haben jetzt aber einen riesigen Hunger. Gott sei Dank, bist du jetzt da."

„Ich habe uns auch was mitgebracht, Nudelsalat von der guten Metzgerei am Hauptmarkt."

„Super, komm jetzt, sonst verhungern uns die beiden noch."

Nachdem sie gegessen hatten verabschiedeten sich die zwei Möbelpacker. Sabrina gab ihnen noch ein Trinkgeld und bedankte sich. Dann waren beide alleine.

„Wenn das alles schon eingeräumt wäre." sagte Sabrina und blickte dabei auf die vielen Kartons die noch zum auspacken waren.

„Ich kann dir ja helfen." bot sich Hanna an.

„Das brauchst du nicht, ich habe Semesterferien, also genügend Zeit. Es stehen auch keine Klausuren an, muss demnach auch nicht lernen."

„Meinst du, dass schaffst du alles?"

„Aber ja, außerdem sollst du dich richtig auskurieren. Nach deiner schweren Bronchitis hast du Erholung bitter nötig. Schlaf dich richtig aus." sagte Sabrina besorgt.

„So toll fühle ich mich noch nicht, ich habe ja auch noch eine Woche frei. Vielleicht sollte ich mich richtig ausschlafen."

„Ja, das solltest du tun, schalte dein Telefon ab und lege dich in dein Bett ohne den Wecker zu stellen. Schlafe so lange, bis du von selber aufwachst."

„Glaubst du?" fragte Hanna.

„Aber ja, und wenn ich mir Sorgen mache, ich habe doch einen Schlüssel für deine Wohnung, kann also nachsehen, ob es dir gut geht."

Hanna gähnte.

„Ich glaube, dass ist eine sehr gute Idee."

„Aber sicher, die ist ja auch von mir." lachte Sabrina und schob ihrer Freundin sanft aus der Wohnung.

„Leg dich aber gleich in dein Bett."

„Mach ich, bin auch sehr müde, gute Nacht."

Hanna musste lachen, weil es ja noch mitten am Tag war.

„Schlaf gut." sagte Sabrina und schloss die Tür.

Hanna drehte sich um, ging die Stufen zum zweiten Stock hinunter und schloss die Wohnungstür auf und ging hinein.

Als erstes ging Hanna in die Küche, um den Wasserkocher einzuschalten, denn sie wollte sich einen Tee kochen. Nachdem sie Tasse und Teebeutel bereitgestellt hatte, ging Hanna in ihr Schlafzimmer und zog ihren Baumwollschlafanzug an.

Das Telefon klingelte. Hätte ich es doch nur gleich ausgesteckt, dachte Hanna.

Sie ging ins Wohnzimmer zurück und nahm den Hörer ab.

„Timmler."

„Wie bitte?" sagte die Stimme am anderen Ende der Leitung.

„Timmler, Hanna Timmler." sagte Hanna ungeduldig.

„Hallo Hanna, ich bin es, Herr Baumgartner."

„Oh, Herr Baumgartner, ist etwas nicht in Ordnung?" Hanna war ganz aufgeregt, es bedeutete nicht immer etwas Gutes, wenn ihr Chef anrief.

„Aber nein, Hanna, es ist alles in Ordnung, ich wollte doch nur wissen, wie es dir geht."

„Mir geht es schon viel besser, nur noch etwas schlapp." sagte Hanna erleichtert.

„Das freut mich, dass es dir besser geht. Aber erhole dich noch. Im Laden ist im Moment nicht so viel los. Du kannst dich also richtig auskurieren."

„Das ist sehr nett, Herr Baumgartner, etwas Ruhe kann ich noch gut gebrauchen."

Es klickte in der Leitung und Hanna hatte das Gefühl, als wenn die Verbindung zusammenbrechen würde. Da hörte sie Herrn Baumgartner sagen:

„Ach Hanna, bevor ich es vergesse, könntest du Frau Bogmann ausrichten, dass ihre bestellten Bücher eingetroffen sind? Frau Bogmann ist scheinbar umgezogen, denn unter ihrer Telefonnummer kann ich sie nicht mehr erreichen."

„Ja, sie ist umgezogen. Sabrina, ich meine Frau Bogmann, wohnt jetzt im gleichen Haus wie ich."

„So ein Zufall." sagte Herr Baumgartner.

„Nicht wahr, die Mansarde wurde frei, ich habe meiner Hausherrin gleich meine Freundin vorgeschlagen. Es ist schön, einen Menschen in der Nähe zu haben, den man gerne mag."

„Ich freue mich für dich, Hanna."

„Danke." Hanna musste gähnen.

„Oh, Entschuldigung." sagte sie.

„Nun will ich dich nicht länger aufhalten, sicher willst du dich hinlegen. Nochmals, gute Besserung. Bis bald Hanna."

„Danke für ihren Anruf. Ja, bis bald."

Hanna hörte es klicken. Herr Baumgartner hatte aufgelegt. Sie legte den Hörer auf die Gabel und zog den Stecker vom Telefon aus der Dose. Sie schrieb auf einen Zettel 'Bücher-Sabrina', ging in die Küche, nahm den Wasserkocher, nachdem er aufgekocht hatte, und brühte ihren Tee auf.

Hanna sah aus dem Fenster und dachte, wie schön, dass langsam der Frühling kommt, in der Sonne war es schon richtig warm. Der Tee hatte schon lange genug gezogen. Sie nahm den Teebeutel heraus und süßte ihren Tee mit einem Löffel Honig.

Während Hanna schluckweise ihren Tee trank, der ihr gut tat, beobachtete sie, wie sich zwei Spatzen spielerisch auf ihrem Balkon um einen Sonnenblumenkern stritten. Hanna liebte Vögel, besonders Spatzen, und konnte ihnen stundenlang zusehen. Nachdem sie ihren Tee ausgetrunken hatte, stellte sie ihre Tasse auf die Spüle. Hanna ging in ihr Schlafzimmer, dass nur mit einem großen Bett, einem Nachtkästchen und einem Schrank für ihre Kleidung eingerichtet war.

Hanna legte sich in ihr Bett, zog die Bettdecke bis zu ihrer Nase hoch und schlief sofort ein.

Hanna hatte fast zwei Tage durchgeschlafen.
Erfrischt und richtig erholt stand sie nun am
Hauptmarkt in Nürnberg. Nürnbergs zentraler Platz in
der Altstadt, wo im Sommer Obst und Gemüsestände
waren und im Winter der berühmte Christkindlesmarkt
stattfand, um Obst und Gemüse für Sabrinas
Einweihungsfeier zu kaufen.
Sabrina hatte viele Freunde eingeladen, einige kannte
Hanna, die meisten aber nicht.
Nachdem Hanna alles eingekauft hatte, ging sie zu ihrem
Auto, um nach Hause zu fahren. Als sie alles verladen
hatte, lehnte sie sich an ihr Auto und schloss die Augen,
um die Sonne zu genießen. Sie dachte, was für ein
wunderschöner Tag. Die Sonne war schon richtig warm
und streichelte ihre Haut. Wenn es so bleiben würde,
könnten sie sogar auf der Feier auf den Balkon gehen.
Hanna fühlte sich seit langem wieder richtig gut. Sie
spürte, wie langsam ihre Kräfte zurückkamen. Es war der
10. April und es sah aus, als wenn es ein toller Frühling
werden würde.
„Vorsicht, auch in der Frühlingssonne ist es möglich
schon einen Sonnenbrand zu bekommen.“
Hanna öffnete die Augen, musste blinzeln, weil die
Sonne sie blendete.
„Bitte?“ sagte sie überrascht.
„Ich wollte sie nicht erschrecken, aber ich sah sie hier in
der Sonne stehen und dachte mir, ich warne sie vor
einem frühen Sonnenbrand.“
Hanna sah den Mann vor ihr an, der sehr attraktiv war
mit seinen widerspenstigen, hellbraunen Haaren und den
blauen Augen. Er war sehr groß, gut eineinhalb Köpfe
größer als sie. Hanna schätzte ihn auf Mitte Dreißig.

Hanna war verärgert, sie mochte es nicht, wenn man sie so unvermutet ansprach. Deshalb sagte sie etwas barsch.

„Ich glaube nicht, das sie das was angeht."

Der Mann lächelte und sagte amüsiert.

„Oh, gereizt."

„Was wollen sie von mir? Kann man sich hier nicht ohne einen Kommentar an sein Auto lehnen und die Sonne genießen?"

Hanna war richtig wütend auf diesen Mann, der ihre gute Laune verdorben hatte.

„Sie sehen schön aus, wenn sie wütend sind."

Hanna hatte das Gefühl, dass er sich über sie lustig machte. Sie stieß sich von ihrem Auto ab und sah dem Mann in die Augen.

„Ich glaube nicht, dass ich mir ihr Gerede gefallen lassen muss."

Ohne ein weiteres Wort drehte sich Hanna um, schloss ihr Auto auf und stieg ein.

Noch beim einsteigen hörte sie den Mann sagen.

„Bis bald, wir sehen und wieder."

Im Rückspiegel sah sie ihn weggehen. Er hatte eine sehr gute Figur, genau so wie Hanna sie bei Männern mochte, breite Schultern und schmale Hüften.

Zu Hannas großen Ärger bemerkte sie, dass dieser Mann sie faszinierte.

Sabrina war gerade beim Kuchen backen als es an der Wohnungstür klingelte. Sie fluchte leise und dachte, muss es denn immer zum ungünstigen Zeitpunkt an der Tür klingeln.

Sie stellte das Handrührgerät beiseite und ging zur Wohnungstür um zu öffnen.

Vor der Tür stand Hanna, ganz außer Atem, mit zwei schweren Körben, Obst und Gemüse in den einem, und verschiedene italienische Weine in dem anderen Korb.

„Der Schlüssel ist im Korb ganz unten sonst hätte ich nicht geklingelt." sagte Hanna entschuldigend.

„Schon gut, jetzt muss ich aber zu meinen Kuchenteig." Hanna trug die Körbe in die Küche und machte sich sogleich ans ausräumen.

Nachdem Sabrina den Teig in die Kuchenform gefüllt hatte, schob sie ihn in die Backröhre.

„So, das war der letzte Kuchen, jetzt müssen wir nur noch die Salate machen, dann sind wir fertig." sagte Sabrina zufrieden.

„Eigentlich würde ich jetzt gerne eine Tasse Kaffee trinken und eine Kleinigkeit essen. Ich bin vom Einkaufen und Körbe schleppen noch ganz erschöpft. Mit knurrenden Magen bin ich sowieso zu nichts zu gebrauchen." Hanna lächelte ihre Freundin an und hoffte, dass sie genauso dachte.

„Das ist eine wunderbare Idee. Du machst Kaffee und ich mache uns eine paar belegte Brote."

„Super." Hanna machte sich daran, die Kaffeemaschine zu befüllen.

Sabrina bestrich derweil Brote mit Butter und belegte sie mit Schinken, Ei und Käse.

Hanna deckte für sie beide auf dem Balkon, da es schon richtig warm war. Sie saßen beide in der Sonne und genossen ihren kleinen Imbiss.

„Was für ein herrlicher Tag." entfuhr es Sabrina.

„Ja, da hast du recht. Jetzt ist es endlich Frühling geworden, wo der Winter so lange gedauert hat." Hanna beugte sich vor, um sich noch ein Käsebrot zu nehmen.

Sabrina trank einen Schluck Kaffee und sagte.

„Ich dachte auch, dass der Winter nie vorüber geht."

„Mhmm, also du machst immer noch die besten Brote."

„Danke, für das Kompliment."

„Sag mal, was soll ich denn heute Abend anziehen? Ist das Fest leger oder elegant?" fragte Hanna.

„Also, ich dachte mir nicht zu leger, vielleicht etwas zwischen leger und festlich. Ich ziehe auf alle Fälle ein Kleid an." Sabrina nahm sich noch ein Brot, biss hinein und sagte:

„Ich mag es nicht so gerne, wenn man sich auf Festen kleidet, als wenn man ins Kino geht."

„Dann weiß ich ja Bescheid. Ich werde schon das Richtige finden."

Hanna trank ihre Tasse aus und stand auf.

„Ich glaube, wir sollten mit den Salaten anfangen, sonst werden wir nie fertig. Hübsch machen will ich mich ja auch noch."

„Also, fangen wir an." lachte Sabrina und stand ebenfalls auf.

Nach zwei Stunden waren alle Salate fertig und das Wohnzimmer mit Luftballons und Girlanden geschmückt.

Im Wohnzimmer gegenüber der Fensterfront und dem Balkon, an der langen Wand, stand der große Tisch, auf den das Büfett gestellt werden sollte. Der Tisch war mit einer weißen Baumwolltischdecke abgedeckt, in der Mitte stand ein großes Blumengesteck, aus kleinen, gelben Rosen und weißen Freesien, das mit viel Gräsern und Asparagus ausgefüllt war.

„So, fertig." sagte Hanna.

„Ja, war ein ganzes Stück Arbeit, aber es sieht toll aus." sagte Sabrina stolz.

„Ja, es sieht wirklich schön aus. Also, ich gehe jetzt, denn ich will mich noch baden und die Haare waschen. Ich will doch heute Abend hübsch aussehen." sagte Hanna und ging zur Tür.

Sabrina lächelte.

„Ich muss mich auch noch verschönern. Bis später. Danke für deine Hilfe."

„Keine Ursache, bis später."

Hanna schloss die Tür hinter sich und ging die zwei Stockwerke hinunter, in ihre Wohnung.

Den Mann vom Hauptmarkt hatte sie vergessen.

Mit frisch gewaschenen Haaren, die sie kunstvoll mit einem Frottiertuch zu einem Turban auf ihrem Kopf gebunden hatte, saß sie in der großen Badewanne. Sie genoss das warme Wasser und den weichen Schaum. Hanna hatte die Augen geschlossen und entspannte sich. Sie dachte an gar nichts.

Plötzlich öffnete sie die Augen, denn ihr war die Einweihungsfeier wieder eingefallen. Sie sah auf die Uhr, die neben der Badewanne auf einem kleinen Tischchen stand. Oh je, schon halb sechs, dachte sie. Jetzt muss ich mich aber ranhalten, wenn ich um acht Uhr fertig sein will.

Sie wusch sich, stieg aus der Badewanne und trocknete sich ab. Cremte sich mit einer parfümierten Creme ein und hüllte sich in ihren Baumwollbademantel.

Sie löste das Frottierhandtuch von ihren Haaren und begann diese zu bürsten, was nicht so einfach war mit ihren naturgewellten Haaren. Es kostete sie immer gut zwanzig Minuten bis ihre Haare entwirrt war. Als sie das geschafft hatte, wusch sie sich ihr Gesicht und cremte es ein.

Vom Bad aus ging sie in ihr Schlafzimmer um sich ein Kleid für den Abend herauszusuchen. Sie entschied sich für ein weinrotes, schmales kurzes Kleid mit kurzen Ärmeln, das einen runden Halsausschnitt hatte.

Dazu legte sie sich noch eine warme Wollweste bereit, die gleiche Farbe wie das Kleid hatte. Denn im April konnte es nachts noch sehr kühl werden.

Hanna, mit ihrer Wahl zufrieden, ging ins Bad zurück um sich die Haare zu Föhnen und ein dezentes Make-up aufzulegen.

Es war viertel vor acht Uhr. Hanna stand fertig angekleidet vor dem Spiegel im Bad. Zu dem schmalen Kleid trug sie noch schimmernde Seidenstrümpfe und Pumps in dem gleichen weinrot wie das Kleid.

Als Schmuck trug sie eine silberfarbene Kette mit einem Medaillon als Anhänger. Das Medaillon hatte sie von ihrer Großmutter Lina zu ihrem achtzehnten Geburtstag geschenkt bekommen.

Hanna dachte an ihre Großmutter, die sie sehr liebte, an den alten Bauernhof in der Lüneburger Heide, den vielen Tieren und natürlich an die vielen Katzen, die Lina so liebte und umsorgte.

Lina hatte Hanna mit zehn Jahren zu sich genommen, nachdem Hannas Eltern bei einem Autounfall ums Leben gekommen waren.

Hanna dachte, hätte ich Großmutter nicht gehabt, hätte ich mit dem Tod meiner Eltern viel länger zu kämpfen gehabt, wobei es Hanna immer noch schwer fällt, an ihre Eltern zu denken, hatte sie doch Vater und Mutter so sehr geliebt. Es war nicht leicht gewesen, mit zehn Jahren seine Eltern zu verlieren. Das Medaillon, das sie an diesem Abend trug, hatte ihrer Mutter gehört, und wenn sie es öffnete zeigte es ein Bild ihrer Eltern. Hanna bewunderte ihre Großmutter, wo sie nur die Kraft hergenommen hat, hatte sie doch bei dem Unfall ihr einziges Kind, Angelika, Hannas Mutter, verloren.

„Ich muss Großmutter bald wieder besuchen." sagte Hanna laut zu sich selbst.

Entschlossen verdrängte sie alle trüben Gedanken aus ihrem Kopf, sie wollte sich heute Abend amüsieren.

Sie warf noch einen Blick in den Spiegel. Sie gefiel sich sehr gut, nur die Haare hatten sich nicht bändigen lassen.

Sie überlegte, was sie mit den Haaren machen könne, nahm dann ein weinrotes Samtband aus dem Korb mit verschieden farbigen Bändern, und band ihre Haare mit dem Samtband locker im Nacken zusammen.

„So, jetzt geht es. Sieht schön aus." sagte sie zufrieden, verließ das Bad, nahm die Wollweste, und den Wohnungsschlüssel in die Hand und verließ die Wohnung.

Sie stieg die Treppe hinauf zu Sabrinas Mansarde im vierten Stock.

Es war eine gelungene Feier. Alle waren gut gelaunt und äußerst amüsiert. Das Büfett kam sehr gut an und wurde von allen lauthals gelobt.

Hanna stand im Moment etwas abseits mit einem Glas Rotwein in der Hand sie wollte sich etwas ausruhen.

Sie beobachtete Sabrina, die sich angeregt mit einem Studien-Kollegen unterhielt.

Wie hinreißend sie aussieht, dachte Hanna. Sabrina trug ein dunkelgrünes, enges Samtkleid, ohne Ärmel mit einem tiefen Rückenausschnitt, dass ihre schöne Figur noch betonte.

Ihre halblangen schwarzen Haare, hatte sie so lange gebürstet, bis sie seidig glänzten. Das dunkle ihrer Haare betonte noch mehr das Blau ihrer Augen, die heute aussahen, als würden sie leuchten. Sabrina sah einfach wunderschön aus.

Hanna trank den letzten Schluck Wein aus ihrem Glas und machte sich auf den Weg zum Büfett sie hatte etwas Hunger.

Sie nahm sich einen Teller und füllte diesen mit vielen Leckereien, Nudelsalat, Ei mit Kaviar, von dem Lachs und ein Stück Weißbrot, dazu gönnte sie sich noch ein Glas Rotwein. Hanna ging mit ihrem Teller auf den Balkon, setzte sich auf einen kleinen Klappstuhl und aß. Die Luft ist herrlich, dachte Hanna, und genoss ihren kleinen Imbiss.

Es war fast zwei Uhr nachts, als es an Sabrinas Wohnungstür klingelte. Hanna hörte es, dachte, es wird schon jemand aufmachen. Sie stand bei einer alten Schulfreundin und sie schwelgten in alten Zeiten.

Hanna hatte das späte Klingeln an der Wohnungstür schon wieder vergessen, als ihr jemand auf die Schulter tippte.

Hanna drehte sich um und sah, dass es Sabrina war.

„Hanna, ich muss dir unbedingt jemanden vorstellen."

„Aber ja, wen denn?" entgegnete Hanna.

Hinter Sabrina trat ein Mann hervor. Hanna traute ihren Augen nicht. Aus ihrem Gesicht wich jede Farbe.

„Hanna, darf ich vorstellen, das ist Lorenz Halver, ein alter Freund von mir. Und Lorenz das ist Hanna Timmler, meine beste Freundin."

Lorenz trat vor, um Hanna die Hand zu geben. Hanna dachte entsetzt, der Mann vom Hauptmarkt. Sie gab Lorenz Halver anstandshalber die Hand und sah ihm in die Augen. In seinen Augen sah sie ein spitzbübisches Blitzen. Er drückte ihre Hand und lächelte sie an.

„Hallo Hanna, ich habe ihnen doch gesagt, dass wir uns wieder sehen."

Sie löste ihre Hand aus der Seinen und konnte vor Schreck kein Wort herausbringen.

Sabrina rettete die Situation.

„Ihr kennt euch?"

„Kennen ist zu viel gesagt, wir haben uns kurz mal unterhalten."

„Sabrina, kommst du mal." eine Stimme rief vom anderen Ende des Raumes.

„Kann ich euch alleine lassen?"

Er lächelte.

„Aber natürlich, ich passe auf Hanna schon auf."

Sabrina blinzelte Lorenz zu, drehte sich um und ging in die Richtung aus der die Stimme gekommen war.

Hanna erwachte aus ihrer Erstarrung und funkelte Lorenz böse an.

„Sie wussten genau, wer ich bin, heute am Hauptmarkt."

„Ja! Sabrina hatte sie so gut beschrieben, dass ich sie sofort erkannt hatte."

„Warum haben sie sich nicht gleich vorgestellt?" Hanna war wütend.

„Nun, ich wollte ihr überraschtes Gesicht sehen, wenn ich zur Party komme. Außerdem habe ich es genossen, sie zu beobachten wie sie heute Nachmittag immer zorniger wurden."

Hanna konnte es nicht fassen.

„Was, sie haben mich bewusst geärgert?"

„Ein bisschen." sagte er mit amüsierter Miene.

„Warum?"

„Es hat mich gereizt, bitte seien sie mir nicht mehr böse."

„Was glauben sie, wer sie sind? Erst bringen sie mich absichtlich zur Weißglut und dann soll ich ihnen nicht böse sein?"

„Ich bin ein Mann, der sie hinreißend schön findet. Sie sehen in diesem Kleid phantastisch aus." Lorenz sah Hanna mit ernster Miene, aber blitzenden Augen an.

„Ihre Komplimente können sie sich sparen!"
Hanna wollte sich umdrehen und gehen, aber Lorenz
hielt sie am Arm fest.
„Sie können jetzt nicht gehen." sagte er bestimmt.
„Lassen sie mich los!"
„Erst wenn sie mir versprechen, dass sie nicht gehen."
„Einen Teufel werde ich tun!"
Hanna versuchte, sich loszureißen aber er hielt sie so fest,
dass er ihr wehtat. Hanna bekam Panik, die Angst stieg
wieder in ihr hoch. Sie dachte, sie hatte sie überwunden,
die Angst, die sie seit dem Nachmittag in der
Straßenbahn kannte. Tränen schossen ihr in die Augen.
Sie sagte gequält.
„Nicht, bitte lassen sie mich los, bitte tun sie mir das nicht
an!"
Er reagierte nicht, sondern fasste nur noch fester zu.
Hanna spürte den Schmerz und schrie ihn an.
„Nein, nicht!"
Tränen liefen ihr über das Gesicht.
Sabrina sah, was sich ereignete, stellte hastig ihr Glas ab
und rannte zu Hanna und Lorenz.
„Lorenz, bist du verrückt, lass Hanna los!"
Lorenz sah Sabrina böse an.
„Sie wollte einfach gehen, ich mag das nicht."
„Lorenz, lass sie los, du weißt ja nicht was du ihr antust."
„Wieso?" Lorenz war überrascht.
„Ich erkläre es dir später, aber bitte, lass sie jetzt los."
Lorenz löste seine Hand von Hannas Arm, jetzt erst
merkte er, wie fest er sie gehalten hatte. Seine Hand
hatte einen bösen Abdruck auf Hannas Arm hinterlassen.

Hanna spürte wie der Druck nachließ, sie rannte tränenüberströmt auf den Balkon und verkroch sie in die letzte Ecke.

Sabrina lief ihr hinterher.

„Hanna, es tut mir leid." sagte sie.

„Diese Angst, sie war wieder da. Nein! Sie ist wieder da." Hanna blickte ihre Freundin verzweifelt an.

„Sabrina, das hätte er nicht tun dürfen."

„Ich weiß. Ich werde mit ihm reden. Soll ich dir einen Kaffee und einen Cognac bringen?"

„Ja gerne." Hanna hatte sich schon etwas beruhigt.

„Kann ich dich alleine lassen?" fragte Sabrina besorgt.

„Ja, es geht schon wieder."

Kurz darauf kam Sabrina mit einer Tasse Kaffee und einem großen Glas Cognac zurück. Über ihrem Arm hing Hannas Wollweste. Sie stellte Kaffee und Cognac auf das kleine Tischchen, das neben dem alten Klappstuhl stand und reichte Hanna die Wollweste.

„Es ist etwas kühl."

„Danke." Hanna nahm die Weste und zog sie dankbar an. Sie fröstelte etwas.

„Soll ich hier bleiben?"

„Nein, ich möchte etwas alleine sein."

„Gut, ich bin innen, wenn du mich brauchst." Sabrina ging in das Wohnzimmer zurück.

Hanna setzte sich auf den Klappstuhl nahm das Cognacglas und trank es auf Ex.

Es waren nach dem Zwischenfall alle Gäste gegangen. Sabrina war froh darüber, denn es war fast halb fünf Uhr, und außerdem konnte sie in Ruhe mit Lorenz sprechen.

Lorenz saß unglücklich in Sabrinas einzigen Sessel mit einem Glas Whisky in der Hand.

Sabrina goss sich auch ein Glas Whisky ein, ging zu Lorenz, nahm sich einen Stuhl und setzte sich ihm gegenüber.

Sie tranken beide einen Schluck Whisky und sahen sich an.

„Ich wollte nicht..........." stammelte Lorenz.

„Was sollte das, wieso hast du Hanna festgehalten?" fragte Sabrina verärgert.

„Ich wollte nicht, dass sie weggeht."

„Warum? Hatte sie einen Grund?"

„Ja."

„Welchen?" wollte Sabrina wissen.

„Ich habe sie verärgert."

„Ja, aber wie?"

Lorenz trank noch einen großen Schluck aus seinem Glas, dann erzählte er Sabrina alles. Vom Nachmittag am Hauptmarkt und von dem Gespräch an diesem Abend.

„Warum musstest du sie reizen?" Sabrina konnte es nicht fassen.

„Ich weiß es nicht genau. Wahrscheinlich wollte ich einen Spaß machen." Lorenz stand auf um sich nachzuschenken.

„Aber doch nicht mit Hanna. Nicht mit Hanna."

Lorenz setzte sich wieder und sah Sabrina fragend an.

„Warum?"

„Weil Hanna so etwas noch nicht verkraftet, nicht nach diesem Nachmittag im August."

„Was ist denn passiert?" wollte Lorenz wissen.

Sabrina trank einen Schluck Whisky und begann zu erzählen. Die ganze tragische Geschichte von dem Nachmittag im letzten Sommer. Als sie fertig war, atmete sie tief durch und sah Lorenz an, der ganz bleich geworden war.

„Mein Gott, das ist ja schrecklich."

„Ja, sie hatte die Angst ganz gut überwunden. Aber dadurch, dass du sie am Arm festgehalten hast ist die alte Panik wieder hochgekommen. Wieso hast du sie nicht einfach gehen lassen? Sie hatte allen Grund dazu."

Lorenz sah Sabrina unglücklich an.

„Ich wollte nicht, dass sie geht. Weißt du, Hanna ist eine faszinierende Frau, ich glaube ich bin drauf und dran mich in sie zu verlieben. „Aber warum musstest du sie dann ärgern und festhalten?"

„Ich weiß es nicht genau, sie machte einen so resoluten Eindruck. Hätte ich geahnt………"

„Ach, ärgerst du alle Leute, die einen selbstbewussten Eindruck machen?" Sabrina war so wütend, dass sie Lorenz fast eine Ohrfeige gegeben hätte.

„Hör jetzt endlich auf, ich weiß, dass ich einen Fehler gemacht habe. Es reicht, wenn du es mir einmal sagst. Ich bin nicht begriffsstutzig."

Lorenz war aufgestanden und ging nervös im Zimmer auf und ab.

„Schon gut, ich glaube es nützt nichts, wenn wir uns auch noch streiten. Es ist an der Zeit, dass du dich bei Hanna entschuldigst."

„Ja."

Lorenz war sichtbar nervös.

„Ich glaube, das war kein guter Anfang. Hannas Vertrauen zu gewinnen."

„Da hast du Recht. Nun geh schon."

Sabrina sah Lorenz anspornend an. Lorenz stellte sein Glas ab und ging zum Balkon.

Hanna saß immer noch auf dem Klappstuhl, mit der leeren Tasse in der Hand und sah in die Nacht hinaus. Sie schien Lorenz nicht zu hören.

„Hanna." sagte Lorenz leise.

Hanna sah auf, stellte die leere Tasse ab und setzte sich aufrecht hin.

„Ja." Lorenz holte tief Luft und versuchte, Hanna in die Augen zu sehen.

„Es tut mir leid. Ich weiß gar nicht, was ich sagen soll. Ich kann mir nicht erklären wie es so weit kommen konnte. Bitte glauben sie mir, ich wollte ihnen nicht wehtun."

„Aber wieso haben sie mich so fest gehalten?"

„Ich wollte nicht, dass sie gehen."

„Warum nicht?"

„Sie gefallen mir."

„Das ist aber eine seltsame Art und Weise, es mir zu zeigen."

„Ich weiß..." er stockte „glauben sie, sie könnten mir verzeihen?"

Hanna sah Lorenz erstaunt an.

„Ich weiß nicht, das braucht Zeit. Sabrina hat ihnen alles erzählt?"

„Ja."

„Also verstehen sie, dass ich Zeit brauche. Das war kein guter Anfang. Vielleicht, wenn wir uns nach geraumer Zeit einmal wieder sehen."

Hanna stand auf und reichte Lorenz die Hand.

„Vielleicht sehen wir uns ja zufällig mal wieder. Dann werden wir sehen."

„Verstehe." sagte Lorenz niedergeschlagen, drückte sanft ihre Hand und sah ihr hinterher, wie sie sich von Sabrina verabschiedete und die Wohnung verließ.

Er ging zur Bar schenkte sich noch einen großen Whisky ein und sagte laut zu sich.

„Verdammter Idiot!"

Er trank seinen Whisky und sah Sabrina an, die vor ihm stand.

Sie sagte.

„Hanna braucht jetzt viel Zeit."

„Ich weiß...!"

Kapitel 2

Irrungen

„Hanna! Hanna wo bist du?" Hanna hörte ihre Großmutter Lina rufen.

Hanna saß unter einem alten Apfelbaum, der in voller Blüte stand. Auf ihrem Schoß saß Felix, Linas ältester Kater, der unheimlich verschmust war. Hanna dachte gerade an die Einweihungsfeier von Sabrina, die mittlerweile über ein Jahr zurücklag. Sie hatte noch lange damit zu kämpfen gehabt, hatte es jetzt aber überwunden und konnte ohne Angst zurückdenken.

Es war Ende Mai und Hanna verbrachte den Sommer bei ihrer Großmutter Lina.

„Ach, hier bist du. Hast du mich nicht rufen gehört?"

„Doch, ich habe nur vergessen zu antworten." Hanna lächelte Lina an.

„Wieder in Gedanken, was?" Lina setzte sich zu Hanna, begann Felix zu streicheln, der sofort zu schnurren begann.

„Ja, ich habe an die Feier letztes Jahr gedacht. Ich habe dir doch davon erzählt."

„Wie ging es dir dabei?" fragte Lina.

„Gut, ich habe ohne Beklemmung daran gedacht."

„Das freut mich."

„Weshalb hast du mich gerufen?"

„Sabrina hat angerufen."

„Was wollte sie?"

„Dich sprechen. Sie hat jetzt Semesterferien."

„Oh, fährt sie weg?" Hanna war etwas enttäuscht, ihre Freundin nicht gesprochen zu haben.

„Ja." Lina lächelte verschmitzt.

„Wohin?"

„Zu uns hierher."

„Was?"

„Ich habe sie eingeladen, dass sie hier ein paar Tage verbringt. Ich hoffe, es stört dich nicht."

„Aber nein, ich freue mich riesig." Hanna sprang auf, vergaß Felix auf ihren Schoß der hinunterfiel und beleidigt davon lief.

„Ich habe ihn ganz vergessen."

„Das macht nichts. Felix beruhigt sich schon wieder. Er vergisst schnell."

Hanna fiel ihrer Großmutter um den Hals.

„Oh, Großmutter danke, danke!"

„Schon gut, aber sag nicht immer Großmutter zu mir, da komme ich mir so alt vor." Lina lachte.

„Sorry, ist mir so rausgerutscht. Wann kommt sie denn?" Hanna war ganz aufgeregt.

„Am Freitag, also in drei Tagen, gegen Abend."

„Ich freue mich so, Lina, glaubst du, das Wetter bleibt so?"

„Heute Nacht soll es ein Gewitter geben, aber danach wieder genauso schön und sogar noch wärmer. Sagt jedenfalls der Wetterbericht."

„Schön, dann können wir baden gehen und ein Picknick veranstalten."

Hanna hatte noch viele Ideen, was sie alles unternehmen konnten, aber Lina warf ein.

„Lass Sabrina doch erst ankommen, dann könnt ihr euch immer noch überlegen was ihr unternehmen wollt. So, jetzt mache ich aber das Essen fertig. In einer halben Stunde ist es soweit. Vergiss es nicht."

„Nein bestimmt nicht. Was gibt es denn zu Mittag?"

„Kartoffelauflauf mit Kopfsalat."

„Lecker. Ich werde jetzt mal Felix suchen und mich mit ihm versöhnen. Ich habe sogar noch ein paar Leckereien für ihn."

Hanna hielt eine Schüssel Katzentrockenfutter hoch.

„Mach' das, er ist zur Scheune gelaufen, vergiss das Mittagessen aber nicht."

Lina lächelte ihre Enkeltochter liebevoll an. Sie dachte, Hanna ist Angelika wie aus dem Gesicht geschnitten. Wehmut erfasste Lina, hatte sie ihre Tochter doch so früh verloren. Hanna riss Lina aus ihren Gedanken.

„Träumst du?"

„Nein, ich war nur in Gedanken. Jetzt mache ich mich aber auf den Weg, sonst wird das heute nichts mehr mit dem Mittagessen."

Hanna sah ihrer Großmutter nachdenklich nach. An was sie wohl gedacht hatte?

Sie zuckte mit den Schultern, drehte sich um und ging Richtung Scheune, um Felix zu suchen.

Der Wind bauschte die blumengemusterten Vorhänge auf und Hanna spürte die kühle, frische Brise der Morgenluft auf ihrer Haut. Es war noch sehr früh am Morgen die Sonne war gerade erst aufgegangen. Es schien ein schöner Tag zu werden. Hanna freute sich auf diesen Tag, war doch Sabrina gestern Abend angekommen. Es hatte ein großes Hallo gegeben. Sie hatten zu Abend gegessen und danach noch ein Glas Rotwein im Garten getrunken.

Zum Reden war nicht viel Zeit gewesen, weil Sabrina erst sehr spät angekommen war.

Hanna schreckte aus ihren Gedanken auf, da hatte sich doch etwas an der Tür getan.

Es rumpelte noch mal und die Tür sprang auf. Hanna setzte sich auf um besser sehen zu können, wer die Tür geöffnet hat. Als sie sah, wer es war, musste sie lachen.

Es war Felix, der frisch gestärkt, bereits von Lina gefüttert, ein warmes Plätzchen suchte, wo er sich ausruhen konnte.

„Hallo Felix. Na, komm hier ist es schön weich." Hanna klopfte auf ihre Bettdecke. Sie stutzte. Jetzt erst sah sie, dass Felix nicht alleine war. Hinter Felix liefen artig Miez und Mauz, die jüngsten aus Linas Katzenstall, beide circa fünfzehn Wochen alt und noch sehr verspielt. Felix hatte scheinbar die Verantwortung für die beiden übernommen, denn er verteidigte sie sofort, wenn sie in Gefahr gerieten.

Felix und seine zwei Schützlinge nahmen Anlauf auf Hannas Bettdecke. Felix schaffte die Höhe spielend, Miez und Mauz brauchten etwas Zeit, schafften es dann doch, sich hochzuziehen. Alle drei legten sich genüsslich auf Hannas Bauch. Hanna streichelte alle drei und schlief darüber ein.

Etwas Feuchtes strich Hanna über die Wange. Sie öffnete die Augen und sah, dass es Mauz war.

„Nein nicht, " rief sie „lass das."

Sie schob Mauz sanft weg, sah auf den Wecker, der auf dem Nachtkästchen neben ihrem Bett stand. Es war viertel vor acht Uhr.

Jetzt erst roch Hanna den intensiven Kaffeeduft, der aus der Küche herauf strömte. Sie bekam sofort Lust auf eine große Tasse Kaffee und wollte sich gerade aufraffen, um zum Frühstück noch rechtzeitig zu kommen als sich die Tür einen Spalt öffnete und Lina ihren Kopf hereinstreckte.

„Aufstehen, in zwanzig Minuten ist das Frühstück fertig!"

„Ja, ich beeile mich. Mhm, der Kaffee riecht ja herrlich. Ist Sabrina schon wach?"

„Ich habe sie gerade geweckt. Bei dem schönen Wetter könntet ihr doch ein Picknick am See machen. Das Wasser ist sicher schon warm genug, dass ihr baden könnt."

„Willst du nicht mit?"

„Aber nein, erstens habt ihr euch sicher viel zu erzählen und zweitens bin ich heute Nachmittag zum Kaffeeklatsch bei meiner Freundin Martha eingeladen."

„Und der Picknickkorb?" fragte Hanna vorsichtig.

„Der steht fertig gefüllt mit allerlei Leckereien in der Waschküche, es fehlen nur noch der Kaffee und der Kuchen. Der ist gerade fertig geworden. Auf jetzt, sonst frühstücke ich alleine."

„Ich komme sofort."

Miez, Mauz und Felix streckten sich, sprangen vom Bett und folgten Lina nach unten.

Hanna stand auf, wusch sich und zog ein kleingeblümtes Sommerkleid, in den Farben orange, weiß und gelb an. Sie zog eine weiße Weste darüber. Dann bürstete sie ihre Haare und flocht sie zu einem dicken Zopf.

Sie schüttelte ihr Bett auf, legte ihren Badeanzug, Sonnencreme und einen Strohhut bereit, verließ danach das Zimmer und ging zum Frühstück ins Esszimmer.

Sabrina saß bereits am Tisch und trank einen Schluck Kaffee.

„Guten Morgen." sagte Hanna und konnte die Fülle der leckeren Sachen auf dem Esstisch nicht fassen.

Frisch gebackener Apfelkuchen und Nusskuchen, Rührei mit Speck, weich gekochte Eier, eine Platte mit Wurst und Käse, verschiedene Sorten Marmelade, von Lina selbst eingemacht, Honig, frischen Lachs in Dill Rahm, frische Sahne für den Kuchen und frische Brötchen, Toast und Schwarzbrot.

„Lina, das ist ja ein Festmahl."

„Ach, übertreibe es nicht. Ich dachte mir, ein richtiges Frühstück muss viel Auswahl zu bieten haben.

Außerdem, wenn wir ein ausgedehntes Frühstück machen, spart es uns das Mittagessen. Aber Moment, da fehlt noch was."

Lina ging in die Küche und kam mit einem Tablett mit Sekt im Sektkühler und drei Gläsern zurück.

„Zur Feier des Tages." Sagte sie stolz und goss alle drei Gläser voll.

„Oh Lina, du bist ein Schatz." sagte Hanna.

„Das ist richtig." stimmte Sabrina zu.

Sie stießen alle drei an und sagten fast gleichzeitig.

„Auf einen schönen Tag!"

Sie lachten und stürzten sich auf das reichhaltige Frühstück.

Sabrina und Hanna stiegen auf ihre Fahrräder, die mit dem Picknickkorb und den Taschen mit den frischen Badeanzügen, Handtücher, Sonnencreme und Zeitschriften beladen waren. Verabschiedeten sich von Lina, die auch im Aufbruch war.

Sie fuhren Richtung Badesee los. Nach zwanzig Minuten waren sie angekommen. Sie stellten ihre Fahrräder unter einer Linde ab und gingen die letzten Meter zum Badesee zu Fuß.

Sie entschieden sich für einen Platz unter einem wilden Apfelbaum, um notfalls etwas Schatten zu haben. Zum See waren es nur zehn Meter.

Sie breiteten die große Decke aus, die Lina ihnen mitgegeben hatte, stellten den Picknickkorb in den Schatten, und setzten sich kurz auf die Decke.

„Was für ein schöner Platz." sagte Sabrina und bewunderte den tiefblauen See mit dem strandähnlichen Sand und den vielen Bäumen, die den Sonnenhungrigen auch Schatten spenden.

„Nicht wahr, ich war als Kind schon immer oft hier. Irgendwie fühlt man sich hier, als wäre man im Urlaub. Wollen wir gleich schwimmen gehen? Das Wasser ist sicher schön warm."

„Das ist eine gute Idee." Sabrina sprang auf und zog Hanna an der Hand hoch.

Sie zogen beide ihre Kleider aus, darunter hatten sie vor dem losfahren noch ihre Badeanzüge angezogen.

„Also, wer als erster im Wasser ist!" lachte Sabrina und rannte los. Hanna spurtete hinterher, konnte Sabrina aber nicht mehr einholen, sie hatte einen zu großen Vorsprung.

Sie genossen beide das Wasser, was angenehm kühl war, sie waren beide vom Fahrradfahren noch erhitzt. Sie schwammen beide ausgiebig.

Nach dreißig Minuten war Hanna so erschöpft, dass sie aus dem Wasser stieg.

„Sabrina, bleibst du noch lange im Wasser?" rief Hanna ihrer Freundin zu und nahm sich ein Badetuch wickelte es sich um die Schultern. Sie fröstelte etwas.

„Ich schwimme noch eine Runde!" rief Sabrina zurück.

„Ist gut." Hanna bewunderte die Kondition ihrer Freundin.

Hanna trocknete sich ab, nahm den Picknickkorb, um seinen Inhalt auf der Decke auszubreiten. Lina hat sich wieder selbst übertroffen, dachte Hanna, als sie den Korb ausräumte. Kaffee, Kuchen, Sandwichs mit Schinken und Gurken, Nudelsalat und zur Krönung eine Flasche Rotwein.

„Also, deine Großmutter ist eine Wucht!" sagte Sabrina, die gerade aus dem Wasser gestiegen war, mit bewundertem Blick auf die Leckereien auf der Decke. Sie trocknete sich ab und setzte sich zu Hanna auf die Decke, die gerade die Weinflasche entkorkte. Hanna goss beide Gläser voll und reichte Sabrina eines.

„Auf Lina!"

„Ja, auf Lina."

Sie stießen an und aßen mit großem Appetit. Nach einiger Zeit lehnte sich Hanna zurück.

„Bin ich jetzt satt." stöhnte Hanna.

„Ich auch. Es schmeckt aber auch immer zu gut, wenn man sich körperlich angestrengt hat."

„Das ist richtig. Ist noch Kaffee da?"

Hanna sah ihre Freundin fragend an.

„Ja, es ist noch was da." Hanna reichte Sabrina ihre Tasse.

„Hier, bitte." Sabrina goss sich auch noch eine Tasse ein.

„Danke." Hanna genoss den Kaffee, der sie wärmte und ihr gut tat.

„Hanna." sagte Sabrina ernst.

Hanna horchte auf.

„Ja, was ist?" Sie sah Sabrina an.

„Ich soll dich was fragen."

„Von wem?"

Sabrina atmete tief durch, denn ihr war nicht ganz wohl, für solche Zwecke ihre Freundschaft zu benützen. Aber es gab keinen anderen Weg,

„Von Lorenz."

„Was! Nach so langer Zeit!" Hanna war überrascht.

„Ach, Hanna." Sabrina war ratlos.

„Aber warum musst du es mir sagen?" Hanna fror es plötzlich. Sie holte ihre Weste und zog sie an.

„Mir war ja auch nicht wohl bei der Sache, aber Lorenz hat so auf mich eingeredet, dass ich mich bereit erklärt habe, dir was auszurichten."

„Warum fragt er nicht selbst?"

Sabrina sah ihre Freundin an.

„Hanna, du hättest doch sofort aufgelegt, wenn er angerufen hätte, ganz zu schweigen was du getan hättest, wenn er hier aufgetaucht wäre."

„Stimmt, also was will er?"

„Er möchte mit dir reden."

„Über was?"

„Über was wohl, Hanna, bitte du weißt doch worüber."

„Ja, aber ich weiß nicht, ob ich ihn sehen will."

„Warum nicht? Es ist doch schon so lange her."

„Das weiß ich ja, Sabrina. Aber ich habe Angst vor ihm."
Sabrina verstand ihre Freundin so gut.

Hanna sah ihre Freundin an.

„Sabrina, was ist der eigentliche Grund? Warum will er mich sprechen? Über die Feier? Das kann nicht alles sein. Darüber haben wir an dem bewussten Abend noch gesprochen. Also, sag mir den eigentlichen Grund."

„Ich denke er hat sich in dich verliebt!" Sabrina hatte es ganz leise gesagt.

„Ich habe es gewusst." sagte Hanna gefasst „Er hat vor einem Jahr so etwas angedeutet. Wie geht es ihm?"

„Na ja, es geht ihm so ganz gut. Nur das er mit dir reden möchte. Das ist ihm sehr wichtig. Hanna, glaube nicht, dass ich auf seiner Seite bin. Aber, ich dachte mir, ich kann dich ja mal fragen."

„Schon gut, Ich bin dir nicht böse, wäre ich an deiner Stelle, hätte ich das gleiche getan."

„Was willst du tun?" Sabrina sah ihre Freundin besorgt an, war sie doch sehr blass geworden.

„Er macht mir Angst. Wenn ich an ihn denke, spüre ich den Druck auf meinen Armen. Oh Sabrina, er ist so groß und kräftig und er hat scheinbar Spaß daran mich zu reizen."

„Was soll ich ihm sagen?"

„Ich weiß es nicht. Soll ich es tun?" Hanna sah Sabrina fragend an.

„Gib ihm eine Chance. Ich kenne ihn, Hanna er ist nicht immer so. Ja, er ist nicht immer feinfühlig, aber er kann auch sehr nett sein."

„Ach Sabrina, ich halte ihn doch nicht für einen brutalen Menschen. Nur, ich habe ihn nicht anders kennen gelernt wie an diesem Abend."

Hanna senkte ihren Blick. Sabrina sah ihre Freundin
erstaunt an.

„Hanna!"

„Ja." sagte sie leise.

„Du magst ihn, nicht wahr."

„Ja, aber da ist die Angst vor ihm."

Sabrina war verblüfft, dass hatte sie nicht geahnt.

„Wie lange magst du ihn schon?"

„Seit ich ihn am Hauptmarkt das erste Mal gesehen habe.
Wo ist er?"

„In Lübeck. Er hat dort eine Praxis."

„Praxis?" Hanna war erstaunt.

„Ja, er ist Allgemeinarzt. Hast du das nicht gewusst?"

„Nein, ich weiß nichts von ihm, außer das er Lorenz
Halver heißt und ein Freund von dir ist."

„Ist ja auch egal. Also, was ist nun. Ich muss ihm was
sagen."

Sabrina wollte es zu Ende bringen.

„Ich habe keine Ahnung, was soll ich tun?"

„Rede mit ihm, auch wenn es nur den einen Sinn hat,
dass du die Angst vor ihm verlierst."

„Nun gut, ich rede mit ihm. Aber mir ist nicht wohl
dabei."

„Er wird dir nichts tun."

„Wann soll ich ihn treffen?"

„Wann du willst."

Hanna sah Sabrina in die Augen und sagte entschlossen.

„Er ist in Lübeck, sagst du. Also, dann nächsten
Mittwoch am Holsten-Tor um zehn Uhr Früh."

„Ich werde es ihm ausrichten."

Sie standen auf und räumten die Sachen zusammen packten alles auf die ihre Fahrräder und fuhren schweigend zu Linas Hof zurück.

Als sie angekommen waren ging Sabrina in das Wohnzimmer, um mit Lorenz zu telefonieren. Sie wählte seine Nummer. Es tutete, dann klickte es.

„Halver."

„Hallo Lorenz, hier ist Sabrina."

„Sabrina." Lorenz klang müde.

„Habe ich dich gestört?"

„Nein, was ist?" Lorenz wollte nicht lange herumreden.

„Ich kann gerne wieder auflegen, wenn du so unfreundlich bist." Sabrina war verärgert.

„Tut mir leid. Habe eine lange Nacht hinter mir. Vier Notfälle."

„Das ist trotzdem kein Grund, so unfreundlich zu sein."

„Ich weiß, Sabrina, es tut mir wirklich leid. Ich habe zurzeit nicht die besten Nerven."

„Also, gut." Sabrina verstand ihn.

„Hast du mit Hanna geredet?"

„Ja."

„Und?" Lorenz hatte Angst vor ihrer Antwort.

„Sie hat Angst vor dir."

„Immer noch."

„Lorenz, bitte, du hast ihr sehr wehgetan."

„Was hast du ihr gesagt?" Lorenz war ganz aufgeregt.

„Das ich denke, dass du in sie verliebt bist."

„Was? Das solltest du nicht!"

„Ich weiß, aber Hanna hat geahnt, dass es nicht nur das Gespräch über die Feier ist, warum du sie sehen willst. Sie ist nicht dumm."

„Was hat sie darauf gesagt?" Lorenz musste sich setzten.
Er zog sich einen Stuhl heran und setzte sich.

„Sie hat es gewusst."

Lorenz war erstaunt. Er konnte sich nicht mehr ruhig
verhalten und sagte ganz aufgeregt.

„Sabrina, sag mir doch bitte, will sie mich sehen oder
nicht. Ich muss es wissen. Ich halte es nicht mehr aus.
Sag mir doch bitte, was sie gesagt hat."

„Ja, sie will dich sehen." Sabrina lächelte.

Lorenz fiel ein Stein vom Herzen.

„Wann und wo?"

„Nächsten Mittwoch, um zehn Uhr Früh am Holsten-
Tor in Lübeck. Hast du Zeit?"

„Ich nehme mir einfach die Zeit. Ich werde da sein,
Sabrina. Danke!"

„Lorenz?"

„Ja."

„Gib ihr Zeit, mach ihr keine Angst. Ich glaube, es kostet
sie sehr viel Mut, dich zu treffen."

„Aber wieso tut sie es dann? Ich verstehe es nicht."

„Nein?" Sabrina glaubte nicht, dass er nicht verstand.

„Du meinst doch nicht, dass sie mich......................" er
konnte es nicht aussprechen.

„Doch Lorenz. Sie mag dich, um nicht zu sagen, dass sie
in dich verliebt ist."

„Wirklich? Aber seit wann?"

„Seit sie dich das erste Mal in Nürnberg am Hauptmarkt
gesehen hat."

„Und ich habe damals alles vermasselt!" Lorenz könnte
sich Selbst Ohrfeigen.

„Ja, dass hast du. Aber gib ihr auch eine Chance und
mache ihr keine Angst.

„Sabrina, ich muss jetzt aufhören. Ich habe einen Notfall. DANKE!!!! Sag Hanna, dass ich da sein werde. Das werde ich dir nie vergessen, Sabrina. DANKE!!"
„Schon gut. Bis bald."
„Tschüss, ich muss jetzt!"
„Tschüss." sagte Sabrina mehr zu sich selbst. Lorenz hatte schon aufgelegt. Sie legte den Hörer auf die Gabel.
„Und?"
Sabrina fuhr herum. Sie hatte nicht gehört, dass Hanna hinter ihr stand.
Hanna fragte noch mal.
„Und, kommt er?"
„Ja, er wird da sein."
„Gut."
Hanna drehte sich um und ging die Treppenstufen, zu ihrem Zimmer, hinauf.
Sabrina sah ihr nach und dachte, hoffentlich geht das gut.

Hanna saß in dem Zug Richtung Lübeck. Sie hatte ein einzelnes Abteil gefunden, setzte sich ans Fenster und sah hinaus. Hanna sah die vorbeiziehende Landschaft nicht. Sie dachte an die letzten Tage zurück. Es hatte sich alles verändert. Die Unbeschwertheit war, nach dem Gespräch, vorbei. Hanna wollte nur alleine sein, darüber nachdenken, was auf sie zukommen würde. Sie konnte sich über ihre Gefühle nicht klar werden. Wie oft hatte sie sich vorgestellt, ihn wieder zu sehen. Sich fast gefreut, aber mit der Freude kam die beklemmende Angst vor seiner Dominanz, seiner Kraft, wieder. Aber eines konnte sie sich nicht absprechen. Sie hatte sich in ihn verliebt. Hanna war gleichsam fasziniert und erschreckt von Lorenz.

„Ihre Fahrkarte bitte!"

Hanna schreckte auf. Ganz in Gedanken versunken, hatte sie den Schaffner nicht gehört. Sie gab ihm ihre Fahrkarte. Der Schaffner stempelte sie ab.

„Schönen Tag noch!" sagte der Schaffner und verließ das Abteil.

„Danke, gleichfalls." antwortete Hanna.

Als er gegangen war versank sie wieder in ihre Gedanken. Hanna fiel das Gespräch mit Lina wieder ein, als sie von dem Treffen mit Lorenz erfuhr. Lina konnte es nicht verstehen.

„Hanna, wieso fährst du nach Lübeck?"

„Großmutter, ich will mit ihm reden."

„Aber er hat dir wehgetan, hast du das vergessen? Hast du denn keine Angst?"

„Nein, ich habe es nicht vergessen, und natürlich habe ich Angst. Aber ich muss es tun, für mich."

„Kann ich es dir nicht ausreden?"

„Nein."

„Pass auf dich auf. Hörst du?"

„Aber natürlich."

Hanna erinnerte sich, dass es ein schweres Gespräch war. Lina hatte Angst um sie.

Heute Morgen, kurz vor der Abfahrt, gab Lina Hanna dieses Buch über Australien. Sie sagte.

„Das lenkt dich etwas ab, ich weiß doch, dass dies ein großer Traum von dir ist."

Hanna nahm nun das Buch in die Hand und schlug es auf, es waren phantastische Bilder von „ihrem" Kontinent. Sie spürte die Sehnsucht in ihr aufsteigen. Die Sehnsucht nach diesem Land, die sie schmerzen ließ. Tränen traten ihr in die Augen, sie dachte, wie lange habe ich an Australien nicht gedacht. Die Sehnsucht ist noch die gleiche.

Sie spürte, wie ihr eine Träne die Wange hinunterlief, und sie wusste in diesem Moment, sie musste nach Australien. Sie musste diese Sehnsucht besiegen.

Lina hatte Recht behalten. Mit diesem Buch hatte sie Lorenz, wenn auch nur kurz, vergessen.

Lorenz stand Punkt zehn Uhr morgens am vereinbarten Platz. Es war schon sehr warm an diesem Morgen, deshalb trug er eine beige Leinenhose, ein kurzes, dünnes Hemd dazu. Über die Schulter hatte er ein Leinensakko geworfen, passend zur Hose.

Er war sehr aufgeregt. Er hatte die ganze Nacht nicht geschlafen. Lorenz sah auf die Uhr und bemerkte, dass es schon viertel nach zehn Uhr war. Sie wird doch kommen, dachte er, aber da sah er sie schon die Straße entlang kommen.

„Wie schön sie ist." sagte er zu sich selbst.

Hanna trug ein kurzes Sommerkleid, in einer kräftigen grünen Farbe, dazu flache, schwarze Sandalen. Ihre frisch gewaschenen Haare trug sie offen. Der Wind verfing sich darin und wehte sie um ihre schmalen Schultern. In der linken Hand trug sie eine große Tasche.

Hanna sah Lorenz stehen und ihr Herz fing heftig an zu schlagen. Sie konnte nicht sagen, ob sie sich freute oder ob sie Angst hatte. Sie ging auf ihn zu und blieb kurz vor ihm stehen.

Hanna holte tief Luft, bekam aber fast kein Wort heraus.

„Hallo Lorenz." sagte sie stockend und reichte ihm die Hand.

Er nahm sie dankbar in die Seine und drückte sie ganz sanft.

„Hallo Hanna." Auch er hatte Probleme mit den richtigen Worten.

Sie standen einige Zeit so da, als Hanna ihre Hand aus seiner löste.

„Also, ich glaube, bevor wir jetzt über alles reden, möchte ich sie fragen, ob wir dieses steife, „Sie" nicht weglassen

wollen. Ich denke so wird es einfacher für uns beide."
Hanna war erstaunt über ihren Vorschlag.
Lorenz war verblüfft.
„Natürlich, gerne. Ich hatte nicht damit gerechnet."
„Dann wollen wir dabei bleiben. Wie wollen wir es besiegeln?"
„Ich weiß nicht."
Hanna trat einen Schritt vor, stellte sich auf die Zehenspitzen und gab Lorenz einen Kuss auf die Wange. Das ging so schnell, dass Lorenz glaubte, geträumt zu haben.
„Hanna." sagte er.
„Verstehe das nicht falsch, aber ich mache das immer so. Ich hoffe, es war nicht unangenehm."
„Aber nein, nur habe ich mit so einer Begrüßung überhaupt nicht gerechnet."
„Schon gut." Hanna blickte zu Boden.
„Lorenz, ich habe immer noch Angst vor dir."
„Ich weiß. Ich möchte dir so gerne die Angst vor mir nehmen."
„Wollen wir ein paar Schritte gehen? Es ist so schönes Wetter, und wenn man läuft, redet es sich viel leichter."
„Gerne."
Sie gingen eine Weile schweigend neben einander her.
„Hanna, du hast mir noch keine Antwort gegeben."
„Ich muss Vertrauen können, dann glaube ich, könnte ich die Angst überwinden. Dazu müsste ich dich aber besser kennen."
Lorenz blieb stehen und sah auf Hanna hinunter.
„Willst du das denn?"
„Ich denke schon. Du bist ein interessanter Mann."

Hanna sah Lorenz fest in die Augen, fasste sich ein Herz und sagte:

„Ich glaube, ich habe mich in dich verliebt."

„Sabrina hat mir so etwas gesagt, aber ich konnte es nicht glauben. Und jetzt sagst du es selbst."

Lorenz hätte Hanna am liebsten in die Arme genommen aber er wusste das war im Moment zu viel. Deshalb sagte er.

„Hanna, ich habe mich auch in dich verliebt. Ich könnte mich Ohrfeigen, dass ich dir so weh getan habe."

Er berührte ganz vorsichtig ihre Hand. Hanna zog sie nicht weg, sondern griff nach seiner und drückte sie ganz fest.

„Es wird nicht einfach mit uns beiden." sagte sie, und Tränen stiegen ihr in die Augen.

„Nicht weinen, bitte nicht weinen." Lorenz hob seine Hand und wischte ganz sanft eine Träne weg.

Er fasste seinen ganzen Mut zusammen und zog sie in seine Arme. Hanna wehrte sich nicht, sie erwiderte seine Umarmung.

„Ich kann es nicht glauben." sagte er leise, schob seine Hand unter ihr Kinn, beugte sich zu ihr und küsste sie. Hanna hoffte es würde nie aufhören.

„Ich glaube, es wird Zeit das ich was esse. Ich habe heute noch nicht gefrühstückt." sagte Lorenz und schob Hanna sanft von sich weg.

„Komm, lass und gehen. Ich kenne ein Café in der Nähe, wo es ein super Frühstück gibt."

Erst jetzt drangen Lorenz Worte zu Hanna vor.

„Was?" fragte sie.

„Ich habe Hunger, ich will was essen." Lorenz wurde ungeduldig.

Hanna begriff.

„Ja natürlich, gehen wir."

Sie gingen schweigend neben einander her, denn beide wussten, dass das Unausgesprochene zwischen ihnen stand. Aber keiner von beiden wollte den schönen Tag durch ein klärendes Gespräch belasten.

Sie wussten nicht, dass sie es später bereuen würden.

Sie standen vor Lorenz' Wohnung, und Hanna dachte, was für ein wunderschöner Tag es doch gewesen war. Nach dem ausgiebigen Frühstück waren sie lange spazieren gegangen, hatten das schöne Wetter genossen. Wie ein verliebtes Paar waren sie Hand in Hand durch Lübeck gelaufen, nun standen sie nach einem phantastischen Essen, beim Italiener, vor seiner Haustür.

„Hat der Tag dir gefallen?" fragte Lorenz.

„Oh ja, er war wunderschön. Ich hätte nicht gedacht, dass er so verläuft. Du?"

„Nein." Lorenz war nicht wohl bei der Sache. Er überlegte, ob er noch mit Hanna sprechen sollte. Entschied sich aber dagegen. Vielleicht ist es besser so. dachte er. Aber insgeheim wusste er, dass es nicht richtig war. Er sagte schließlich.

„Musst du nicht nach Hause?"

„Ich weiß nicht, eigentlich nicht. Ich bin schließlich erwachsen, kann tun und lassen was ich will."

„Und, was willst du?"

„Wenn ich das wüsste?" Hanna sah Lorenz fragend an.

„Willst du in Lübeck bleiben?"

„Na ja, es ist 1:00 Uhr nachts, ich glaube nicht, dass noch ein Zug fährt."

„Was sollen wir jetzt machen? Hotels und Pensionen haben schon geschlossen."

„Ich könnte mir ein Taxi nehmen."

„Ach, sei nicht albern, das kostet sehr viel Geld. Dann wirst du wohl hier bleiben müssen. Ich fühle mich nicht wohl dabei. Es wäre besser gewesen, dich um elf Uhr in den Zug zu setzen."

„Warum? Ist es dir zu wider, mich diese Nacht bei dir aufzunehmen?" Hanna war wütend, er wollte sie loswerden.

„Aber nein, es ist nur..., Hanna, ich bin auch nur ein Mann."

Lorenz sah ihr fest in die Augen.

„Ach ja? Und ich bin keine naive Frau."

„Möchtest du bei mir bleiben?" Er hielt sie an den Schultern fest, damit sie sich nicht wegdrehte.

„Ja, ich will bei dir bleiben. Die ganze Nacht."

„Ist das wirklich dein Ernst? Hanna, ich liebe dich, und ich werde nicht auf dem Sofa schlafen."

„Lorenz, bitte, glaube mir doch, ich will nicht, dass du auf dem Sofa schläfst."

Lorenz ließ Hanna los, er dachte, hoffentlich mache ich keinen Fehler. Er verdrängte den Gedanken sofort wieder und sagte.

„Gut. Mir wird langsam kalt, wir sollten nach oben gehen. Außerdem muss ich was trinken."

Lorenz drehte sich um, schloss die Haustüre auf und ging die Treppen nach oben zu seiner Wohnung. Hanna folgte ihm.

Er hatte eine große geräumige Wohnung, die etwas unordentlich wirkte. Aber gerade dies machte den

männlichen Charme der Wohnung aus. Sie gingen ins Wohnzimmer. Hanna legte ihre Sachen ab und fragte.
„Kann ich telefonieren? Ich muss meiner Großmutter Bescheid geben, dass ich heute Nacht nicht zurückkomme."
„Ja natürlich, kein Problem." Lorenz ging an die Bar, holte zwei Gläser aus dem Regal, füllte beide mit Whisky und Eis. Lorenz sah Hanna zu wie sie den Hörer von der Gabel nahm und wählte.
Er dachte, ich weiß, ich werde ihr wehtun. Fast den Tränen nahe, hob er sein Glas, trank es auf Ex und füllte es neu.
Hanna hörte das klicken in der Leitung.
„Hier bei Lina Tent." hörte sie Sabrina sagen.
„Hallo Sabrina, ich bin es, Hanna." Hanna hatte ganz feuchte Hände vor Aufregung.
„Hanna, wo bist du?"
„In Lübeck."
„Was! Du hast nicht gesagt, dass du über Nacht wegbleibst."
„Ich weiß, es war auch nicht geplant."
„Wo übernachtest du?"
Hanna musste schlucken, denn es fiel ihr nicht leicht, es Sabrina zu sagen.
„Bei Lorenz."
„Was! Das ist nicht dein Ernst." Sabrina glaubte sich verhört zu haben.
„Es war schon spät, was hätte ich machen sollen?" verteidigte sich Hanna.
„Oh je, Hanna, Lorenz ist auch nur ein Mann, verstehst du? Er wird sich nicht zurückhalten, das würde mich jedenfalls wundern!"

„Das gleiche hat er auch gesagt."

„Und was hast du darauf erwidert?"

„Ach komm, Sabrina, ich bin alt genug."

„Ich weiß, aber ich habe kein gutes Gefühl. Ich hoffe du weißt was du tust."

„Ja, ja, ja. Ich will diese Nacht bei ihm bleiben, die ganze Nacht. Bitte verstehe mich doch."

„Nein, ich kann dich nicht verstehen. Gestern erzählst du mir noch, von deiner Angst, und heute willst du mit ihm die Nacht verbringen. Ach Hanna, wie soll ich das verstehen." Sabrina war besorgt um ihre Freundin.

„Ich liebe ihn."

„Darauf kann ich nicht mehr viel sagen." Sabrina hatte resigniert.

„Ich wünsche dir eine schöne Nacht."

„Danke, Sabrina, bis morgen."

„Ja, bis morgen."

Hanna legte den Hörer auf die Gabel. Sie drehte sich um, ging zu Lorenz der ihr ein Glas Whisky reichte.

„Wer war dran?" fragte er.

„Sabrina."

Hanna trank einen Schluck Whisky, der ihr in der Kehle brannte, aber ihr gut tat.

„Aha." sagte Lorenz, stellte sein Glas ab und ging um die Bar herum. Er nahm Hanna das Glas aus der Hand und küsste sie.

„Ich möchte jetzt schlafen gehen. Gehst du mit?"

„Ja."

Mehr konnte Hanna nicht sagen, denn Lorenz hatte sie schon auf die Arme genommen und trug sie Richtung Schlafzimmer.

Sabrina stand immer noch neben dem Telefon. Langsam drehte sie sich weg, sie wollte zur Treppe gehen, als sie Lina in der Tür stehen sah.

Sie erschrak.

„Frau Tent."

Lina war ganz bleich, sie hatte Mühe zu sprechen.

„War es Hanna?"

„Ja, sie war es." Sabrina sah Lina an, dass sie mit sich kämpfte.

„Sie bleibt bei diesem Mann?"

Sabrina konnte nichts sagen, das musste sie auch nicht.

Lina hatte es geahnt.

„Das ist nicht gut. Es ist zu schnell."

„Der Ansicht bin ich auch, aber ich konnte sagen was ich wollte, sie ließ nicht mit sich reden."

„Sie liebt ihn, nicht wahr?" Lina sah Sabrina an.

„Ja."

„Er wird ihr wehtun, ich fühle es."

„Aber wie?"

„Ich kann es nicht erklären, aber ich fühle es, wenn man ihr weh tut."

„Hätte man sie nicht warnen sollen, wenn sie sich so sicher sind?"

„Das hätte, nichts genützt. Je mehr man auf sie einredet umso sturer wird sie."

Lina trat von der Türe weg und setzte sich auf den geblümten Sessel, der am Fenster stand.

„Sie ist so stur wie ihre Mutter."

Sabrina zog sich einen kleinen Hocker heran und setzte sich zu Lina.

„Ja?"

Sie kannte Hannas Mutter nicht. Hanna hatte nie von ihrer Mutter gesprochen.

„Ja, sie sind sich so ähnlich. Hanna ist ihrer Mutter wie aus dem Gesicht geschnitten. Manchmal denke ich, Angelika steht vor mir." Lina spielte nervös mit ihren Fingern.

„Angelika ist Hannas Mutter, ihre Tochter?" fragte Sabrina.

„Ja. Wollen sie ein Bild von Angelika sehen? Dann verstehen sie mich etwas besser."

„Gerne."

Lina stand schwerfällig auf, ging zu dem alten Sekretär, zog eine kleine Schublade auf und nahm ein Bild heraus. Sie kam zum Sessel zurück, wo Sabrina auf dem kleinen Hocker saß, und reichte ihr das Bild.

Sabrina konnte es nicht glauben, als sie das Bild betrachtete. Die lächelnde Frau mit dem etwas altmodischen Kostüm war Hanna wie aus dem Gesicht geschnitten. Hätte sie nicht kürzere Haare gehabt und keine Brille auf, Sabrina hätte sie mit Hanna verwechselt.

„Das ist ja unglaublich. Hannas Mutter sieht genauso aus wie Hanna. Selbst das Grübchen am Kinn ist dasselbe. Ich kann es nicht glauben, dass ist ein Gesicht."

„Ja! Jetzt werden sie verstehen, was ich meine. Damals, als Angelika und Karsten verunglückten, spürte ich es. Ich wusste plötzlich, dass sie tot sind. Bei Hanna ist es genauso. Ich spüre, wenn es ihr nicht gut geht oder wenn sie Gefahr läuft, einen Fehler zu machen. Wie heute Abend, ich bin sicher, dass sie diese Nacht bereuen wird."

Lina traten Tränen in die Augen. Sie weinte um ihre Tochter und um ihre Enkelin. Sie hoffte, dass es doch ein gutes Ende nehmen werde.

Sabrina sah, dass Lina weinte, kniete sie sich vor ihr hin, nahm Linas Hände in die ihren und sagte.

„Hanna ist ja nicht alleine. Ich werde immer zu ihr stehen. Und sie hat sie ja auch noch, Frau Tent."

Lina sah Sabrina dankbar an.

„Nenne sie mich doch Lina."

„Aber gerne. Aber nur, wenn sie mich nicht mehr siezen."

„Gut, aber dann musst du auch du zu mir sagen."

„Oh, dass mache ich gerne. Ich glaube eine kleine Stärkung würde uns beiden gut tun."

„Das denke ich auch. Was hältst du von einem Glas Sherry?"

„Das wäre jetzt genau das Richtige."

Sie erhoben sich beide und gingen in die Küche.

Sie schloss mit einem Seufzer den Koffer. Nun war er endgültig zu Ende. Heute Abend würde sie mit dem Zug zurück nach Nürnberg fahren. Sie wollte nicht zurück, sie wollte hier bleiben. Hier, wo sie eine Nacht so glücklich gewesen war. Eine Nacht war zwar nicht viel, aber Hanna klammerte sich an diese Stunden voller Wärme und Glück. Es war nun schon zwei Wochen her und seitdem hatte sie Lorenz nicht mehr gesprochen. Sie hatte kein gutes Gefühl. Es kam ihr vor, als wolle er sie nicht sprechen. Immer wieder hatte sie versucht ihn zu erreichen, aber er ging entweder nicht an den Apparat oder seine Sprechstundenhilfe sagte, er sei bei einem Hausbesuch. Sie hatte gebeten, dass er sie doch zurückrufen solle, aber er hat es nicht getan.

„Ich kann mich doch nicht so in ihm getäuscht haben?" sagte sie laut zu sich selbst.

Sie hatte so gehofft, dass es mit Lorenz gut gehen würde, aber sie hatte sich nur etwas vorgemacht. Wie naiv ich doch bin, dachte sie.

Hanna hörte, wie die Tür hinter ihr geöffnet wurde. Sie drehte sich um und sah, dass Sabrina mit einem Tablett mit Tee, in der Tür stand.

„Ich dachte, du möchtest vielleicht eine Tasse Tee." Sabrina stellte das Tablett auf einen kleinen Tisch.

„Das ist eine gute Idee." Hanna kniete sich vor das kleine Tischchen und ließ sich eine Tasse Tee einschenken, legte eine Scheibe Zitrone hinein, und trank einen Schluck.

„Du siehst aber nicht gut aus." sagte Sabrina vorsichtig.

„Ich fühle mich auch nicht besonders. Ach Sabrina, ich will nicht nach Nürnberg zurück."

„Wegen Lorenz." Sabrina seufzte.

„Ja."

„Hast du ihn erreicht?"

„Nein, ich habe das Gefühl, als wenn er mich nicht sprechen möchte."

Hanna fiel es schwer, dass zu sagen.

„Hast du gesagt, dass er dich zurückrufen soll?"

„Natürlich."

„Er hat nicht zurückgerufen?"

„Nein." Hanna war müde.

Sabrina schüttelte den Kopf, sagte aber nichts. Sie dachte, Lorenz, na warte!

Hanna sah Sabrina an.

„Manchmal denke ich, diese Nacht war ein Fehler. Aber ich war mir so sicher, dass es gut geht."

„Es ist auf alle Fälle besser, wenn du nach Nürnberg fährst. Wenn du arbeitest, lenkt dich das etwas ab."

„Du hast Recht. Ich werde schon damit fertig. Lass uns nach unten gehen. Wir wollen doch noch essen, bevor ich fahre."

„Gut." Sabrina stand auf.

„Wie lange bleibst du noch?" fragte Hanna.

„Bei deiner Großmutter noch diese Nacht. Morgen fahre ich für ein paar Tage zu Susanne nach Hamburg."

„Und wann kommst du nach Nürnberg?"

„Oh, ich denke nächste Woche."

„Schön, das ist ja gar nicht so lange." Hanna war erleichtert.

„Nein, ich muss ja auch mal wieder was für mein Studium tun. Die Semesterferien dauern ja auch nicht ewig, und ich will mich noch auf das nächste Semester vorbereiten."

„Mir knurrt der Magen. Lass uns gehen."

Hanna hängte sich bei Sabrina unter, und sie verließen gemeinsam das Zimmer.

Kapitel 3

Wirrungen

Es regnete in Strömen. Sabrina stand vor Lorenz Wohnung und klingelte Sturm. Das Regenwasser lief über den Regenschirm und ergoss sich über ihre Schuhe. Sie fror, und langsam aber sicher krochen die Kälte und die Feuchte bis in alle Ecken ihres Körpers vor. Sie klingelte wieder. Sabrina war wütend auf das Wetter, auf ihren knurrenden Magen, und am meisten auf Lorenz. Sie sah Hanna vor sich, wie sie traurig in den Zug gestiegen war, traurig wegen Lorenz.

Sabrina wusste, dass er da war, sein Auto stand vor der Tür. Ein untrügliches Zeichen, dass er zu Hause war. Sie klingelte nochmals, da öffnete sich ein Fenster und Lorenz sah heraus.

„Sabrina!" sagte er verblüfft, „was machst du denn hier bei diesem Wetter?"

„Lorenz, mach sofort auf, ich muss dich sprechen."

„Wegen Hanna?"

„Natürlich, oder dachtest du ich will einen Kaffeeklatsch mit dir verbringen?"

„Nein, Moment ich mach auf."

Es surrte an der Tür, Sabrina schob die schwere Tür nach innen auf, schüttelte ihren Regenschirm aus und ging die Stufen hinauf in den ersten Stock, zu Lorenz' Wohnung. Lorenz stand in der Tür. Er sah müde aus.

„Komm rein, lege deine nassen Sachen ins Bad ich mache dir einen Kaffee zum Aufwärmen." sagte er kurz drehte sich um und ging in die Küche.

Sabrina legte ihren triefenden Mantel und Schirm in die Badewanne, und rubbelte ihre Haare etwas trocken. Etwas trockener ging sie ins Wohnzimmer wo Lorenz mit einem Glas Whisky schon auf sie wartete.

„Der Kaffee ist gleich fertig. Setz dich doch."

Lorenz trank einen Schluck Whisky und sah Sabrina an, die sich auf einen Stuhl setzte. Sie sagte nichts, sah Lorenz nur wütend an.

Lorenz stellte sein Glas ab, ging in die Küche, füllte eine Tasse mit Kaffee, ging in Wohnzimmer zurück und reichte sie Sabrina.

„Nun, was willst du?" Er setzte sich zu ihr.

„Es geht um Hanna." Sabrina trank einen Schluck Kaffee.

„Das hast du schon gesagt, werde etwas deutlicher."

„Lorenz!" Sabrina brüllte ihn wütend an. „Was glaubst du wer du bist? Hanna hat in den letzten zwei Wochen versucht dich zu erreichen. Wieso hast du nicht zurückgerufen?"

„Ich konnte nicht."

„Was? Du hast wohl gehabt, was du wolltest. Eine Nacht mit Hanna."

Sabrina war außer sich.

„Das verstehst du nicht." Lorenz stand auf und lief nervös im Zimmer auf und ab.

„Was verstehe ich nicht? Erkläre es mir." Sabrina stellte ihre Tasse ab und stand ebenfalls auf.

„Nein!" sagte Lorenz entschlossen.

Sabrina spürte, wie kalte Wut in ihr aufstieg. Sie ging auf Lorenz zu und schrie ihn an.

„Was soll das heißen. Nein?" Sie atmete tief durch.

„Hanna ist meine beste Freundin, und ich will und kann es nicht glauben, dass du ihr absichtlich wehtust."

Lorenz funkelte Sabrina aus bösen Augen an. Er trank einen Schluck Whisky.

„Lass mich in Ruhe."

Er wollte an Sabrina vorbei, aber Sabrina stellte sich ihm in den Weg. Sie war außer sich vor Wut. Sabrina hob ihre rechte Hand und gab Lorenz eine schallende Ohrfeige.

Lorenz stand fassungslos vor Sabrina. Er spürte das Brennen auf seiner Wange. Er wollte etwas sagen, bekam aber kein Wort über die Lippen. Die Ohrfeige hatte ihn so überrascht, dass er sich umdrehte um sich einen Drink einzuschenken.

Sabrina schmerzte, von der Wucht der Ohrfeige, die Hand. Sie bereute es nicht.

Lorenz goss sich einen Whisky ein und schüttete ihn sich regelrecht in seine Kehle. Danach goss er sich noch einen ein, auch diesen trank er auf Ex. Nun fühlte er sich besser, der Alkohol stieg ihn in den Kopf und er war benommen.

„Seit wann trinkst du so viel?" fragte Sabrina, die Lorenz noch nie so gesehen hatte.

„Seit kurzem, Alkohol lenkt ab."

„Warum?"

„Ich muss vergessen." Lorenz setzte sich auf einen Stuhl.

„Was?" Sabrina verstand nicht.

Lorenz trank erneut einen Schluck Whisky und sah auf seine zitternden Hände.

„Hanna, ich muss Hanna vergessen."

„Lorenz warum? Sie liebt dich, was ist passiert? Warum musst du sie vergessen?"

„Ich hätte diese Nacht nicht mit ihr verbringen dürfen. Eigentlich wollte ich nur mit ihr reden, aber dann bot sie mir das Du an und gab mir plötzlich einen Kuss. Ich war so perplex, da habe ich alles vergessen, ich wollte vernünftig bleiben."

Lorenz stand plötzlich auf und schleuderte sein Glas an die Wand, das mit einem lauten Knall an der Wand zerschellte.

„Ich Idiot, " schrie er „ich wusste doch ganz genau, dass wir keine Zukunft haben. Ich wollte doch nur die Sache vom letzten Jahr gerade bügeln. Aber jetzt verletze ich sie noch mehr. Es hätte nicht passieren dürfen. Oh mein Gott, was habe ich getan?"

Außer sich vor Wut schlug Lorenz mit voller Wucht seine Faust auf die Bar. Dabei warf er die Flasche Whisky um, die sich sofort auf den Teppich ergoss. Sabrina sprang auf und griff nach der Flasche, um größeren Schaden zu vermeiden. Sie stellte die Flasche wieder auf die Bar und drehte den Verschluss darauf. Sie griff nach Lorenz Hand, die sich verdächtig verfärbte und anschwoll.

„Du hast sie wahrscheinlich verstaucht." sagte Sabrina besorgt.

Lorenz zog seine Hand heftig weg.

„Na und, ich bin Arzt."

„Na, wenn du Arzt bist, dann sag mir doch, was mit deiner Hand ist?"

„Also, gut, mal sehen."

Lorenz bewegte vorsichtig seine linke Hand und stöhnte vor Schmerzen auf, ihm wurde schwindlig vor Schmerz. Er schwankte.

„Setz dich." Sabrina zog einen Stuhl heran. „Ist es schlimm?"

„Ich würde sagen", Lorenz stockte er musste erst tief durchatmen, „Handgelenk verletzt."

„Wie verletzt?" Sabrina hielt seine rechte Hand.

„Na, genau kann ich es nicht sage. Ich kann schließlich nicht in mein Handgelenk sehen."

„Oh je, soll ich einen Notarzt rufen?"

Sabrina sah die linke Hand an, die sich böse verformt hatte und im Bereich des Handgelenkes sich blau verfärbte.

„Nein, später. Bringe mir doch bitte einen Eisbeutel zum kühlen. Es ist einer im Gefrierschrank."

„Lorenz, bitte, du musst zum Arzt. Deine Hand sieht schlimm aus."

„Später. Im Moment muss sie erst abschwellen. Ich muss dir doch noch erklären, was ich vorhin gemeint habe. Das Hanna und ich keine Zukunft haben, noch nicht." Lorenz stöhnte auf und wurde ganz blass.

„Erst wird deine Hand versorgt." sagte Sabrina entschlossen.

„Wie heißt dein Freund, na sag schon, der auch Arzt ist? Den rufe ich an. Er soll entscheiden wie schlimm es ist."

„Magnus Bowinkel, Nummer steht im Buch. Ich habe wohl keine Chance?"

„Erst wirst du verarztet, dann können wir reden." Sabrina stand auf und telefonierte mit Magnus Bowinkel.

„In einer guten halben Stunde ist er da. Wir sollen die Hand kühlen."

„Meine Worte. Ich glaube, ich setze mich auf mein Sofa. Der Stuhl schwankt so."

„Nicht der Stuhl, du schwankst. Mensch Lorenz, du bist ganz weiß, komm ich helfe dir."

Sabrina stützte Lorenz und begleitete ihn zum Sofa. Lorenz legte sich stöhnend darauf uns schloss die Augen. Ihm war übel vor Schmerz, egal, wie er die Hand hielt, sie schmerzte furchtbar. Er versuchte sie auf ein Kissen zu legen, schrie auf und ihm wurde schwarz vor Augen.

„Lorenz!" Sabrina sah Lorenz erschrocken an. „Kann ich dir helfen, soll ich irgendetwas bringen, oder deine linke Hand halten?"

„Ich habe keine Ahnung wie ich die Hand hinlegen soll. Ich habe das Gefühl, als wenn sie, egal wie ich sie halte, schmerzt. Bringe mir doch bitte den Eisbeutel, vielleicht hilft ja der ein bisschen."

„Gerne."

Sabrina ging in die Küche und holte den Eisbeutel und legte ihn auf Lorenz' Handgelenk.

„Geht es, oder soll ich ihn wieder wegnehmen?"

„Nein. Es geht schon, die Kühle tut mir gut. Buh, ich glaube, ich versuche mich etwas zu entspannen, vielleicht lässt der Schmerz dann nach."

„Ja, tu das, ruh dich aus. Wir reden, wenn dein Freund dich verarztet hat. Okay?" Sabrina sah Lorenz an.

„Ja, natürlich. Danke."

Lorenz schloss die Augen. Er versuchte, etwas zu dösen.

„Keine Ursache."

Sabrina stand auf und ging in die Küche. Sie goss sich ein Mineralwasser aus dem Kühlschrank ein. Ging damit ins Wohnzimmer zurück und setzte sich zu Lorenz. Wie blass er ist, dachte sie. Lorenz war schmal geworden. Ob er doch nicht so verantwortungslos war, wie sie dachte? Hoffentlich hat er eine gute Erklärung, denn sie konnte Hanna nicht leiden sehen. Sabrina hatte kein gutes

Gefühl. Er hatte davon gesprochen, dass er und Hanna keine Zukunft hätten. Was er wohl damit meinte? Sabrina betrachtete Lorenz, der mit geschlossenen Augen vor ihr auf dem Sofa lag. Sie mochte ihn sehr gerne, wie einen großen Bruder. Sie kannte ihn schon seit der Oberstufe, war er doch der Schwarm aller Mädchen in der Schule gewesen, sie nicht ausgeschlossen. Aber mit der Zeit hatte sich herausgestellt, dass er als Freund nicht in Frage kam. Sie waren zu verschieden. Aber als 'großer' Bruder war einfach spitze gewesen. Er hatte sie immer beschützt, und war immer für sie da, wenn sie Probleme in der Schule hatte.

Mit der Zeit verloren sie sich aus den Augen. Erst vor zwei Jahren hatten sie sich zufällig wieder getroffen, was ein großes Fest gab. Sie hatte ihren 'großen' Bruder wieder.

Sabrina sah Lorenz liebevoll an. Er atmete ganz leise und ruhig. Gott sei Dank, er ist eingeschlafen, dachte sie.

So gerne sie Lorenz mochte, manchmal konnte sie ihn einfach nicht verstehen. Er konnte so stur sein. Es machte manchmal den Eindruck, als wäre er ein großer Egoist. Aber das war er nicht. Er war nur ein Mensch, der sich nicht gerne in die Karten schauen ließ.

Lorenz konnte seine Gefühle nicht richtig ausdrücken, er war sehr verschlossen. Ob es wohl etwas mit seiner Kindheit zu tun hatte, dachte Sabrina, denn er erzählte keinem etwas über seine Kindheit. Wo er aufgewachsen war. Wo er zur Grundschule gegangen ist. Auch hatte er noch nie etwas über seine Eltern erzählt. Er hatte immer etwas Rätselhaftes an sich.

Sie mochte ihn trotzdem, oder gerade deswegen?

Sabrina stand auf, stellte ihr Glas auf den Tisch und ging zum Fenster. Sie sah auf die Straße hinaus, es regnete immer noch. Es war ganz still, es fuhr kein Auto vorbei. Nur ein einsamer Fußgänger, der seinen Hund spazieren führte, lief an der anderen Straßenseite vorbei. Sie schüttelte den Kopf, konnte sie es doch nie begreifen, wie man seinen Hund nachts um 1 Uhr spazieren führen konnte.

Da fuhr ein Auto langsam heran, parkte genau vor dem Haus. Es stieg ein großer Mann mit einem Arztkoffer aus. Das muss Magnus Bowinkel sein, dachte sie. Sie ging zur Tür um aufzumachen, bevor er klingelte. Sie ging die Treppenstufen zur Haustür hinunter und öffnete die Türe. Magnus Bowinkel wollte gerade den Klingelknopf drücken.

„Halt, nicht klingeln." rief Sabrina.

„Bitte?" Magnus erschrak.

„Entschuldigung, ich wollte sie nicht erschrecken, aber Lorenz ist gerade erst eingeschlafen, und ich wollte nicht dass er aus seinem Schlaf aufschreckt."

„Das verstehe ich, " Magnus lächelte „sie müssen Frau Bogmann sein, sie haben mich angerufen, nicht wahr?"

„Ja, ich bin Sabrina Bogmann."

Sabrina reichte ihm die Hand und betrachtete ihn genau. Er war sehr groß, noch größer als Lorenz. Er hatte dunkle lange, fast schwarze Haare die er im Nacken zusammen gebunden hatte. Sabrina war fasziniert, denn er hatte grüne, leuchtende Augen. So etwas hatte sie noch nie gesehen.

Er stand lächelnd vor ihr.

„Wenn sie mich genug gemustert haben, dürfte ich dann ins Haus? Ich bin schon ganz nass."

Sabrina wurde über und über rot. Sie hatte gar nicht gemerkt, dass sie ihn so angestarrt hatte.

„Tut mit leid. Es ist normalerweise nicht meine Art, Menschen so anzustarren. Kommen sie rein."

Sabrina trat einen Schritt zur Seite um ihn hereinzulassen.

„Das muss ihnen nicht Leid tun, von so einer schönen Frau lasse ich mich gerne anstarren."

Sabrina war überrascht, denn mit einem Kompliment hatte sie nicht gerechnet.

„Danke, aber ich glaube wir sollten nach oben gehen, damit sie sich Lorenz' Hand einmal ansehen."

„Ja, lassen sie uns gehen."

Sie gingen die Treppen hinauf, die Wohnungstür stand immer noch offen. Sie gingen hinein, Magnus legte seinen Mantel ab, ging ins Wohnzimmer wo Lorenz immer noch auf dem Sofa lag und schlief.

Er setzte sich zu Lorenz und versuchte, ihn ganz vorsichtig zu wecken.

„Lorenz?" sagte er leise.

Lorenz rührte sich nicht. Magnus rüttelte ihn ganz sanft an der Schulter.

„Lorenz?" sagte er nochmals.

Lorenz räkelte sich und blinzelte.

„Bitte?"

„Hallo Lorenz, erkennst du mich nicht?"

Lorenz versuchte sich aufzurichten, stöhnte aber auf. Er hatte seine verletzte Hand ganz vergessen.

„Oh!" stöhnte er.

„He, Kumpel, ganz vorsichtig, ich will mir deine Hand erst einmal ansehen, bevor du sie bewegst." Magnus sah Lorenz lächelnd an.

„Hallo Magnus, habe dich erst gar nicht erkannt."
„Schon gut. Lass mal sehen."
Er nahm, den Eisbeutel von Lorenz' Hand, und
betrachtete sie.
„Du musst jetzt die Zähne zusammenbeißen. Ich muss
die Hand ansehen."
„Schon gut. Ich werde versuchen tapfer zu sein."
„Das musst du nicht. Wenn es das ist, was ich vermute,
wird es gleich sehr wehtun. Also, ich sehe sie nun
vorsichtig an."
Magnus hob die Hand vorsichtig hoch, sah sie vorsichtig
an. Ihm wurde klar, dass es besser war die Hand nicht zu
bewegen.
Lorenz schrie auf, und ihm wich jede Farbe aus dem
Gesicht. Er dachte, er würde das Bewusstsein verlieren,
solche Schmerzen hatte er noch nie gehabt.
„Oh je, ich lege dir erst einmal vorsichtig eine
Verbandschiene an, dann lassen die Schmerzen gleich
etwas nach."
Magnus öffnete die mitgebrachte Tasche und legte
geschickt den Verband an.
„So, fertig. Ich würde dir ja gerne eine Spritze gegen die
Schmerzen geben, aber ich glaube, du hast zu viel
Alkohol getrunken. Das ich dir im angetrunkenen
Zustand keine Spritze geben kann ist dir ja bekannt."
„Ja, dann muss es halt so gehen. Die Schiene bringt
schon etwas Erleichterung. Was ist es denn nun?"
„Na ja, ganz genau kann ich es dir erst sagen, wenn ich
den Arm morgen röntge, aber eventuell Handgelenk
angebrochen oder gebrochen."
„Was so schlimm? Ich dachte eher nicht."

„Lorenz, du bist doch selber Arzt. Wir warten erst mal die Röntgenbilder ab." Magnus sah Lorenz ernst an. „Oder sollen wir gleich in die Klinik fahren?"

„Nein, ich warte bis Morgen," sagte Lorenz ernst

„Ok. Deine Entscheidung. Du bist zwar ein hervorragender Diagnostiker, aber ohne Röntgen geht es nicht. Wie ist es denn passiert. Es sieht aus, als hättest du dir deine Hand abschlagen wollen. Die ganze Hand und Handgelenk sind übersät mit Blutergüssen und blauen Flecken."

„Das erzähle ich dir ein anderes Mal. Oder Sabrina soll es dir erzählen. Ich will jetzt nur schlafen. Kommst du morgen wieder. Ich glaube nicht, dass ich alleine in deine Praxis komme."

„Ich bleibe die Nacht über hier, falls du etwas brauchst, und morgen früh fahren wir gemeinsam in die Praxis. Da wirst du erst einmal geröntgt."

Lorenz richtete sich auf. Magnus half ihm dabei. Lorenz hatte schon wieder etwas Farbe im Gesicht. Er sah Sabrina an, die mit verschränkten Armen am Fenster stand und zu ihnen beiden herüber sah.

„Bleibst du auch, Sabrina?" Er sah Sabrina bittend an.

„Ja, ich bleibe. Aber wo soll ich schlafen."

„Das Sofa ist ein Schlafsofa, wenn ihr es aufklappt. Ihr müsstet allerdings zusammen darauf schlafen. Oder ich schlafe hier und du, Sabrina, nimmst das Bett."

„Das kommt nicht in Frage, es wird schon gehen. Nicht wahr Herr Bowinkel?"

„Sicher geht das, aber nur wenn sie Magnus zu mir sagen und das 'Sie' weglassen."

„Gerne, so ist es viel leichter. Außerdem bist du ein Typ Mensch, den man schlecht 'Siezen' kann."

„Das haben schon viele Menschen gesagt."

„Na dann." Sabrina strahlte ihn an.

Sabrina wurde ganz kribbelig im Bauch und sie dachte sie würde wieder rot anlaufen. Zum Glück trat dieses nicht ein. Sabrina war überwältigt von Magnus. Dieses Lächeln, dachte sie, das haut mich einfach um. Er könnte mir gefährlich werden. Mhm, der Mann fürs Leben? Sie zwang sich dazu, nicht mehr darüber nachzudenken, und lächelte zurück.

„Ich glaube, wir sollten erst einmal Lorenz in sein Schlafzimmer bringen. Er sieht schon wieder ganz blass aus."

Magnus sah Lorenz an, der an seinem Arm lehnte.

„Da hast du Recht. Bevor er uns ganz umkippt sollten wir ihn schleunigst in sein Bett bringen."

Magnus führte Lorenz in sein Schlafzimmer. An der Zimmertür drehte er sich noch einmal um.

„Sabrina, könntest du mir einen Kaffee kochen? Den brauche ich jetzt." Er lächelte sie an.

„Das mache ich doch gerne. Ich sehe auch mal nach, ob Lorenz vielleicht eine Kleinigkeit zu Essen im Kühlschrank hat."

„Das wäre prima."

Magnus führte Lorenz zu seinem Bett und zog ihm Schuhe und Hose aus.

„Ich kann das selber." sagte Lorenz ärgerlich.

„Ja, dass weiß ich. Aber du sollst dein Handgelenk nicht so belasten, jetzt wo du noch keinen festen Gips hast. Sei doch nicht so unvernünftig."

„Entschuldigung, ich bin etwas gereizt. Na, dir gefällt Sabrina, nicht wahr?"

„Ja sehr, sie ist eine faszinierende Frau, und genau mein Typ. Ich hoffe, ich durchkreuze damit nicht deine Absichten."

„Nein, keine Sorge. Sabrina ist nur eine gute Freundin."

„Ist sie gebunden?"

„Nein. Bei Sabrina hast du noch alle Chancen."

„Gut!" Magnus lächelte Lorenz verschmitzt an.

„So, ich will jetzt schlafen. Weckst du mich morgen?"

„Aber natürlich. Ich hole sogar Frühstücksbrötchen."

„Super, Magnus, mach' keinen Unsinn."

„Aber nein, du kennst mich doch."

„Eben."

„Du bist ganz schön frech. Ich sollte dir einmal auf deine Hand klopfen."

„Nein, bitte nicht. Ich weiß doch, dass du ein Gentleman bist. Ich wünsche dir eine gute Nacht."

„Gute Nacht. Soll ich die Tür einen Spalt offen lassen?"

„Raus!" rief Lorenz und musste lachen.

Magnus schloss die Tür. Er sah Sabrina an der Bar sitzen, wo sie gerade den Kaffee eingoss.

Er setzte sich zu ihr und trank einen großen Schluck.

„Ich habe eine ganze Menge gefunden, in Lorenz Kühlschrank, daraus habe ich ein paar Leckereien gezaubert."

Sabrina stand von ihrem Barhocker auf, ging um die Bar herum und hob triumphierend einen Teller mit Sandwichs hoch. Magnus war überwältigt.

„Wie hast du das in der kurzen Zeit geschafft? Das sieht ja toll aus, da bekomme ich ja gleich Hunger."

„Dann greife zu."

Sabrina reichte ihm den Teller und Magnus griff mit Appetit zu.

„Es schmeckt sehr gut. Kommst du aus der Gegend hier?"

„Nein, ich komme aus Nürnberg. Ich habe ein paar Tage Urlaub bei der Großmutter meiner besten Freundin verbracht."

„In Nürnberg war ich noch nie. Da fällt mir gleich der berühmte Weihnachtsmarkt ein."

„In Nürnberg gibt es noch viel mehr als den Christkindlesmarkt. Du musst halt einmal nach Nürnberg kommen, dann kann ich es dir zeigen."

„Das ist eine gute Idee. Das mach' ich mal. Dann kann ich dich gleich besuchen."

„Gerne. So, ich bin müde. Ich habe das Sofa schon aufgeklappt. Kissen und Decken habe ich auch gefunden. Nur an Schlafanzügen fehlt es uns."

„Ich sehe mal schnell in Lorenz' Kleiderschrank, da wird sich schon was finden. Aber ein Nachthemd hat er, glaube ich, nicht."

„Das macht nichts. Ich mag nämlich keine Nachthemden. Ich liebe schöne kuschelige Schlafanzüge, am besten aus warmer Baumwolle."

„Na, da wollen wir mal sehen, ob wir so einen auftreiben." sagte Magnus und verschwand hinter der Schlafzimmertür.

Sabrina stand auf, und räumte das schmutzige Geschirr in die Küche. Magnus kam mit zwei Schlafanzügen aus dem Schlafzimmer und reichte ihr einen.

„Ich hoffe, er ist warm genug."

„Bestimmt." sagte Sabrina und verschwand im Bad.

Frisch gewaschen und umgezogen kam sie zurück.

„Etwas groß." sagte sie und lachte.

Der Schlafanzug verdeckte ihre Hände und er war so lang, dass sie die Beine des Schlafanzuges hochheben musste, damit sie laufen konnte.

Magnus hatte sich auch schon umgezogen und wartete an der Bar bis das Bad frei wurde.

„Steht dir ausgezeichnet." sagte er lachend und ging an Sabrina vorbei.

Als er zurück kam lag Sabrina schon bis zur Nase zugedeckt auf dem aufgeklappten Sofa und schlief.

Magnus schaltete das Licht aus und legte sich zu ihr.

„Gute Nacht, Sabrina." sagte er leise deckte sich zu, drehte ihr den Rücken zu und schlief sofort ein.

„So, fertig."

Magnus zog seine Gipsverschmierten Handschuhe aus und warf sie in den bereitstehenden Abfalleimer.

„Jetzt muss der Gips nur noch trocknen, dann bist du entlassen. Sei froh, dass es ein glatter Durchbruch ist, da reicht ein Gips."

„Wie lange glaubst du muss ich ihn dranlassen?"

Lorenz sah missmutig auf seinen rechten Arm, der mit dem weißen Gips so unförmig aussah."

„Ich würde sagen, mindestens sechs Wochen."

„Glaubst du, dass er in drei Monaten wieder okay ist?"

Lorenz sah Magnus fragend an.

„Wieso?" Magnus verstand nicht.

„Weil ich in drei Monaten in Afrika, genauer gesagt in Kenia, sein werde. Als Arzt im Entwicklungsdienst."

„Dann bist du also angenommen worden?"

„Ja, vor drei Tagen kam der Bescheid, dass ich im November Anreisen soll."

„Mensch Lorenz, das ist ja toll. Was machst du denn mit deiner Praxis?"

„Ich dachte, wir hätten uns schon darüber unterhalten. Wir wollten doch sowieso eine Gemeinschaftspraxis. Da meine größer ist, wollten wir doch meine etwas umbauen. Da ich jetzt für circa ein bis zwei Jahre nach Afrika gehe dachte ich, wir könnten das jetzt durchziehen."

Lorenz setzte sich auf der Liege aufrecht.

„Ja, das ist keine schlechte Idee, aber wenn du in Afrika bist kann ich die Gemeinschaftspraxis nicht alleine führen."

Magnus zog sich einen Bürostuhl heran und setzte sich zu Lorenz.

„Natürlich kannst du die Praxis nicht alleine führen. Ich dachte mir, wir fragen bei der Ärztekammer nach. Da gibt es doch immer junge Ärzte, die für ein, zwei Jahre eine Stelle suchen. Der könnte meinen Platz dann übernehmen, bis ich wieder da bin."

„Wie willst du die Praxis dann führen, wenn du drei Jahre nicht da bist? Oder willst du deine Rechte für drei Jahre dem Jung Arzt übergeben?"

„Aber nein, wenn ich in Afrika bin, wirst du meinen Teil mit übernehmen für zwei Jahre. Der andere Arzt hat ja nur einen befristeten Vertrag. Also trägst du die ganze Verantwortung für die ganze Zeit. Meinst du, das schaffst du?"

Lorenz sah seinen Freund an, der seinen Kopf auf seine linke Hand gestützt hatte.

„Ich denke, dass sich das machen lässt. Wann wollen wir das durchziehen?"

„So schnell wie möglich. Ich habe ja noch so viel zu erledigen. Es muss alles geregelt sein, bevor ich nach Afrika gehe."

„Am besten wir rufen als erstes die Ärztekammer an und ich regle das mit meiner Praxis. Kündigung und so."

„Ja, dann brauchen wir noch Handwerker und einen Umzugsdienst."

Lorenz hob seinen Arm, um zu sehen, ob der Gips schon trocken war.

„Er ist bald trocken. Sag mal, weiß es deine neue Freundin schon, du weißt schon, Hanna heißt sie, glaube ich."

Lorenz wurde unwohl in seiner Haut, fiel ihm doch Hanna wieder ein.

„Nein. Ich hatte noch nicht den Mut, es ihr zu sagen. Sie kommt nicht aus Lübeck, sie ist vor ein paar Tagen nach Hause gefahren. Außerdem ist sie noch nicht meine Freundin."

„Nein? Ich dachte du hast eine Nacht mit ihr verbracht. Woher kommt sie denn?" Magnus wurde neugierig, denn er verstand kein Wort.

„Aus Nürnberg. Die Nacht mit ihr war ein großer Fehler, es hätte nie passieren dürfen."

„Aus Nürnberg? Da kommt ja auch Sabrina her."

Lorenz wurde nervös.

„Sabrina ist ja auch Hannas beste Freundin."

„Jetzt verstehe ich. Du hast mit Hanna geschlafen, hast aber vorher schon gewusst, dass ihr keine Zukunft haben werdet. Nun wird mir klar, warum du gesagt hast, dass diese Nacht ein Fehler war. Sabrina wollte dich deswegen zu Rede stellen, nicht wahr?"

„Du hättest zur Polizei gehen sollen mit deinem untrüglichen Scharfsinn. Ja, genau so war es. Und gestern bin ich dann so in Wut geraten, nachdem mir Sabrina eine Ohrfeige verpasst hat, da habe ich mit der rechten Hand auf die Bar geschlagen."

Lorenz fuhr sich mit der linken Hand niedergeschlagen durch die Haare.

„Du liebst sie. Sonst hättest du dich vor lauter Wut nicht verletzt. Du bist in einer Zwickmühle. Du willst nach Afrika, willst aber auch Hanna."

„Ja." Lorenz stiegen Tränen in die Augen. Er versuchte dagegen anzukämpfen.

„Hast du dich entschieden?"

„Ja!"

„Nach deinem Gesicht nach zu urteilen hast du dich für Afrika und gegen Hanna entschieden."

Lorenz suchte nach den richtigen Worten. Er wollte nichts Falsches sagen. Er entschloss sich, Magnus die ganze Geschichte zu erzählen.

Als er damit fertig war, sah er Magnus mit großen Augen an.

„Verstehst du nun, dass es ein Fehler war, mit ihr zu schlafen? Als hätte ich ihr nicht schon genug wehgetan."

„Das hättest du dir früher überlegen sollen. Ich verstehe nur nicht, dass du sie so geärgert hast. Ich dachte, du liebst sie. Du musst mir auch noch erklären, warum du sie festgehalten hast."

Magnus sah Lorenz durchdringend an. Er konnte nicht glauben, was ihm sein bester Freund gerade erzählt hatte. Das war so ganz und gar nicht seine Art.

„Ich kann dir nicht genau sagen, warum ich sie festgehalten habe. Ich kann mich nur daran erinnern, dass ich Angst hatte, dass ich sie nie wieder sehe. Ich kann es dir nicht genau erklären."

Magnus schüttelte den Kopf.

„Kannst du mir verraten, wie ich dich verstehen soll, wenn du es nicht einmal selbst tust? Warum entscheidest du dich nicht für Hanna?"

„Ach Magnus, dass kann ich nicht. Dieser Entwicklungsdienst ist mein Traum, ich kann nicht einfach sagen ich gebe alles auf wegen Hanna. Was wäre das für eine Basis? Unsere Beziehung würde von Anfang unter einen schlechten Stern stehen."

Lorenz sah Magnus direkt in die Augen.

„Da hast du Recht, das wäre wirklich kein guter Anfang. Umso weniger hättest du dich zu dieser Nacht hinreisen lassen dürfen. Du hättest vernünftig bleiben müssen."

Magnus erwiderte den Blick von Lorenz, bis Lorenz betroffen wegsah.

„Ja, dass weiß ich auch. Aber du kennst Hanna nicht, sie ist eine wunderbare Frau, ich wollte sie einfach, ich wollte sie die ganze Nacht. Ich hatte aufgehört zu denken, ich sah nur Hanna und habe an die Folgen nicht gedacht. Glaubst du, ich mache mir keine Vorwürfe, glaubst du ich bin so kaltblütig, sie nur zu benutzen?"

„Aber genau das hast du getan, egal ob bewusst oder unbewusst. Du hast sie nach eurer gemeinsamen Nacht einfach ignoriert. Du hast dich wie ein Feigling in deine Arbeit vergraben. Hast Hanna mit Tränen und falschen Hoffnungen alleine gelassen. Du hast ihr nicht einmal die Chance gegeben, alles zu verstehen. Du bist ein erbärmlicher Feigling, du musst ihr die Möglichkeit geben, dich zu verstehen. Du kannst nicht einfach eine schöne Nacht mit ihr verbracht haben, um sie dann fallen zu lassen wie eine heiße Kartoffel."

Magnus sah Lorenz mit glühenden Augen an. Es stieg kalte Wut in ihm hoch. Am liebsten hätte er ihn verprügelt. Aber riss sich am Riemen und schrie an.

„Du bist nicht nur ein Feigling, sondern auch ein Heuchler. Du sagst, du liebst sie und lässt sie ohne ein Wort nach Nürnberg fahren. Ich habe den Eindruck, du wolltest nur deinen Spaß mit einer wunderbaren Frau haben. Und nachdem du deinen Spaß gehabt hast, ist sie für dich uninteressant. Wann willst du ihr es sagen? Oder bist du dafür auch zu feige?"

Lorenz war empört, konnte er die Anschuldigungen nicht verstehen. Oder hatte er doch recht, er wusste es nicht. Er wusste gar nichts mehr.

„Ich liebe sie wirklich, und ja, du hast Recht. Ich bin ein Feigling, ich kann ihr einfach nicht in die Augen sehen. Ich dachte, ich schicke ihr ein Telegramm, oder so."

„Du wirst ihr kein Telegramm schicken. Du fährst nach Nürnberg und siehst ihr in die Augen, wenn du es ihr sagst. Das bist du ihr schuldig, Verstanden!" Magnus wunderte sich, ein Telegramm. Wer verschickt noch ein Telegramm.

„Ich habe Angst, dass sie mich hasst."

„Wenn du ihr ein Telegramm schickst, hasst sie dich noch mehr."

„Du hast Recht. Ich muss es ihr persönlich sagen. So schnell wie möglich."

Lorenz stand von der Liege auf und stellte sich vor Magnus.

„In Ordnung?"

„Ja. Und damit du es wirklich machst, komme ich mit nach Nürnberg."

„Na, du hast ja Vertrauen zu mir." Lorenz wollte gehen. Er ging Richtung Tür.

„Oder willst du nicht, dass ich dich begleite?"

„Ich fahre alleine nach Nürnberg, ich brauche keinen Begleitschutz. Du kannst mir ruhig glauben, dass ich mit ihr persönlich sprechen werde."

„In Ordnung."

„Ich glaube, ich sollte jetzt mit Sabrina reden."

„Ja, mach' das. Wann willst du nach Nürnberg fahren?"

„So schnell wie möglich."

„Das ist auch das Beste. Glaube mir."

„Ja."

Lorenz drehte sich um, und verließ ohne ein weiteres Wort die Praxis.

„Das macht 25 Euro."

Hanna lächelte den älteren Mann ihr gegenüber auf der anderen Seite der Kassentheke an. Dieser zog seinen Geldbeutel aus der Manteltasche und legte 25 Euro und noch 2,50 Euro extra auf den Ladentisch. Er sagte.

„Der Rest ist für sie, sie haben mich so nett bedient."

„Oh, danke!" sagte Hanna und lächelte den Mann an. Sie begleitete ihn zur Ladentür und wünschte ihn noch einen schönen Tag.

„Ein netter Mann." sagte sie laut.

„Nicht wahr? Hans hat an dir einen Narren gefressen. Er mag dich sehr gerne."

„Sie kennen Herrn Hutzler?" fragte Hanna, die nach dem Kompliment verlegen wurde.

„Aber ja, Hans ist ein alter Schulkamerad. Ein ganz netter Freund. Wir haben uns nie aus den Augen verloren. Wir waren im gleichen Regiment zusammen im Krieg. Hans und ich waren bei den letzten, die eingezogen wurden. Wir waren ja noch nicht mal 20. Am Ende haben sie ja jeden eingezogen."

Hanna liebte es, wenn Herr Baumgartner von den alten Zeiten erzählte. Nur vom Krieg dass erschreckte sie immer etwas. Das Telefon klingelte. Herr Baumgartner ging in sein kleines Büro um den Hörer abzunehmen. Kurze Zeit später kam er zurück.

„Es ist für dich, Hanna. Ein Herr Halver."

Hanna wurde ganz mulmig, hatte sie doch mit allem gerechnet, nur nicht, dass Lorenz sich noch einmal melden würde. Sie ging in das kleine Büro und setzte sich an den Schreibtisch, sie nahm den Hörer ab.

„Ja." sagte sie.

„Hanna, bist du es?"

Lorenz war nicht wohl, er hatte Angst mit ihr zu sprechen. Er dachte an das Gespräch mit Sabrina, hatte sie ihm doch angedroht, ihm die Freundschaft zu kündigen, wenn er nicht mit Hanna spreche, um es ins Reine bringen.

„Ja, Lorenz ich bin am Apparat. Was willst du?" Hanna war nervös. Sie wollte nicht mit ihm sprechen, sie hatte sich damit abgefunden, dass er sie nur benutzt hat.

„Ich muss dich sehen. Ich muss mit dir sprechen."

„Ich weiß nicht, ob ich dich sehen will."

„Bitte Hanna, ich muss dich sprechen, es ist wichtig. Ich weiß ich habe dich verletzt, aber ich muss dich sprechen. Bitte."

In Gedanken flehte er sie an, doch ja zu sagen.

„Also, gut, wo bist du?"

„Ich bin in Nürnberg. Sag' mir einen Treffpunkt, ich werde da sein."

„Um zwei Uhr am Hauptmarkt. Pünktlich! Lorenz, eigentlich will ich dich nicht sehen. Aber ich bin neugierig, was du mir zu sagen hast."

„Ich werde da sein. Bis später."

Lorenz legte den Hörer schnell auf, wollte er doch nicht, dass sie mitbekam, dass er weinte.

Hanna sah den Hörer in ihrer Hand verstört an. Ein ungutes Gefühl stieg in ihr auf. Sie spürte, dass er nur eine schlechte Nachricht für sie hatte.

Sie trafen fast gleichzeitig am Hauptmarkt ein. Hanna hatte sich einen halben Tag frei genommen. Herr Baumgartner war sofort einverstanden, hatte sie doch so viele Überstunden.

Lorenz ging auf Hanna zu, die verloren am Hauptmarkt stand. Er betrachtete sie genau, Hanna trug eine ausgewaschene Jeans und eine weiße, luftige Bluse darüber, an den Füßen trug sie schwarze Leinenturnschuhe. Sie sieht blass aus, dachte er, und so dünn.

„Hallo, Hanna." sagte er.

„Hallo." sagte Hanna ganz leise.

Sie sah Lorenz an, er hatte sich verändert. Er wirkte so schmal und sah sie unglücklich an. Außerdem fiel ihr der Gips an der rechten Hand auf.

„Was hast du mit deiner rechten Hand gemacht." fragte sie besorgt.

„Handgelenk gebrochen. Hanna, ich muss dir etwas sagen. Erstens tut es mir leid dass ich mich bei dir nicht gemeldet hab. Ich war ein Feigling, ich wollte dir nicht in die Augen sehen."

„Warum?" Hanna verstand kein Wort.

„Bitte, Hanna, was ich jetzt sage, verstehe es nicht falsch. Diese gemeinsame Nacht hätte nie geschehen dürfen. Nicht, bevor ich dir nicht gesagt habe, dass wir in nächster Zeit keine Zukunft haben."

Lorenz wäre am liebsten davongelaufen als er sah dass aus Hannas Gesicht jede Farbe wich.

„Wieso haben wir keine Zukunft. Und diese eine Nacht, ich habe sie gewollt, genauso wie du. Das war die schönste Nacht in meinem Leben, und du sagst mir, dass sie ein Fehler war. Warum?"

Hanna war den Tränen nahe, vor ihr stand der Mann, den sie liebte, und er sagte ihr, dass sie keine Zukunft hatten.

„Warum, Lorenz. Warum?"

Er ging auf sie zu und legte ihr die Hände auf die Schultern. Er spürte die knochigen Schultern und hätte sie am liebsten in seine Arme genommen und ihr gesagt, dass alles gut würde. Aber das war nicht so, er musste es ihr sagen. Und zwar jetzt.

„Hanna, ich gehe nach Afrika. In den Entwicklungsdienst, als Arzt. Das ist der Grund, warum diese Nacht ein Fehler war, Ich würde sie jederzeit wiederholen. Aber die Voraussetzungen waren schlecht. Ich hätte dir vorher sagen müssen, dass ich nach Afrika gehe. Ich habe es verdrängt, ich habe nicht daran gedacht, dass ich dich damit noch mehr verletzen würde. Es wäre zu viel verlangt, dich um Verzeihung zu bitten. Ich will nur, dass du mir glaubst, dass ich dich liebe."

Hanna glaubte den Verstand zu verlieren. In ihrem Kopf hörte sie nur, Afrika, Afrika, Afrika, Afrika, Afrika, Afrika, bis sie es über die Lippen brachte.

„Afrika?" Sie glaubte sich verhört zu haben. Das träume ich, sagte sie zu sich, das kann nicht wahr sein, nicht Afrika, nicht soweit weg. Sie glaubte es nicht, bis er sagte.

„Ja, nach Kenia." Lorenz konnte den gequälten Ausdruck in Hannas Gesicht nicht mehr ertragen.

„Hanna, bitte, so glaube mir ich wollte dich nicht verletzen. Ich liebe dich!"

Hanna riss sich von ihm los.

„Wie kannst du mich lieben und mir so wehtun. Oh mein Gott. Lorenz, ich dachte, mit dir würde alles gut, ich war mir so sicher."

Hanna weinte. Sie brachte kein Wort mehr über die Lippen.

„Hanna, bitte, verzeih mir." Er wollte Hanna in die Arme nehmen.

Aber sie sah ihn mit zornerfüllten Augen an und gab ihm eine schallende Ohrfeige. Sie schlug immer und immer wieder zu, bis sie vor Erschöpfung nicht mehr konnte.

„Wie soll ich dir verzeihen können? Du bist wie ein Fluch in mein Leben getreten, hast mich immer wieder verletzt, die einzige Nacht mir dir wiegt das ganze nicht auf. Eigentlich sollte ich dich hassen. Aber nein, ich kann dich nicht hassen. Eines sage ich dir, ich kann dir nicht verzeihen. Da hast du mich zu sehr verletzt."

„Ich werde wieder kommen, Hanna. Ich möchte es dann wieder gut machen."

„Oh, Lorenz," sagte Hanna erschöpft, „ich weiß nicht, ob ich dich in ein paar Jahren überhaupt wieder sehen möchte. Es hätte so schön werden können."

Lorenz spürte die Schläge von Hanna am ganzen Körper ihm brannte das Gesicht wo ihre Hand ihn getroffen hatte. Aber, er ignorierte es. Hatte sie doch das gute Recht, ihre Wut an ihm auszulassen.

„Ja, es hätte schön werden können. Ich bitte dich nur eines, bitte hasse mich nicht."

„Ich kann dich nicht hassen, Lorenz, auch wenn du mich sehr verletzt hast."

„Warum?" Lorenz war erstaunt.

Hanna holte tief Luft, es fiel ihr nicht leicht, dass zu sagen, aber er sollte es wissen.

„Trotz allem, Lorenz. Ich liebe dich!"

„Hanna!"

„Sag' bitte nichts, dass ändert auch nichts mehr."

Hanna drehte sich um, und lief Tränen überströmt von Lorenz davon.

Lorenz wollte ihr nachlaufen, aber er wusste, es würde nichts ändern. Deshalb rief er ihr hinterher, in der Hoffnung, dass sie ihn noch hörte.

„Hanna, ich liebe dich. Ich komme wieder."

Lorenz drehte sich um, auch er weinte. Ihm war egal, ob ihn jemand sah, denn er hatte gerade seine einzige große Liebe weggehen lassen, und das würde er sich nie verzeihen.

Außer Atem blieb Hanna an der Burg stehen, sie rang nach Luft.

Sie konnte nicht aufhören zu weinen. Sie hatte das Gefühl, als wenn ihr jemand ihr Herz heraus gerissen hätte. Sie war verzweifelt. Sie liebte Lorenz so sehr, aber er ging weg von ihr, nach Afrika.

Sie hörte die letzten Worte die er ihr nachgerufen hatte in ihrem Kopf, ich liebe dich - ich komme wieder.

Sie wollte ihm so gerne glauben, wollte warten, aber sie wusste nicht, ob sie es konnte.

Sie weinte, es schüttelte sie, als sie in den Himmel rief, als wenn er ihr eine Antwort geben könnte.

Sie schrie aus voller Kehle.

„Warum? Warum? Warum? Warum? Warum? Warum? Warum? Warum?"

Laut schluchzend brach Hanna zusammen. Für sie war eine Welt zusammen gebrochen.

Kapitel 4

Veränderungen

Schweißgebadet kniete sie vor der Toilettenschüssel, immer und immer wieder würgte sie es. Hanna dachte, das muss doch endlich aufhören. Ich habe bald keinen Magen mehr. Seit einer halben Stunde erbrach sie sich immer wieder. Sie wollte aufstehen, aber immer, wenn sie sich aufrichtete musste sie wieder würgen. „Bitte, Lass es gut sein." sagte sie zu ihrem Körper. Endlich hörte das Würgen auf. Hanna richtete sich stöhnend auf, ihr ganzer Körper schmerzte. Ihr Magen krampfte sich zusammen. Sie krümmte sich. Als wenn das übergeben nicht gereicht hätte, dachte sie. Sie schleppte sich in ihr Schlafzimmer, und legte sich erschöpft in ihr Bett. Sie legte die noch lauwarme Wärmflasche auf ihren Bauch, in der Hoffnung, dass sie ihr gut tat. Sie klammerte sich an die Wärmflasche und schlief darüber ein.

Sie hörte ein entferntes Klingeln, konnte es aber nicht zuordnen. Es klingelte und klingelte, Hanna schreckte auf und musste ihre Gedanken erst ordnen. Da klingelte es wieder, erst jetzt nahm sie wahr, dass es an der Wohnungstür war. Sie richtete sich auf, erhob sich stöhnend.

Sie griff nach ihrem Morgenmantel und zog ihn über ihren verschwitzten Schlafanzug.

Der Weg zur Wohnungstür kam ihr vor, als würde sie über 100 Meter zurücklegen, dabei waren es nur wenige Meter.

Sie öffnete die Tür, ohne durch den Spion zu sehen.

Sabrina stand vor ihr, frisch geduscht und nach einem verführerischen Parfüm duftend.

„Mensch Hanna, wie siehst du denn aus?" Sabrina war besorgt.

„Geht es dir nicht gut, du bist so blass und hast ganz verschwitzte Haare."

Hanna konnte im ersten Augenblick nichts sagen, sie drehte sich ohne ein Wort um und ging ins Bad und betrachtete sich im Spiegel. Was sie sah erschreckte sie. Ihre Augen waren groß und hatten keinen Glanz. Unter den Augen hatte sie dunkelblaue Augenringe, die durch die blasse Hautfarbe noch mehr herausstachen. Ihre Haare klebten schweißnass an ihrem Kopf. Der Morgenmantel hing an ihr, als würde er nicht zu ihr gehören.

Sie dachte, das ist ja kein Wunder das ich so aussehe. Seit fast zwei Wochen muss ich mich täglich, meistens in den Morgenstunden, erbrechen. Ich kann nichts bei mir behalten.

Erst hatte sie gedacht, dass sie vielleicht etwas Verdorbenes gegessen hatte, nachdem sie sich trotzdem noch erbrach, hoffte sie, dass sie sich einen Virus eingefangen hätte. Aber die Symptome waren zu typisch, aber sie wollte es nicht war haben. Tränen schossen ihr in die Augen.

Hanna konnte nicht aufhören zu weinen, sie war verzweifelt. Als wenn sie nicht schon genug durchgemacht hätte. Auch das noch, dachte sie.

Sie spürte den Druck von Sabrinas Händen auf ihren Schultern. Hanna drehte sich zu Sabrina um und warf sich ihr in die Arme. Sie weinte. Hanna klammerte sich wie eine Ertrinkende an Sabrina.

Sabrina versuchte, ihre Freundin zu beruhigen, aber das war nicht so einfach. Hanna wurde von einem Weinkrampf und heftigen Seufzern geschüttelt. Nach einer halben Stunde ließen die Tränen nach. Hanna löste sich langsam von Sabrina, sie fühlte sich erschöpft. Sie sah Sabrina mit großen Augen an.

„Es tut mir leid."

„Das ist schon in Ordnung, Hanna. Aber was ist passiert? Du bist ja richtig verzweifelt."

Hanna wollte nicht darüber sprechen. Sie wollte Sabrina von sich ablenken, deshalb fragte sie.

„Hast du Lorenz zum Flughafen gebracht?"

Sie bereute die Frage sofort, hatte sie sich doch geschworen über Lorenz nicht mehr zu reden, oder gar nach ihm zu fragen.

Es war fast zwei Monate her, wo sie ihn am Hauptmarkt das letzte Mal gesehen hatte. Sie hatte lange gebraucht, bis sie richtig begriffen hatte, dass er sich für Afrika und gegen sie entschieden hatte. Sie hatte mit sich gekämpft, ihn anzurufen, und ihn doch noch umzustimmen. Aber ihr Stolz hatte gesiegt. Und nun fragte sie nach ihm.

Sabrina wusste sofort, dass Hanna von sich ablenken wollte.

„Hanna bitte, glaubst du, ich nehme dir ab, dass du aus lauter Mitgefühl nach Lorenz fragst? Ich kann mich noch gut daran erinnern, wie du mich angeschrien hast, als ich dir von ihm erzählen wollte. Irgendetwas stimmt doch da nicht." Sabrina musterte Hanna, die betroffen weg sah.

„Man wird ja noch fragen dürfen." sagte sie gereizt. Sie fühlte sich ertappt.

„Also, gut. Ja, ich habe ihm zum Flughafen gebracht und er ist wohlbehalten in Kenia angekommen. Er hat heute Morgen angerufen. Und jetzt, sag' mir endlich was los ist. Du siehst aus, als wenn dich ein Windhauch um pusten könnte. Also, Hanna, du musst nicht von dir ablenken, ich kann jetzt nicht einfach zu einem Kaffeeplausch umschwenken, nur weil du es so willst. Nein! Hanna, dir geht es nicht gut, dass sieht jeder, und ich wäre eine schlechte Freundin, wenn ich jetzt zur Tagesordnung übergehen würde. Hanna, bitte, mache es mir doch nicht so schwer. Lass dir doch helfen."

Hanna schluchzte. Sie weinte wieder. Sie hasste es, wenn sie die Tränen nicht zurückhalten konnte. Aber das war unmöglich, es hatte sich zu viel angestaut.

Sie wollte ja mit jemanden reden, und Sabrina war sie beste Zuhörerin, und noch dazu ihre Vertraute.

Sie wusste nicht wie sie anfangen sollte. Seit dem Abschied von Lorenz, der alles andere als schön gewesen war, fühlte sie sich so leer. Und jetzt DAS! Aber sie konnte sich nicht länger etwas vormachen. Natürlich sie war noch nicht beim Arzt gewesen. Aber, sie war sich sicher. Es konnte nichts anderes sein.

Wie sollte sie darüber reden, wollte sie doch alles vergessen. Aber wie konnte sie das, wenn doch alle Anzeichen dagegen standen. Wenn es wirklich das war, was sie vermutete, dann würde es sie immer an alles erinnern.

Hanna wollte etwas Zeit gewinnen. Es war ihr egal, was Sabrina von ihr dachte.

„Warum ist denn Lorenz so früh gefahren? Ich dachte er muss erst im November fliegen" fragte sie trotzig und wischte sich die Tränen aus dem Gesicht.

„Spätestens im November hieß es. Na ja, wir haben jetzt den zehnten Oktober. In Kenia in dem Entwicklungsdorf freuen sie sich, wenn er so früh kommt wie möglich. Nun er ist so früh geflogen wie es ihm möglich war."

„Ach so."

Eigentlich wollte es Hanna nicht wissen, aber nun war es schon zu spät. Sie spürte wieder die Sehnsucht nach diesem Mann. Sie seufzte.

„Hanna, wenn du mit mir nicht reden willst, dann sag' es mir doch. Aber hör bitte auf, mich nach Lorenz auszufragen. Ich weiss doch ganz genau, dass du das nicht wissen willst. Ich sehe dir doch an, wie weh es dir tut, wenn ich von Lorenz spreche. Warum quälst du dich selber?"

Sabrina war etwas ärgerlich, sie wollte Hanna so gerne helfen, aber das konnte sie nicht, wenn sie nicht mit ihr reden wollte.

„Ich will Zeit gewinnen. Ich habe Angst darüber zu sprechen, ich denke mir, wenn ich darüber rede, wird es zur Wirklichkeit.

Hanna sah Sabrina direkt in die Augen. Diese verstand kein Wort.

„Hanna, ich weiß nicht, von was du redest. Ich glaube, dass es erst mal am besten ist wenn du erst einmal ein Bad nimmst. Danach fühlst du dich bestimmt gleich besser. Einverstanden?"

„Ja, ein warmes Bad wäre genau das richtige. Sabrina, könntest du mir vielleicht einen Tee machen? Der würde mir gut tun."

„Das mach' ich doch gerne. Welchen Tee willst du denn? Soll ich dir auch was zu essen machen?"

Sabrina war froh, dass Hanna etwas zur Vernunft gekommen und jetzt zu ihr ehrlich war, auch wenn sie noch nicht verstand. Sie brauchte etwas Zeit, das wusste sie jetzt. Und die wollte sie ihr gerne geben.

„Einen Kamillentee, und vielleicht etwas Zwieback."

Hanna wollte nur raus aus ihren verschwitzten Sachen. Sie drehte sich zur Badewanne um und drehte den Wasserhahn auf. Sie stellte den Wasserstrahl auf die richtige Temperatur ein, das etwas Zeit in Anspruch nahm, weil sie Kalt- und Warmwasser richtig dosieren musste.

Mit frisch gewaschenen Haaren und gebadet saß Hanna an ihrem Esstisch und trank vorsichtig einen Schluck Kamillentee und knabberte Zwieback dazu. Sie fühlte sich viel besser, hatte sie die verschwitzten Sachen endlich los, und ein mollig warmer Jogginganzug wärmte ihren Körper.

„Geht es schon besser?" fragte Sabrina, die ihr gegenüber saß.

„Oh ja, das Bad hat wirklich gut getan. Und der Tee wärmt herrlich." Hanna trank noch einen großen Schluck, denn bis jetzt wurde ihr nicht übel darauf.

„Hast du es mit dem Magen? Versteh mich nicht falsch, aber Kamillentee und Zwieback nehme ich nur zu mir, wenn ich nichts anderes bei mir behalten kann."

Hanna hatte keine Lust mehr herum zu reden. Sie wollte Sabrina endlich die Wahrheit sagen. Das ist das Beste so.

„Nein, mit dem Magen habe ich es nicht, aber ich muss mich schon längere Zeit jeden Morgen um die gleiche Zeit erbrechen."

„Was, wie lange schon?" Sabrina wollte es nicht glauben, an was sie gerade dachte.

„Richtig schlimm ist es erst die letzten zwei Wochen gewesen, aber wenn ich genau darüber nachdenke, muss ich mich seit circa zwei Monaten dauernd erbrechen, und das meistens am Morgen. Nur eben die letzten zwei Wochen täglich."

Hanna sah Sabrina an, die angestrengt nachdachte. Sie blickte auf und sah Hanna in die Augen.

„Du willst doch nicht sagen." Sabrina konnte nicht weiter sprechen.

„Na ja, alle Anzeichen sprechen dafür."

„Warst du schon beim Arzt? Was macht dich so sicher?"

„Was mich sicher macht? Ganz einfach, ich habe meine Periode seit circa drei Monaten nicht mehr bekommen."

Hanna traten wieder Tränen in die Augen.

„Ach Sabrina, ich wollte es doch selber nicht wahr haben. Ich habe bis zu Letzt gehofft das ich mich irre."

„Mein Gott, Hanna, du bist schwanger. Von Lorenz."

„Ganz genau weiß ich es erst, wenn ich beim Arzt war. Aber, wenn ja, dann ist Lorenz der Vater."

„Willst du es behalten? Oder was willst du tun?"

Sabrina konnte es nicht glauben. Schwanger! Und der Vater ist in Afrika.

„Was soll ich denn machen, abtreiben geht nicht mehr. Wenn meine Rechnung stimmt, bin ich schon in der 12.

Woche. Außerdem kann das Kind ja nichts dafür. Nein, auch wenn es noch möglich wäre, Abtreibung käme nicht in Frage."

Sabrina griff nach Hannas Hand, die zu zittern angefangen hatte.

„Hast du schon einen Termin beim Arzt?"

„Ja, Morgen um elf Uhr."

„Soll ich dich begleiten?"

„Das wäre toll, dann wäre ich nicht so alleine."

„Also, warten wir ab, was der Arzt sagt, dann können wir ja weiter darüber sprechen. In Ordnung?"

„Ja."

Hanna war erleichtert, musste sie doch im Moment nicht darüber nachdenken was sie tun sollte. Wenn sich ihr begründeter Verdacht bestätigte. Sie wollte heute nicht an Lorenz denken. Es reicht, wenn sie es Morgen tat, wenn nötig.

„Alles in Ordnung, Frau Timmler. Sie hätten zwar schon früher kommen sollen, aber ihr Kind ist gesund. Sie sind circa in der 12. Woche. Na, freuen sie sich?"

Hanna war ganz bleich geworden. Sie hatte sich also doch nicht geirrt.

„Na ja, es war nicht gewollt. Verstehen sie mich nicht falsch, ich muss mich erst an den Gedanken gewöhnen."

„Das verstehe ich doch. Die Übelkeit am Morgen müsste langsam nachlassen. Aber, ich schreibe ihnen ein pflanzliches Mittel auf, was ihnen im Notfall helfen kann."

Vor Hanna saß Frau Dr. Tinkel, Hannas Frauenärztin. Hanna fühlte sich von Frau Dr. Tinkel gemustert, das gefiel ihr nicht.

„Frau Timmler, sie müssen etwas zunehmen. Sie sind viel zu dünn, dass ist für das Kind nicht gut, und für sie auch nicht. Am Anfang essen sie am besten leichte Suppen und etwas Gemüse, dass ist auch das Beste für ihren gereizten Magen."

„Natürlich. Ich fühle mich auch nicht wohl, wenn ich so dünn bin. Ich will gerne versuchen zuzunehmen." Hanna war müde. Sie wollte nach Hause.

„Am Anfang müssen sie regelmäßig alle zwei bis drei Wochen zum Wiegen vorbei kommen. Ich muss ihr Gewicht kontrollieren. Nicht, dass ihr Kind schaden nimmt, wenn sie noch mehr abnehmen."

„Ich werde da sein. Ich will ja selbst das alles gut geht." Frau Dr. Tinkel stand auf und reichte Hanna die Hand. Auch Hanna erhob sich und reichte ihrer Ärztin die Hand.

„Danke, Frau Doktor." sagte sie und lächelte sie an.

„Passen sie aber auf sich auf. Und wenn was sein sollte, dann rufen sie mich an. Egal welche Uhrzeit, ich komme gerne. Sie wollen doch, dass ihr Kind gesund zur Welt kommt nicht wahr?"

„Aber ja, und noch mal danke." Hanna wandte sich schon zur Tür, als die Ärztin sagte:

„Lassen sie sich gleich einen Termin geben, und meine Sprechstundenhilfe gibt ihnen auch eine Krankmeldung, denn so können sie nicht arbeiten. Auf Wiedersehen."

„Auf Wiedersehen." sagte Hanna und schloss die Tür hinter sich.

Sie ließ sich einen neuen Termin geben und ging dann mit der Krankmeldung und dem Rezept zu Sabrina ins Wartezimmer.

Sabrina saß sichtlich nervös im Wartezimmer. Sie sprang auf, als Hanna zur Tür herein kam.

„Und?" fragte Sabrina

Hanna nickte nur, und winkte Sabrina zu, dass sie doch mit hinaus gehen solle.

Sie traten vor die Tür der Frauenarztpraxis. Hanna holte tief Luft.

„Was für ein herrlicher Tag." sagte sie und blickte zur strahlenden Sonne hinauf.

„Da hast Recht, ein richtig schöner Herbsttag." Sabrina war erleichtert, dass Hanna noch Augen für andere schöne Dinge hatte.

„Diese Arztpraxen machen mich immer so deprimiert und wenn dann noch schlechtes Wetter ist, dann ist der Tag für mich gelaufen. Aber heute, das Wetter wiegt vieles auf." Hanna lächelte ihre Freundin an.

„Das freut mich, Hanna. Und, was wollen wir jetzt machen?"

„Las uns nach Hause fahren Sabrina, ich möchte mich mit dir unterhalten. Ich möchte mit dir über mein Baby reden."

Sabrina war überrascht. Sie hatte nicht erwartet, dass Hanna das Kind so direkt ansprach und nicht herumredete. Sie war erleichtert.

„Ja, lass uns nach Hause fahren."

Sabrina hängte sich bei Hanna unter, und gemeinsam gingen sie zu Hannas Auto.

Sabrina und Hanna genossen den Sonnenschein auf Hannas Balkon. Sie hatten die Kaffeetafel auf den Balkon getragen und saßen nun bei Kaffee und Kuchen, und keiner von beiden wusste, wie er anfangen sollte. Sabrina fasste sich ein Herz.

„Was willst du machen?"

„Ich will das Kind bekommen und großziehen." Hanna sah ihre Freundin mit leuchtenden Augen an.

„Das habe ich mir gedacht. Aber das meine ich nicht, Hanna."

„Was dann?" Hanna stellte sich bewusst dumm, denn sie wollte nicht nach Lorenz gefragt werden, Sie wusste aber, dass sich das nicht umgehen ließ.

„Ach Hanna, wirst du es Lorenz sagen?"

Hanna zuckte bei dieser Frage zusammen, sie seufzte.

„Nein!"

„Warum nicht?"

„Ich habe Angst, dass er nur wegen des Kindes zu mir zurückkommt, aber das will ich nicht. Nein! Nein! Nein!"

„Du glaubst, dass er nur der Verantwortung wegen zurückkommen würde?"

„Natürlich, oder glaubst du, er würde nur meinetwegen kommen?"

„Tja, was soll ich sagen? Nein, ich glaube auch, dass er hauptsächlich des Kindes wegen kommen würde. Willst du denn, dass er kommt?"

Hanna setzte sich aufrecht, drehte die Tasse unruhig in ihren Händen hin und her. Erst nach einer langen Minute sagte sie:

„Ich weiß es nicht, Sabrina. Einerseits möchte ich, dass er wieder kommt, andererseits will ich ihn nicht mehr sehen."

„Ich verstehe. Du liebst ihn noch, nicht wahr?"

Sabrina sah sie Reaktion auf ihre Frage in Hannas Gesicht, das Lächeln erstarb. Sie wurde kreidebleich und Tränen traten ihr in die Augen.

„Was soll ich sagen, Sabrina? Er hat Afrika mir vorgezogen."

Hanna zog ihre Knie fast bis an ihr Kinn und schlang ihre Arme darum. Tränen liefen über ihr Gesicht.

Sabrina legte ihre Hand auf Hannas Arm, um sie zu trösten. Sie konnte Hanna nicht leiden sehen.

„Hanna, liebst du ihn noch?" Sabrina wollte es wissen, wusste aber nicht warum.

„Ja, ich liebe ihn über alles, aber ich kann nicht vergessen, dass er mich wegen eines fremden Landes sitzen gelassen hat."

„Dass er nach Afrika gehen wird hat er doch schon vorher gewusst, bevor er dich überhaupt gekannt hat. Du darfst ihn nicht so verurteilen."

Hanna konnte es nicht fassen, stellte sich ihre beste Freundin auf die Seite des Mannes, der ihr so wehgetan hatte.

„Was? Du stellst dich auf die Seite von Lorenz? Sabrina, das hätte ich nicht von dir gedacht. Ich dachte ich bin deine beste Freundin, glaubst du es entschuldigt alles, nur weil er schon vorher gewusst hat, dass er nach Afrika geht? Nein."

Hanna war aufgestanden und wollte weggehen. Sabrina hielt sie am Arm fest.

„Oh nein, Hanna, du bleibst jetzt hier, du kannst nicht immer davonlaufen, wenn ich dir einmal die Wahrheit sagen will."

„Lass mich gehen, ich will nichts hören."

Hanna wollte sich losreißen. Aber Sabrina zog sie am Arm auf die Balkonbank zurück.

„Nein, ich kann es einfach nicht mehr mit anhören, wie du behauptest, Lorenz hätte vorsätzlich geplant, dir weh zu tun mit Afrika. Du hörst mir jetzt zu, ob du willst oder nicht, verstanden?" Sabrina war ärgerlich auf Hanna.

„Ja." Hanna gab sich geschlagen.

„Also. Lorenz hat sich schon vor einem Jahr für den Entwicklungsdienst beworben. Da hat er dich noch gar nicht gekannt."

„Aber warum hat er es mir nicht vorher gesagt?"

„Er hat dir gesagt warum, er hat nicht nachgedacht, er hat sich in dich verliebt. Lorenz hat an diesem Abend alles um sich herum vergessen. Er dachte nur an dich und an seine Liebe zu dir."

Sabrina wurde ungeduldig, denn sie wusste genau, dass Hanna die Geschichte zur Genüge kannte.

„Du hast ja Recht, Sabrina, natürlich habe ich es gewusst. Lorenz hat es mir ja selbst gesagt. Er hat sich ja sogar entschuldigt."

Hanna war erschöpft, sie wollte nicht mehr reden. Sie hätte sich am liebsten in ein Loch verkrochen. Wo ihr keiner mehr was anhaben konnte.

„Warum redest du dann so über ihn, wenn du genau weißt, dass es nicht wahr ist?"

„Weil es mir dann leichter fällt, ihn zu vergessen."

„Du kannst ihn nicht vergessen, Hanna. Du erwartest ein Kind von Lorenz."

„Sabrina, ich will nicht mit dir streiten. Sei mir bitte nicht böse, meine Nerven sind etwas über strapaziert. Ich werde zurzeit schnell ungerecht. Entschuldige! Vielleicht werde ich es Lorenz irgendwann mal sagen. Aber ich habe Angst."

„Vor was?"

„Dass er mir das Kind wegnehmen könnte. Es ist ja auch sein Kind."

„Das ist doch Blödsinn, Hanna. Wenn es dich beruhigt, ich werde ihm nicht von deiner Schwangerschaft erzählen. Versprochen."

„Danke."

Hanna war erleichtert, hatte sie doch Angst gehabt, dass Sabrina Lorenz etwas sagen würde. Sie stand auf und umarmte Sabrina. Sie wusste, so eine Freundin wie Sabrina würde sie so schnell nicht mehr finden.

„Ich brauche Zeit", sagte sie. „Ich muss mich erst daran gewöhnen, schwanger zu sein."

„Das ist doch klar."

Sabrina löste sich vorsichtig von ihrer Freundin, sie lächelte Hanna an und sagte:

„Komm, las uns hinein gehen, die Sonne ist noch ganz schön stark."

Sie erhoben sich beide und gingen mit dem Tablett ins Wohnzimmer zurück.

Beide schwiegen, sie wollten im Moment nicht darüber sprechen. Sie würden noch viel Zeit dazu haben.

Das Telefon klingelte, und klingelte.

Sie wollte nicht an den Apparat gehen. Sie hatte einfach keine Lust mit jemanden zu sprechen. Sie wollte weiterlernen, hatte sie ihr Studium doch sehr vernachlässigt, und nun stand eine wichtige Klausur an.

Sabrina wollte sich nicht stören lassen. Es hatte aufgehört, sie atmete erleichtert auf.

Sabrina stand auf, um frisch gekochten Kaffee zu holen, da klingelte das Telefon wieder. Genervt stellte sie die Kaffeekanne wieder auf die Warmhalteplatte.

Wenn der Anrufer keinen guten Grund hat, mich anzurufen, dachte sie, lege ich den Hörer einfach auf. Sie ging zum Apparat und nahm den Hörer ab.

„Bogmann." sagte sie ärgerlich.

„Sabrina. Hallo."

Es war eine schlechte Verbindung. Sabrina konnte fast nichts verstehen, es krachte und dröhnte nur.

„Wer ist denn da?" Sabrina hätte am liebsten wieder aufgelegt.

„Sabrina, ich bin es, Lorenz. Entschuldige die schlechte Verbindung. Ich hoffe, du kannst mich trotzdem verstehen?"

„Lorenz, rufst du aus Kenia an?" Sabrina hatte das Gefühl, als wenn ihr Herz stehen bleiben würde. Warum musste gerade Lorenz anrufen.

„Natürlich bin ich in Kenia. Sabrina, ich habe nicht viel Zeit, ich will nur wissen, wie es Hanna geht." Es krachte in der Leitung.

„Bist du noch dran?"

Sabrina dachte, die Leitung wäre zusammengebrochen, das wäre ihr nicht unangenehm, dann musste sie nicht mit Lorenz sprechen. Aber dem war nicht so.

„Ja, ich bin noch dran. Es ist normal dass die Verbindungen so schlecht sind, mit der Zeit gewöhnt man sich daran. Also, wie geht es Hanna?"

„Wieso willst du das wissen? Du bist doch gegangen, was willst du von ihr?"

Sabrina war verärgert, sie wollte nicht mit Lorenz über Hanna sprechen. Dann müsste sie lügen, und das wollte sie nicht.

„Bitte Sabrina, Lass die Vorwürfe. Sag mir doch bitte wie es ihr geht." Lorenz spürte, dass irgendetwas nicht stimmte.

„Also gut, es geht ihr ganz gut. Sie knabbert halt immer noch an der Sache mir dir." Sabrina hätte Lorenz am liebsten gesagt dass Hanna schwanger war. Aber, sie hatte Hanna versprochen, nichts zu sagen.

„Das dachte ich mir. Ich habe ihr sehr wehgetan. Geht es ihr soweit gut?"

„Ja."

Sabrina konnte den Seufzer nicht unterdrücken, sie könnte sich Ohrfeigen. Sie hoffte, dass Lorenz ihn nicht gehört hatte.

Er hatte ihn gehört, und reagierte sofort.

„Was ist los Sabrina, irgendetwas ist doch. Sonst würdest du nicht so seufzen."

„Es ist nichts, es war reiner Zufall, dass ich geseufzt habe."

Sabrina hätte am liebsten aufgelegt. Das Gespräch wurde ihr jetzt zu heikel.

„Sabrina, ich kenne dich sehr gut. Du verschweigst etwas. Was!"

„Lorenz, du träumst doch, ich bin nur etwas angespannt, es steht eine Klausur an. Und wie immer fange ich zu spät an, in die Bücher zu schauen. Entschuldige."

„Schon gut, bei der Hitze hier, fange ich wohl schon an zu träumen."

„Das macht doch nichts. Wie geht es dir denn?"

„Gut. Sabrina, ich muss aufhören. Las es dir gut gehen. Dich zu bitten, Hanna zu grüßen ist zwecklos, nicht wahr?"

„Ja, aber ich kann ihr sagen, dass du angerufen hast."

„Ich weiß nicht, ob das gut wäre. Also, Sabrina, ich rühre mich mal wieder."

„Ja, tu das. Bis bald."

„Bis bald."

Sie hörte wie Lorenz auflegte. Sabrina war verwirrt. Mit allem hatte sie gerechnet, aber nicht, dass Lorenz anrufen würde. Sie legte den Hörer auf die Gabel, holte den warm gestellten Kaffee, setzte sich an ihren Schreibtisch zu ihren Büchern, aber sie konnte sich nicht konzentrieren. Sie starrte nur auf die Seiten, und hasste sich für die Lüge.

Lorenz wischte sich den Schweiß von der Stirn. Die Sonne brannte unerträglich, er wünschte sich Regen, nichts als Regen.

Er sah das Telefon vor sich an. Sabrina war so merkwürdig, dachte er, irgendwas stimmt nicht. Es stieg ein ungutes Gefühl in ihm auf. Er fühlte, dass etwas mit Hanna nicht stimmte, und Sabrina wollte es nicht sagen. Er hatte sie in dem Glauben gelassen, dass er sich geirrt hatte. Aber er hatte sich nicht geirrt. Wenn Sabrina seufzte, dann hatte das auch einen Grund. Eine Stimme hinter ihm rief und riss ihn aus seinen Gedanken.

„Herr Dr. Halver, kommen sie schnell, wir brauchen ihre Hilfe."

Lorenz verdrängte seine Gedanken an Hanna. Er folgte Harami, einem der afrikanischen Krankenhelfer.

Das Gefühl aber blieb. Das Gefühl, dass in Deutschland bei Hanna etwas nicht stimmte.

Es war kalt geworden. Hanna wickelte sich in ihren warmen Mantel und machte sich auf den Weg zur Arbeit. Sie war müde, sie hatte nicht gut geschlafen. Immer wieder war sie aufgewacht. Wenn es ging, wollte sie einen halben Tag frei nehmen.
Sie stieg in ihr Auto und fuhr los. Es fing zu regnen an. Hanna hasste dieses kalte und nasse Spätherbst Wetter. Es war alles so ungemütlich und düster.
Als sie im Laden ankam, stand Herr Baumgartner hinter der Theke und zählte die Einnahmen vom Vortag.
„Guten Morgen, Herr Baumgartner." sagte Hanna und legte ihren nassen Mantel ab und rieb sich die kalten Hände.
„Guten Morgen, Hanna. Kalt heute, nicht?" Herr Baumgartner lächelte Hanna an, er mochte sie wie eine Tochter, die er nie haben konnte. Er kannte Hanna schon, seit sie sehr klein war. Er war ein alter Schulfreund von Hannas verstorbenem Großvater.
„Schreckliches Wetter. Jetzt hat es auch noch zu regnen angefangen."
„Ich habe Tee gekocht, er steht auf dem Ofen. Der Tee wärmt dich bestimmt etwas auf."
„Oh ja, eine Tasse Tee wird mir bestimmt gut tun."
Hanna ging an der Ladentheke vorbei in das kleine Büro mit dem kleinen Holzofen, wo die Kanne mit dem Tee stand. Sie nahm sich eine große Tasse, goss reichlich Tee hinein. Hanna setzte sich an den alten Schreibtisch auf den weichen ledernen Bürosessel.

Sie drehte die warme Tasse in ihrer Hand und vergaß die Welt um sich herum. Hanna fing zu träumen an.

Sie rannte über den weißen Strand, Sonne brannte auf ihrer Haut. Sie spürte den weichen Sand unter ihren Füßen. In ihrem Traum war sie nicht schwanger, sie kannte Lorenz nicht.

Hanna träumte immer, dass alles gut war. Sie hatte keine Sorgen; sie war in ihrem Traum zufrieden. Und sie war in ihrem Traum in Australien. Ja, in ihrem Traum hatte sie es geschafft, sie war in dem Land ihrer Träume.

Kapitel 5

Familie

„Hanna, wie gefällt er dir? Haben wir das nicht toll geschmückt?"
Sabrina stand neben dem großen Weihnachtsbaum, den sie mit Lina gerade fertig geschmückt hatte. Sie sah zu Hanna hinüber die am Fenster stand und in den verschneiten Garten hinaus blickte. Es war der 23. Dezember einen Tag vor Heilig Abend. Sabrina war mit Hanna zu deren Großmutter gefahren, denn sie wollten die Weihnachtsfeiertage und Silvester bei Lina verbringen.
„Hanna, was ist? Träumst du?" Sabrina sah ihre Freundin besorgt an.
„Was?" Hanna drehte sich herum und sah Sabrina mit verstörtem Blick an.
„Ich habe dich gefragt, wie dir der Baum gefällt?"
„Entschuldige, war mit meinen Gedanken ganz woanders."
„Das habe ich gemerkt. Und? Gefällt er dir?"
„Ja, er ist sehr schön."
Hanna drehte sich vom Fenster weg und ging zu Sabrina. Sie betrachte den Baum genau. Er war wirklich sehr schön geschmückt, mit den dunkelroten Glaskugeln, den Holzfiguren und zum Abschluss die roten Samtbänder die an den Enden der Zweige zu Schleifen gebunden waren.

„Wirklich Sabrina, er ist wunderschön."

„So, ich glaube, es ist Zeit für eine gute Tasse Kaffee. Komm Hanna, hilf mir dabei."

Lina hängte sich bei Hanna unter und sie gingen gemeinsam in die Küche.

Gemeinsam deckten sie den großen Küchentisch, sie stellten weihnachtliches Kaffeegeschirr und Weihnachtsplätzchen darauf. Dann setzten sie sich und warteten auf den Kaffee, der noch durch die Kaffeemaschine lief.

Lina sah Hanna an und sagte:

„Hanna was ist los, stimmt etwas nicht? Du wirkst heute so abwesend."

Hanna saß zurückgelehnt auf einem Stuhl und strich sich gedankenverloren über ihren gewölbten Bauch, sie hatte Lina nicht gehört.

„Hanna!" Lina nahm Hannas Hand und drückte sie sanft. „Hanna!"

„Was?" Hanna schreckte auf.

„Hanna, komm rede mit mir. Ich mache mir wirklich Sorgen um dich. Du bist in letzter Zeit so abwesend. Was ist los? Stimmt etwas mit dem Kind nicht? Bitte! Hanna!"

„Ach Lina, ich mache mir Sorgen, dass ich es nicht schaffe mit dem Kind. Wie soll ich es denn durchbringen, ich bin doch alleine, ich muss doch arbeiten um das Kind zu ernähren. Je näher die Geburt rückt umso größere Sorgen mache ich mir."

„Das kann ich verstehen. Aber ich glaube, ich habe eine ganz gute Lösung dafür."

„Was?" Hanna sah ihre Großmutter erstaunt an.

„Ich hole mal den Kaffee, dann redet es sich leichter."
sagte Sabrina, die auch in de Küche gekommen war und
holte den Kaffee.
Sabrina goss jedem eine Tasse Kaffee ein und setzte sich
zu ihnen.
„Was für eine Lösung hast du dir ausgedacht, Lina?"
Hanna nahm sich ein Plätzchen und biss hinein, und
spülte es mit Kaffee hinunter.
„Ich dachte mir, dass du zu mir kommst. Ich habe schon
mit Karl gesprochen, er findet auch dass es die beste
Lösung ist. Du kannst das Kind hier zur Welt bringen
und wenn du arbeiten willst, kann ich auf das Kind
aufpassen."
„Ja aber, muss ich denn nicht mehr nach Nürnberg
zurück, ich meine wegen der Arbeit?"
„Nein, Karl will sowieso sein Geschäft schließen und in
die Lüneburger Heide zurückkommen. Es ist ja seine
Heimat, und er sagt es ist an der Zeit nach Hause zurück
zu kommen. Hanna was hältst du davon? Das wäre doch
eine sehr gute Lösung."
„Das ist ein wunderbarer Gedanke, wieder hier zu
wohnen. Mit meinem Kind." Hanna schöpfte wieder
Hoffnung, dass sie es doch schaffen könnte.
„Du könntest es mit Ruhe angehen lassen, müsstest
nichts überstürzen. Hanna, es wäre das Beste für dich."
Lina sah Hanna an.
„Aber Lina, wäre das nicht zu viel für dich? Ich meine
mich und das Kind aufzunehmen?"
„Nein, ich würde mich freuen, wenn du dich entscheiden
würdest wieder nach Hause zu kommen. Außerdem
wäre ich dann nicht mehr so alleine. Es wäre für uns alle

das Beste. Aber du musst dich nicht von mir beeinflussen lassen. Hanna, du musst dich ganz frei entscheiden."

„Lina, dass ist eine ganz wunderbare Idee. Ich würde sehr gerne wieder nach Hause kommen. Das macht alles viel leichter. Unter diesen Gesichtspunkten kann ich mit wieder mehr auf mein Kind freuen."

„Also, kommst du??"

„Ja!!" Hanna stand auf und fiel ihrer Großmutter um den Hals.

„Lina, danke. Du hast mir eine große Sorge abgenommen."

Sabrina saß den beiden gegenüber, ihr traten Tränen in die Augen. Sie mochte beide so gerne und sie wusste, dass das die beste Lösung war, sie freute sich für Hanna und Lina. Sie stand auf und kniete sich vor Hanna und Lina, die sich immer noch in den Armen lagen.

„Na, ihr zwei. Soll ich uns noch eine Kanne Kaffee kochen?"

Hanna löste sich von Lina und drehte sich zu Sabrina um, die wieder aufgestanden war.

„Das ist eine sehr gute Idee, frischer Kaffee tut uns allen bestimmt gut."

„Bestimmt!" sagte Lina lachend.

Es war ein kalter Wintermorgen, Hanna ging in den Garten zum Briefkasten. Es fing zu schneien an, Hanna blieb stehen und ließ sich den Schnee auf ihr Gesicht fallen. Sie fühlte sich gut. Nach dem Gespräch gestern war ihr ein Stein vom Herzen gefallen. Die Sorge wie sie ihr Kind ernähren sollte, hatte Lina ihr abgenommen. Sie sah alles wieder etwas klarer, und war, wenn auch nur für eine kurze Zeit, von ihren Sorgen befreit.

Hanna freute sich auf den Tag heute, es war der 24.Dezember, Heilig Abend. Es würde bestimmt ein wunderbares Weihnachtsfest werden, hoffte sie jedenfalls. Sie würde endlich Sabrinas Freund kennen lernen. Hanna war sehr gut gelaunt. Sie öffnete den Briefkasten und es fielen ihr eine Menge Briefe entgegen. Sie nahm alle mit ins Haus sie beeilte sich denn sie war schon ganz nass, denn es schneite jetzt sehr stark.

Lina und Sabrina warteten schon mit dem Frühstück auf sie.

„Du bist ja ganz nass." sagten sie gleichzeitig.

„Ja, ich zieh mich schnell um." sagte Hanna lachend.

In einem dicken Norwegerpullover und einer warmen Hose aus Wolle, kam sie in die Küche zurück und setzte sich an den Küchentisch.

„Der Kaffee riecht herrlich, Lina kann ich was von dem Christstollen haben?!"

„Natürlich, Moment, ich schneide dir ein Stück herunter."

Sabrina saß den beiden gegenüber, und freute sich auf einen schönen Tag. Sie freute sich auf Magnus, Lina hatte ihn eingeladen. Sabrina lächelte vor sich hin und trank schweigend ihren Kaffee.

„He, Sabrina. Warum lächelst du?"

„Ich habe gerade daran gedacht, dass Magnus heute kommt. Deswegen lächle ich."

„Das habe ich mir gedacht. Wie lange bleibt er denn?"

Hanna kaute genüsslich an ihrem Stück Christstollen.

„Ich weiß es nicht ganz genau. Ich hoffe doch bis Silvester. Hat er was zu dir gesagt Lina?"

Lina sah von ihrem Teller auf und sah Sabrina in die Augen.

„Er wusste es nicht genau, wegen der Praxis. Er will den Jung Arzt nicht so lange alleine lassen. Magnus ist ja für die Praxis verantwortlich. Aber vielleicht macht er sie für die Zeit einfach zu. Er wusste es noch nicht genau."

Hanna horchte auf, Magnus ist also auch Arzt.

„Praxis, welche Praxis? Ist Magnus auch Arzt?" Hanna war nicht wohl, sie hatte ein ungutes Gefühl.

Sabrina sah Lina an, die ganz bleich geworden war.

„Also, Hanna, ja, Magnus ist Arzt."

„Woher kennst du ihn? Und warum weiß ich nicht das er Arzt ist?"

Lina legte ihre Hand auf Hannas Arm.

„Wir wollten dich schonen, weißt du. Wir beide dachten es ist zu deinem Besten." Lina sah Hanna an, die den Kopf schüttelte.

„Aber warum? Warum wolltet ihr mich schonen? Ich verstehe nicht. Sabrina, woher kennst du Magnus?"

Sabrina stand auf und ging unruhig in der Küche auf und ab. Sie blieb vor Hanna stehen und sah sie an.

„Ich habe ihn bei Lorenz kennen gelernt. Er hat Lorenz gebrochenes Handgelenk versorgt."

„Kennt Lorenz ihn? Oder war es reiner Zufall?"

Sabrina holte tief Luft, es hatte kein Sinn mehr. Sie musste Hanna alles sagen.

„Magnus Bowinkel ist Lorenz bester Freund. Sie haben eine Gemeinschaftspraxis zusammen, und Magnus verwaltet sie, solange Lorenz in Kenia ist."

„Weiß Magnus das von mir und Lorenz? Und wieso warst du bei Lorenz als er sich die Hand gebrochen hat? Sabrina ich verstehe das alles nicht."

Sabrina zog sich einen Stuhl heran und setzte sich Hanna gegenüber.

„Ich war damals bei Lorenz, weil ich ihn zur Rede stellen wollte. Na ja, weil er sich doch nach dieser einen Nacht nicht mehr bei dir gemeldet hatte. Und das Handgelenk hat er sich gebrochen, weil er wütend auf sich war. Er konnte es sich nicht verzeihen, dass er dich so verletzt hat."

Lina stand auf.

„Ich gehe noch schnell einkaufen, ich muss noch zum Bäcker und zur Fleischerei. Es ist auch besser, wenn ihr euch ungestört unterhalten könnt."

„Bis später Großmutter, sei vorsichtig es ist glatt."

„Mach ich, bis später." Lina schloss die Küchentür hinter sich und verließ das Haus.

„Also, Sabrina. Wie hat er sich denn selbst die Hand gebrochen?"

„Er war so wütend, dass er mit der Hand auf die Bar geschlagen hat. Das hat das Handgelenk nicht ganz ausgehalten."

„Er war wütend auf sich! Wegen mir!" Hanna war geschockt, das hatte sie nicht gewusst, sie hatte Lorenz wohl ganz falsch eingeschätzt.

„Ja, Hanna, er hat sich gehasst, für das was er dir angetan hat."

„Aber für Afrika hat er sich dann doch entschieden. Aber langsam verstehe ich."

„Was verstehst du?"

„Na, das ich Lorenz ganz falsch eingeschätzt habe. Er ist doch nicht so ein grenzenloser Egoist wie ich dachte."

„Nein, das ist er nicht. Aber, dass rechtfertigt noch lange nicht was er dir angetan hat!"

„Nein! Sabrina, weiß nun Magnus von mir und Lorenz?"

„Ja! Er weiß aber nichts von dem Kind."

„Na, wenn er heute kommt, wird er es wissen. Ich kann es nicht mehr verbergen. Mein Bauch lässt sich nicht mehr verstecken. Schon zu groß." Hanna lächelte Sabrina an, sie war froh mit ihr gesprochen zu haben.

„Sabrina, überlasse es bitte mir. Ich will Magnus sagen von wem das Kind ist. Glaubst du er wird es dann Lorenz sagen?"

„Es ist auch besser, wenn du mit ihm sprichst. Und wenn du Magnus bittest, sagt er Lorenz auch nichts."

„Gut! Ich koche noch einen Kaffee vor lauter Reden habe ich noch gar nicht richtig gefrühstückt."

„Hanna!"

„Ja."

„Wann wirst du es Lorenz denn sagen? Oder willst du es ihm nie sagen?"

Mit der Kaffeekanne in der Hand kam Hanna auf Sabrina zu.

„Wann weiß ich noch nicht. Aber ich denke ich kann es ihm nicht sein Leben lang verheimlichen. Nur, im Moment kann ich es ihm noch nicht sagen. Verstehe das bitte!"

„Sicher, dass verstehe ich. Und ich weiß ganz genau, dass du das Richtige machen wirst." Sabrina hoffte es sehr.

Es klopfte an Hannas Zimmertür. Hanna fluchte leise, war sie doch gerade dabei die restlichen Weihnachtsgeschenke einzupacken.

„Moment!" rief sie und räumte schnell alles unter ihre Bettdecke.

„Hanna, kann ich jetzt?"

„Ja, komm rein, Lina."

Lina öffnete vorsichtig die Tür und trat ein. Sie setzte sich auf den kleinen Stuhl und sah Hanna an.

„Ich habe gerade Weihnachtsgeschenke eingepackt." Hanna strich sich eine Locke aus dem Gesicht die sich aus ihrem Haar Zopf gelöst hatte, und lächelte Lina an.

„Hanna, wie geht es dir denn?"

„Ganz gut, nur das ich jetzt immer öfter aus der Puste komme, und mir mein Rücken manchmal ganz schön schmerzt. Aber ich denke, das ist ganz normal, wenn man im 6. Monat schwanger ist. Nur manchmal habe ich Angst vor der Geburt."

„Nein, das meinte ich nicht. Ich meinte das Gespräch mit Sabrina."

„Ach das, keine Angst Großmutter. Es war ein sehr gutes Gespräch. Und ich fühle mich wirklich gut. Nur wegen dem Gespräch mit Magnus habe ich etwas Bammel."

„Wieso?"

„Na, ich will ihm sagen von wem das Kind ist. Und auf keinen Fall will ich irgendeinen Vater erfinden. Nein! Er soll wissen, das es von Lorenz ist."

„Das ist ein sehr guter Entschluss. Denn Lügen ist ganz verkehrt."

„Ja, das denke ich auch. Es ist nun mal von Lorenz, und nicht von einem anderen Mann."

„Glaubst du er wird es ihm sagen?"

„Ich denke nicht. Er wird verstehen warum ich es Lorenz noch nicht sagen kann."

„Das denke ich auch."

„So, jetzt muss ich die Geschenke aber noch fertig einpacken."

„Ja, mach das. Herr Bowinkel ist übrigens schon da. Wenn du fertig bist, kannst du ja nach unten kommen. Wir sind im Wohnzimmer und trinken Tee." „Ich komme gleich," sagte sie.

Sie gingen schweigend nebeneinander her, es hatte zu schneien aufgehört. Es war ein schöner klarer Winternachmittag.

Hanna dachte, er sieht wirklich toll aus, Sabrina hatte Recht gehabt. Wie er sich bei ihr vorgestellt hatte war sie fasziniert gewesen. Diese Augen, dachte sie, sie hatte noch nie so grüne Augen gesehen. Und die schwarzen langen Haare dazu. Sabrina hatte wirklich einen tollen Fang gemacht.

Magnus blieb stehen und sah auf Hanna hinunter.

„Hanna, ich darf doch Hanna sagen?"

„Aber ja, natürlich. Es redet sich viel leichter, Magnus!"

„Ja, da hast du recht."

„Lass uns weiter laufen, Magnus. Wenn wir lange stehen bleiben wird uns nur kalt."

„Gute Idee, wenn man in Bewegung bleibt friert es einen nicht so leicht. Hanna, du weißt das ich Lorenz bester Freund bin?"

„Ja, Sabrina hat es mir heute gesagt."

„Warum erst heute? Sie kennt mich doch schon länger."

„Sie wollte nicht, dass ich mich aufrege, wegen Lorenz."

„Verstehe. Hanna, ich sehe du bist schwanger."

„Ja!" Hanna war stehen geblieben, Magnus wäre fast gegen sie gelaufen.

„Hoppla, fast! Darf ich fragen wer der Vater ist. Ich will aber nicht indiskret sein!"

„Du darfst fragen!"

„Wer?"

Hanna holte tief Luft, trotz der Kälte hatte sie schweißnasse Hände.

„Es ist von Lorenz!"

„Hanna, weiß er es denn?"

„Nein!"

„Was soll ich dazu sagen, ich bin Lorenz bester Freund."

„Das weiß ich ja. Aber hätte es dir besser gefallen, wenn ich dich angelogen hätte, und irgendeinen Mann erfunden hätte?"

„Nein, so war das nicht gemeint. Aber meinst du nicht er sollte es wissen?"

„Ich weiß nicht. Vielleicht später?"

„Hanna, ich verstehe nicht, wie du das meinst!"

Magnus legte Hanna seine Hände auf ihre Schultern, und drückte sie ganz sanft. Hanna lief ein Schauer über den Rücken, hatte Lorenz doch sie genauso angefasst als sie sich das letzte Mal sah. Ihr stiegen Tränen in die Augen. Sie konnte sie nicht zurück halten, sie hatte sie so lange unterdrückt.

„Hanna!" sagte Magnus bestürzt.

„Es, es, ist nur. Ich habe Angst, dass er nur wegen dem Kind zu mir zurückkommt. Aber ich will, dass Lorenz nur meinetwegen zurückkommt. Verstehst du das?"

„Das verstehe ich sehr gut. Hanna, ich bin etwas verwirrt."

„Warum?"

„Ich wusste nicht, dass du ihn so sehr liebst. Ich dachte du würdest ihn mittlerweile hassen."

„Ich kann ihn nicht hassen, nein, nein, nicht hassen. Nur nicht hassen."

Hanna lehnte sich an Magnus Brust, und weinte. Er schloss seine Arme um sie, er wollte sie beschützen und alle Last von ihr nehmen.

Magnus war bestürzt, er hatte nicht geahnt, dass Hanna, Lorenz so sehr liebte.

Er hielt sie ganz fest.

Nach einer viertel Stunde löste sich Hanna von Magnus. Sie sah zu ihm auf, und wischte sich mit dem Handrücken die Tränen vom Gesicht.

„Entschuldige, ich habe so lange nicht mehr geweint. Ich dachte, ich hätte es hinter mir."

„Hanna, du musst es ihm sagen. Er hat ein Recht darauf."

„Natürlich, hat er das. Aber ich habe Angst, einfach nur Angst. Magnus bitte sage ihm nichts. Bitte kannst du es mir versprechen. Bitte!"

„Ja, ich verspreche es dir. Ich habe kein Recht, es Lorenz zu erzählen. Nein! Aber es wird mir schwer fallen."

„Warum?"

„Ich habe gestern mit ihm telefoniert."

„Wie geht es ihm? Hat er was über mich gesprochen?"

„Er hat nur über dich gesprochen. Hanna, er liebt dich!!!"

„Wie geht es ihm, Magnus?"

„Es geht ihm ganz gut. Die Arbeit gefällt ihm, nur etwas anstrengend."

Hanna drehte sich um, und ging den Weg weiter entlang, Magnus ging ihr nach und hielt sie am Arm fest.

„Hanna! Ich sagte, dass er dich liebt. Warum reagierst du nicht darauf."

„Ich weiß es nicht, immer wenn ich seinen Namen höre. Dann ist in mir eine Sperre, ich kann es mir nicht erklären. Verstehst du das, Magnus?"

„Ja, du hast eine Blockade aufgebaut. Du willst Lorenz nicht mehr an dich ranlassen. Und wenn es nur sein Name ist."

„Ich glaube, du hast Recht. Einerseits will ich ihn vergessen, andererseits kann ich es nicht."

„Hanna, ich bin zwar Lorenz bester Freund. Aber in deinem Fall war ich nicht seiner Meinung. Du sollst wissen das ich dir immer als Freund zur Verfügung stehe."

„Danke, Magnus."

„Gern geschehen."

„Magnus, lass uns zurückgehen. Mir wird langsam kalt. Sabrina hat wirklich einen guten Fang mit dir gemacht. Du bist ein ganz toller Mann."

„Danke, Hanna. Ich glaube mit Sabrina habe ich auch den besten Fang gemacht."

„Das hast du Recht, Sabrina ist eine wunderbare Frau."

„Ich weiß."

Hanna hing sich Magnus unter und gemeinsam gingen sie zu Linas Hof zurück.

„Ich freue mich auf den Abend heute, wird bestimmt sehr schön." sagte Hanna lachend.

„Bestimmt, Heilig Abend, im Kreis der Freunde das habe ich schon lange nicht mehr gehabt."

Hanna traute ihren Augen nicht, als sie aus ihrem Zimmer ging.

Der ganze Treppenaufgang war mit Zweigen und Lämpchen geschmückt, mussten doch Lina und Sabrina die Zeit genutzt haben, das Haus zu schmücken, als Hanna sich etwas hingelegt hatte. Denn der Spaziergang hatte sie doch etwas angestrengt.

Es war faszinierend, die ganze Beleuchtung und der Duft von Lebkuchen, Kerzen und dem Weihnachtsessen was Lina gezaubert hatte.

Mit den Weihnachtspäckchen beladen macht Hanna sich daran die Treppe hinunter zu steigen.

„Hanna?" hörte sie eine Stimme rufen.

„Hanna, lass mich das doch machen du siehst ja die Treppen nicht mehr. Dass ihr Frauen immer so unvernünftig sein müsst."

Hanna erkannte die Stimme von Magnus und lachte.

„Magnus, es ist doch gar nicht schwer und außerdem schaffe ich das schon"

„Sicher ist es nicht schwer, aber du siehst Deinen Weg nicht und könntest stürzen, bitte Hanna lass dir doch helfen, ja??"

„In Ordnung, Magnus. Du hast ja Recht. Tja, ich denke halt noch immer ich bin noch genauso wie vorher, und vergesse halt manchmal das Kind. Nicht böse sein ja?"

„Nein, bin ich nicht. Aber nur wenn du mir jetzt die Geschenke gibst und zu Lina in die Küche gehst und einen Kakao trinkst." Auch er lachte jetzt.

„Ok, mach ich. Mhm, heißer Kakao genau das Richtige!"

„Gut mach das, außerdem muss ich noch etwas vorbereiten im Wohnzimmer. Es soll doch ein super Abend werden mit viel Stimmung, oder??"

„Aber ja, ich will so richtig Weihnachten feiern."

„Das machen wir auch, versprochen."

Magnus nahm Hanna die Pakete ab und ging in Richtung Wohnzimmer.

Hanna ging die restlichen Stufen hinunter in Richtung Küche.

Als das Telefon klingelte, drehte sie sich um, um den Hörer abzunehmen.

„Hier bei Tent," sagte sie.

Am anderen Ende der Leitung war ein gleichmäßiges Atmen zu vernehmen.

Es krachte und quietschte in der Leitung.

„Hallo?? Hallo wer ist denn da?" Hanna wurde ärgerlich sie mochte es nicht, wenn man nichts sagte am Apparat.

„Hallo, Hallo so sagen sie doch was. Also, wenn sie nichts sagen kann ich ja auch auflegen."

Wütend knallte Hanna den Hörer auf die Gabel.

Sie ging in die Küche zu Lina, um ihren Kakao zu trinken.

„Wer war den dran?" fragte Lina.

„Es hat sich keiner gemeldet."

Hanna setzte sich und sagte:

„Magnus hat gesagt, dass es hier Kakao geben soll."

„Ja, da hat er recht. Magst du eine Tasse??"

„Sicher sehr gerne, Lina."

„Gut, dann trinke ich eine Tasse mit."

Lina ging zum Herd wo die Kanne mit dem heißen Kakao stand und goss zwei große Tassen ein.

Lina setzte sich zu Hanna und beide genossen den heißen süßen Kakao und freuten sich auf einen schönen und feierlichen Heilig Abend.

Lorenz hatte immer noch den Hörer in der Hand. Er kam sich vollkommen bescheuert vor. Wollte er doch Hanna Frohe Weihnachten wünschen.

Und nun war sie am Telefon gewesen und er hatte kein Wort herausgebracht.

Seine Kehle war wie zugeschnürt gewesen, er konnte nichts sagen. Hatte er es doch versucht, kam aber kein Wort über seine Lippen.

Langsam legte er den Hörer auf die Gabel und wischte sich gedankenverloren den Schweiß von der Stirn.

Weihnachten bei 40 Grad im Schatten. Er schüttelte den Kopf.

Was würde er jetzt geben, wenn er bei Hanna wäre wo es kalt war und gemütlich.

Er vermisste Hanna, je länger er von ihr getrennt war umso mehr Sehnsucht hatte er.

Er dreht sich herum um sich an die Arbeit zu machen, es war Zeit für die Visite. Und dann war da noch die Weihnachtsfeier für die Kinder im Dorf. Das würde ihn sicher etwas ablenken.

Es wurde ein wunderschönes Weihnachtsfest.

Nichts trübte die feierliche Stimmung. Hanna, Lina, Sabrina und Magnus verbrachten ein unvergessliches Weihnachtsfest. Das sie nie vergessen würden.

Am zweiten Weihnachtsfeiertag fing es kräftig an zu schneien. Hanna saß am Kamin und war in ein Buch vertieft. Sie genoss die Heimeligkeit draußen war es kalt und ungemütlich und sie saß im Warmen. Hanna genoss es und kuschelte sich umso mehr in ihren Sessel.

„Wenn es weiter so schneit dann ertrinken wir noch im Schnee." Sabrina stand lachend in der Tür mit einem Tablett in der Hand.

„Na, Hanna ich dachte mir zum Schnee und einem warmen Kamin passt doch sicher eine gute Tasse Kaffee."

Hanna setzte sich auf und lächelte Sabrina an.

„Das ist jetzt genau das Richtige, Wärme von innen, hast du auch ein paar von den leckeren Keksen, die Lina gebacken hat??"

„Aber sicher doch, wie könnte ich ohne die Kekse kommen. Die sind doch lebenswichtig."

Sabrina gab der geöffneten Tür hinter sich einen Schub dass sie ins Schloss fiel. Sie ging auf Hanna zu und stellte das Tablett auf den kleinen Tisch zwischen den beiden Sesseln vor dem Kamin. Sie goss beide Tassen voll und reichte Hanna eine.

„Danke, wollen Lina und Magnus nicht auch eine Tasse Kaffee??"

„Nein, Magnus hat Lina zu ihrer Freundin gefahren, und will dann etwas spazieren gehen."

„Warum bist du nicht dabei??"

„Ganz einfach, Magnus wollte für sich alleine sein. Er sagte er brauche ein paar Stunden für sich zum nachdenken."

„Ja, kann ich verstehen. Aber über was muss er denn nachdenken?? Ich hoffe doch nicht über euch zwei?"

Sabrina setzte sich zu Hanna auf den anderen Sessel und trank einen Schluck Kaffee.

„Nein Hanna, es ist nichts mit Magnus und mir zu tun. Bei uns läuft alles prima."

Hanna nahm sich einen Keks.

„Über was denkt er denn dann nach, Sabrina?"

„Na ja, er muss über Lorenz und dich nachdenken."

„Warum denn das?"

„Ach Hanna, es erschütterte ihn zu sehen, wie sehr du ihn liebst. Er dachte nicht, dass sie so stark ist, deine Liebe. Verstehst du mich. Und das Versprechen, das er dir gab, ihm nichts zu sagen. Obwohl er der beste Freund von Lorenz ist."

„Ich habe ihn ganz schön in eine Zwickmühle katapultiert, oder?"

„Ja, das hast du. Und deswegen braucht er etwas Zeit zum Nachdenken."

„Aber, sicher das verstehe ich schon."

„Aber keine Angst, Hanna du kannst dich auf ihn verlassen."

„Das weiß ich doch. Ich denke ich kann ihn ganz gut einschätzen. Ich habe den Eindruck, dass er ein Mensch ist der seine zu Versprechen 100 % hält. Nicht wahr??"

„Genau so ist er."

Sabrina stand auf und legte Holz nach.

„Komm, Hanna lass uns etwas ratschen."

„Oh, ja das haben wir schon lange nicht mehr gemacht."

Beide sahen sich an und lachten.

Ganz vorsichtig pirschte er sich an, in geduckter Haltung versuchte er sich in dem noch vom Winter grauen und noch nicht gewachsenen Gras zu verbergen. Was ihm aber nicht gelang.

Mauz fixierte das Haar was sich leicht im Wind bewegte. Es war ein lauer Tag, langsam wurden die Tage wieder wärmer. Mensch und Tier zog es nach draußen und jeder der Zeit hatte setzte sich in die Sonne oder machte einen Spaziergang.

Mauz schlich immer noch ganz leise, die Haare im Visier durch das Gras. Er setzte zum Sprung an.

„Mauz, lass das. Du tust mir weh. Nicht, meine Haare."

Hanna, versuchte Mauz zu erwischen um ihn aus ihren Haaren zu befreien. Doch so sehr sie auch kämpfte, sie erwischte den kleinen Kater nicht, hatte er sich doch genau in den Haaren verfangen, an die sie nicht hinkam.
„Lina, bitte hilf mir mal. Mauz hat sich wieder in meinen Haaren verfangen, und ich erwische ihn nicht."
„Ja, Hanna ich komme."
Lina rannte so schnell es ihr Alter zu ließ zu Hanna, die unter dem gerade ausschlagenden Kirschbaum saß.
„Mauz, du Schlingel. Musst du denn immer an die Haare gehen? Jetzt bist du doch eigentlich schon ein großer Kater, aber du kannst es wohl nicht lassen."
Lina, entwirrte Mauz Krallen aus Hannas Haaren, Was gar nicht so einfach war, denn er hatte sich richtig eingegraben in Hannas Locken.
„Ganz still Hanna, ich habe es gleich. So nun bist du befreit. Aber ein paar Haare hast du schon lassen müssen."
Hanna dreht sich zu Lina um, die hinter ihrem Rücken kniete. Und hielt einen Büschel Haare von Hanna in der rechten Hand.
Als Hanna den Büschel Haare sah, fing sie schallend zu lachen an. Auch Lina stimmte mit ein.
Nach geraumer Zeit, holte Lina Luft und sagte:
„Ach je, Hanna. Seit du wieder hier bei mir bist, ist mein Leben noch viel schöner und Lebendiger geworden. Schön, dass du hier bist."
„Ach, Lina, ich bin doch auch froh wieder daheim zu sein. Dein Hof hier ist für mich immer mein zu Hause gewesen. Hier wo ich aufgewachsen bin. Er hat so was Beruhigendes und Heimeliges."

„Ich merke schon, dass dir der Aufenthalt hier gut tut, Hanna. Dir geht es schon viel besser. Du lebst richtig auf."

„Ja, das stimmt. Der Hof, das Land. Es tut mir so gut, aus dem Haus zu gehen und das Grün der Felder und der Bäume zu sehen. Einfach losgehen, zum See laufen. Es ist so anders als in Nürnberg."

„Hanna, das ist es sicherlich. Aber ich denke du kannst Nürnberg nicht mit der Lüneburger Heide vergleichen."

„Aber nein, Großmutter. Nürnberg ist eine wunderschöne Stadt und ich werde sie immer lieben. Schließlich war sie ja jahrelang meine Heimat. Na und wie du weißt, bin ich ja in Nürnberg geboren. Auch wenn ich hier bei dir aufgewachsen bin. Werde ich immer mit Nürnberg verbunden bleiben. Und ich werde im Grund meines Herzen immer eine Nürnbergerin bleiben."

„Das ist doch ganz klar Hanna. Dass man mit der Stadt, in der man geboren wurde, immer verbunden bleibt. Besonders, wenn man auch schöne Zeiten mit dieser Stadt oder dem Ort verbindet. Hanna, ich denke wir gehen rein. Die Sonne ist schon fast weg und es wird kühl."

„Ja, da hast du recht. Es ist schon recht frisch geworden. Außerdem habe ich Hunger, das Mittagessen liegt doch schon eine Zeit zurück."

„Ja, ich auch. Und es ist auch alles schon fertig. Den Kamin habe ich auch schon angeschürt. Für eine gute Tasse Kaffee in der warmen Stube."

„Sehr schön, komm lass uns hineingehen."

Sie standen beide auf und Hanna hängte sich bei Lina unter.

„Komm, wir machen uns einen gemütlichen Abend.""Ja, das machen wir." Gemeinsam schlenderten sie Richtung Hof.

„Na, meine Kleine, oder doch Kleiner. Es wird nicht mehr lange dauern, und ich werde dich in meine Arme schließen können. Ich kann es nicht mehr erwarten." Hanna stand vor dem Spiegel in ihrem Zimmer und strich liebevoll über ihren gewölbten Bauch.
Es war Mitte Februar, und die Geburt stand im März an. Wenn alles nach Plan lief.
Hanna wollte es nun endlich hinter sich bringen. Hatte sie doch etwas Angst vor der Geburt, aber noch mehr überwog die Freude auf das ungeborene Kind.
Sie drehte und wendete sich vor dem Spiegel, betrachtete sich von allen Seiten. Und musste lachen, denn sie hatte nur einen sehr stark gewölbten Bauch aber wenn man sie von hinten betrachtete sah man auf den ersten Blick nicht, das sie ein Kind erwartete.
Hanna war glücklich, sie freute sich auf ihr Kind.
Sie sah auf die Uhr, es war viertel vor 9.00 Uhr. Lina hatte schon vor längerer Zeit gerufen. Das Frühstück war fertig.
Aber Hanna konnte sich nicht vor dem Spiegel abwenden. Wollte sie doch das Bild in sich aufnehmen, schwanger von dem Mann, den sie liebte.
Sie sah genau das Bild von Lorenz vor Augen, die widerspenstigen braunen Haare, und sein Lächeln. Sie liebte ihn immer noch.
„Werde ich jemals darüber weg kommen?" sagte sie zu sich selbst.

Wusste aber keine Antwort darauf. Sie hatte Sehnsucht nach Lorenz, und es schmerzte immer noch, wenn sie an ihn dachte.

„Hanna, was ist nun mit dem Frühstück?" Lina rief aus der Küche herauf zu Hanna.

Hanna schreckte aus ihren Gedanken auf.

„Ja, ich komme."

Hanna drehte sich weg vom Spiegel und nahm sich ihre Strickjacke und verließ das Zimmer und lief die Treppe Richtung Küche hinunter.

„Hanna, kommst du jetzt. Der Kaffee wird sonst kalt."

„Bin schon da," Hanna stand lächelnd in der Küchentür.

„Na, da bist du ja endlich. Komm setz dich, magst du Eier mit Speck?"

„Sehr gerne, ich habe einen Riesenappetit. Soll ich uns Kaffee eingießen?"

„Ja, gerne. Bestreichst du mir eine Scheibe Vollkornbrot mit Butter?" sagte Lina und legt die Scheiben geräucherten Speck in die Pfanne.

„Hanna, was hast du denn so lange gemacht, du warst doch schon vor einer Stunde wach."

„Aber nicht lachen, Lina."

„Nein!"

„Ich war vor dem Spiegel gestanden, und habe meinen gewölbten Bauch angesehen. Und habe mit dem Kind gesprochen. Ist das dumm??"

„Aber nein. Ich habe das doch auch getan. Ich denke, das macht jede werdende Mutter." Lächelnd gab Lina die Eier über den krossen Speck.

„Ich freue mich so auf mein Kind, Großmutter. Ich kann es nicht mehr erwarten, es in meine Arme zuschließen."

Das denke ich mir, ist ja nicht mehr viel Zeit hin. Vier Wochen, oder so nicht wahr?"

„Ja, wenn es zum richtigen Zeitpunkt kommt, dann müsste es so der 18. oder 19. März sein."

„Ich freue mich auch schon darauf Urgroßmutter zu werden."

„Na, das glaube ich dir sofort. Und hast du nun Eier mit Speck für mich, ich verhungere fast."

„Hier, schon fertig." Triumphierend hielt Lina die Pfanne in die Höhe.

Hanna hielt Lina den Teller hin, und Lina gab ihr eine große Portion darauf.

Hanna nahm ihre Gabel und führte genüsslich eine Portion zum Mund.

„Fein, es schmeckt lecker. Genau das Richtige."

„Das freut mich."

„Was hast du denn heute so vor, Hanna?"

„Ich weiß noch nicht genau. Ich dachte mir, wenn das Wetter passt will ich etwas spazieren gehen. Zum See hinunter."

„Hast du was dagegen, wenn dich deine alte Großmutter begleitet?"

„Du und alt, da kannst du dich aber nicht meinen oder, Lina?"

„Also gut, dann frage ich anders. Wollen wir zusammen spazieren gehen?"

„Sehr gerne."

„Gut, dann machen wir es so."

„Sehr schön, ich freue mich schon darauf."

„Zieh dir aber etwas Warmes an, es ist zwar sonnig aber noch nicht so warm."

„Ja, mach ich."

„Gut."

Gemeinsam machten sie sich daran die Küche zu säubern, es ging unerwartet schnell, da sich beide auf den Spaziergang freuten.

Es war lange nicht mehr so ein schöner Tag gewesen.

Frühling lag in der Luft, das lud alle Leute ein hinauszugehen und den tollen Tag zu genießen.

Hanna und Lina traten gemeinsam vor die Tür, hakten sich unter und gingen gemeinsam Richtung See.

Sie gingen schweigend nebeneinander her, ein beruhigendes Schweigen, beide waren zufrieden mit sich und dem schönen Tag.

„Lina?"

„Ja, mein Schatz"

Hanna sah Lina lange an, hatte sie schon lange nicht mehr diesen Kosenamen zu ihr gesagt.

Es war eine Anrede die sie an ihre Kindheit erinnerte, und das war ein wohliges heimeliges Gefühl.

Sie hakte sie fester unter und sah ihre Großmutter von der Seite an.

„Lina, ich möchte gerne nächste Woche nach Nürnberg fahren, Sabrina besuchen, und einfach meine Heimatstadt wieder sehen, Nürnberg im Frühling ist so schön und ich habe Sehnsucht danach. Ich würde mich auch freuen, wenn du mitkommst. Was sagst du dazu?"

„Schaffst du das? Ich meine es sind nur noch 4 Wochen bis zu Geburt."

„Aber ja, ich denke schon. Ich möchte mit dem Zug fahren, mit dem ICE, damit es nicht so lange dauert. Und ich wäre froh, wenn du dabei wärst, dann wäre ich nicht so alleine auf der Fahrt."

„Nürnberg!" Lina ließ sich den Namen auf der Zunge zergehen, wie lange war sie nicht mehr in Nürnberg gewesen.

„Und, was sagst du?"

„Ja ich denke, das ist eine gute Idee. Mit dem ICE ist es wirklich nicht allzu anstrengend. Und ich freue mich darauf Karl noch mal in seinem Buchladen zu sehen, bevor er aufhört und Nürnberg wieder zu sehen. Ein schöner Gedanke."

„Prima, dann ist das ausgemacht. Ich rufe dann gleich Sabrina an, vielleicht können wir bei ihr übernachten."

„Ja, mach das, wenn nicht finden wir sicher auch was anderes. Nürnberg hat viele Möglichkeiten." Lina sah Hanna lachend an.

„Ja, das hat es."

„Schau mal Hanna, der See ist er nicht schön"

„Oh ja!"

Der See sah in der frühen Frühlingssonne, wie ein verwunschener See aus, dunkel und geheimnisvoll, aber genau da machte ihn schön.

„Er sieht aus wie aus einem Krimi, wäre eine tolle Filmkulisse für einen Martha Grimes Film."

Lena musste lachen, „Na, das würde uns hier noch fehlen ein Filmteam, da wäre die ganze Ruhe weg."

„Stimmt, und das wollen wir nicht."

„Nein, das nicht."

„Komm, lass uns zurückgehen, Lina, kann es kaum erwarten mit Sabrina zu sprechen."

„Dann gehen wir, was zögerst du so lange." sagte Lina lachend und drehte sich am Absatz um.

„Brrrr, ist das noch kalt, machte gar nicht den Eindruck beim laufen"

„Nun geh doch rein, Hanna, dann wird dir schnell warm, im Wohnzimmer ist geheizt."

Hanna ging durch die Tür legte ihren Mantel ab und ging ins Wohnzimmer.

„Ich rufe Sabrina gleich mal an, Lina. Bin gespannt, was sie sagt."

„Ja, mach das mal."

Hanna nahm das Telefon vom Schränkchen und setzte sich in den großen Ohrensessel und wählte Sabrinas Nummer. Es tutete sehr lange. Hanna dachte, komm schon Sabrina es ist 17:00 Uhr, du musst daheim sein. Sie trommelte mit dem Finger auf der Sessellehne und wollte schon auflegen als am anderen Ende jemand abhob.

„Bogmann." sagt eine abgehetzte Stimme

„Sabrina?"

„Ja, sicher. Hanna bist du das?"

„Ja, ich bin's Hanna. Du klingst so gehetzt."

„Kein Wunder, ich bin die Treppe hoch gerannt, als ich das Telefon hörte. War einkaufen, brauche ja auch was zu essen. Ist was passiert? Hast dich ja lange nicht mehr gemeldet. Nun gut ich auch nicht." sagte Sabrina lächelnd am anderen Ende der Leitung.

„Nein, es ist nichts passiert."

„Das freut mich, dachte schon. Wie geht es deinem Bäuchlein, Mensch Mädel, es ist ja bald soweit."

„Bäuchlein, da muss ich jetzt aber lachen, ist ein ganz schön großer Bauch. Ja, in ca. 4 Wochen habe ich Termin."

„Wahnsinn, die Zeit vergeht. Ich freue mich deine Stimme zu hören. Wie lange ist es her das wir uns gesehen haben, ca. 6 Wochen oder seit Weihnachten."

„Ja, das könnte hinkommen."

„So Hanna, jetzt hast du mich genug auf die Folter gespannt, was ist der Grund Deines Anrufes?"

„Nun."

„Ja? Nun sag schon, was ist los?"

„Ich würde dich gerne besuchen kommen mit Lina, nächste Woche. Ich würde dich so gerne wieder sehen, und natürlich auch Nürnberg. Aber nur wenn du Zeit hast, und wenn du Platz für uns hast."

„Hey, da würde ich mich freuen. Und ihr Beiden bei mir? Sicher ist etwas eng, aber das bekommen wir schon hin. Lina in meinem Schlafzimmer und wir beiden auf der großen Schlafcouch im Wohnzimmer. Was meinst du?"

„Ja, das hört sich gut an. Und wir haben uns doch immer vertragen."

„Klar, wir haben uns sehr viel zu erzählen, oder? Mensch, da freue ich mich. Aber nicht, dass du nur eine Woche bleibst."

„Nein, wir wollen schon etwas bleiben, wie lange entscheiden wir spontan, Ok?"

„Ok, so machen wir das. Und mit was kommt ihr?"

„Mit dem Zug, den genauen Termin sage ich dir noch, ich meine wann wir ankommen, dann kannst du uns abholen."

„Und an welchen Tag dachtest du?"

„Montag dachten wir, ist das Ok?

„Ja, das ist prima, ich habe ja noch Semesterferien. Und wir haben viel Zeit zum quatschen."

„Ohhh ja, das wird prima."

„So Sabrina, ich muss aufhören. Möchte in die Wanne, ist recht frisch draußen."

„Ok, ich freue mich und gebe dir noch Bescheid, wann genau wir ankommen."

„Ja, mach das. Tschüss Hanna und Grüß Lina."

„Tschüss."

Sabrina legte auf. Hanna ging ins Bad um sich ein Badewasser einzulassen.

„Hanna?" Lina rief aus der Küche.

„Ja Lina. Warte mal kurz, ich lasse mir schnell Wasser in die Wanne."

Hanna drehte den Wasserhahn auf, goss Badeschaum hinein, und ging die Treppe hinunter.

Sie blieb in der Küchentür stehen.

„Sabrina ist einverstanden und freut sich schon auf uns. Ich geh schnell in die Wanne, das Wasser läuft schon ein."

„Das ist schön, dass es mit Sabrina klappt. Gut, lass dir Zeit beim Baden. Essen gibt es erst in 2 Stunden."

„Oh nein, nicht das auch noch." Fassungslos sah Sabrina auf ihre Bluse hinunter, auf der sich ein großer Kaffeefleck ausbreitete, ärgerlich stelle sie die Tasse auf den Tisch, rannte ins Bad um das Malheur zu beseitigen. Ich bin sowieso schon wieder zu spät, dachte sie, weichte die Bluse schnell in einer Seifenlauge ein, zog ein T-Shirt über und rannte zu Ihrem Auto.

„Warum kann nicht einfach mal was klappen, gerade heute wo Hanna und Lina ankommen."

Sie stieg in ihr Auto und fuhr Richtung Hauptbahnhof, wo der ICE von Hannover gerade einfuhr.

„Kuck mal Lina. Nürnberg!" strahlend stand Hanna an der Tür und konnte es kaum erwarten, dass der Zug hielt.

„Ja schon gut, Hanna. Halte dich bitte fest, nicht das du noch stürzt, der Zug bremst gleich."

Lina, war müde, wollte sich nur noch ausruhen.

Lächelnd dachte sie, ich bin doch nicht mehr die Jüngste. Endlich hielt der Zug, Hanna sprang förmlich aus dem Zug, soweit es ihr Bauch zuließ, sie sah sich gleich nach Sabrina um, konnte sie nirgends entdecken.

„Ach je, der Zug muss schon da sein." Sabrina sah die Menge der Leute mit Gepäck, die auf sie zukamen. Sie ging schneller, um beide noch am Gleis zu erwischen.

Sabrina rannte die Treppe hoch und sah sie dann schon stehen.

„Hanna, Lina, hier bin ich" sie hob die Hand und winkte beiden.

Hanna sah Sabrina als erste und rannte auf sie zu, sie freute sich ihre Freundin wieder zu sehen. Sie fielen sich in die Arme.

„Ach Sabrina, was habe ich dich vermisst."

Sabrina hielt Hanna an gestreckten Armen von sich weg und sah sie fröhlich an.

„Mensch Kleine, du siehst ja drollig aus mit deinem Bauch, aber nicht nur das, du siehst schön aus, das Mutter werden steht dir. Aber, nun muss ich Deine Großmutter auch begrüßen." Schelmisch sah sie Lina an und umarmte sie.

„Hallo Lina, schön das du da bist."

„Danke Sabrina, ich freue mich auch wieder in Nürnberg zu sein, und es macht dir wirklich nichts aus uns aufzunehmen?"

„Aber nein, ich freue mich wieder liebe Menschen um mich zu haben."

Sabrina hakte sich bei beiden Frauen unter und sie gingen Richtung Ausgang.

„Kommt, der Kaffeetisch ist schon gedeckt."

„Ihr seid mir nicht böse, wenn ich mich etwas hinlege? Die Fahrt mit dem Zug war recht anstrengend für mich, bin doch schon eine alte Frau." Lina stand gesättigt vom Kaffeetisch auf.

„Kein Problem Lina, ich zeige dir schnell deinen Schlafplatz. Ich habe dir mein Schlafzimmer hergerichtet."

„Danke."

„Komm gleich wieder, Hanna."

„Ja."

Hanna stand auf, zog eine Strickjacke an und ging auf Sabrinas Balkon. Seit der Einweihungsfeier war sie nicht mehr auf dem Balkon gewesen. Sie wusste nicht warum, irgendwie fand sie ihr Verhalten von damals, dumm und naiv. Sie schämte sich etwas. Sie führte es aber auch auf den Angriff in der Straßenbahn zurück. Hanna kam das alles wie eine Ewigkeit vor, dabei war es erst 2,5 Jahre her. Es war seitdem so viel passiert. Schöne und weniger schöne Sachen, aber für Hanna zählte im Moment nur ihr Kind.

Seit langem dachte sie wieder an Lorenz, ein kleiner Schmerz kroch wieder hoch, der aber nicht mehr so schlimm war wie die Monate zuvor. Sie sah ihn vor sich, seine widerspenstigen braunen Haare, ein gewinnendes Lächeln. Sie fragte sich wie es ihm ging, sie vermisste ihn, endlich war sie auch wieder bereit ihn sehen zu wollen. Das ist ein großer Schritt, dachte sie.

„Du denkst an Lorenz, oder?"

Hanna drehte sich um und sah Sabrina mit einer Tasse Kaffee hinter ihr stehen.

„Wie lange stehst du schon hier?"

„Noch nicht lange, aber lange genug um deinem Gesichtsausdruck zu sehen. Du sahst so glücklich aus und ganz kurz hattest du einen Schmerz im Gesicht, der sich in eine Zufriedenheit mit dir und der Welt verwandelte."

„Ja, da hast du nicht unrecht, mit beidem nicht. Ich bin wirklich zufrieden, und ich habe an Lorenz gedacht. Ich fragte mich wie es ihm geht."

„Es geht ihm recht gut, etwas müde und gestresst aber es geht ihm gut. Ich habe vor 2 Wochen mit ihm telefoniert."

Hanna sah Sabrina an, und das erste Mal seit langen freute sie sich etwas über Lorenz zu hören ohne dass es ihr wehtat.

„Das freut mich, dass es ihm gut geht." sagte Hanna aufrichtig „Wie lange ist er nun schon weg? Das sind doch gut 8 Monate oder?"

„Ja, das könnte ungefähr hinkommen."

„Wie lange bleibt er denn nun? Er sagte etwas von 2 – 3 Jahren." sie wusste nicht warum sie die Frage gestellt hatte.

„1 Jahre länger nicht. Die Praxis in Lübeck muss auch weiter geführt werden. Der Jung Arzt bleibt nur noch 6 Monate, und Magnus und Lorenz wollen keinen neuen einstellen. Deswegen kommt er schon früher."

„Oh" Hanna konnte nicht mehr sagen, denn 6 Monate sind schnell vorbei. Sie würde ihn dann sicher wieder sehen.

„Ja, schnell nicht wahr? Du musst dir überlegen, was du ihm erzählst wegen dem Kind."

„Nein. Ich hoffe, dass er es nicht allzu schnell sieht. Denn anlügen kann ich ihn nicht. Ach Sabrina, ich weiß, ich muss es ihm sagen."

„Darf ich dich mal was Direktes fragen?"

„Ja, klar."

„Wie sieht es mit Gefühlen ihm gegenüber aus?"

„Immer noch die gleichen, aber irgendwie ist er mir fremd. Verstehst du? Er ist schon so lange weg, und genau genommen kenne ich ihn ja nicht so lange."

„Stimmt auch wieder."

„Und irgendwie habe ich ein ungutes Gefühl vor dem Wiedersehen. Weißt du Sabrina, manchmal möchte ich die Zeit zurückdrehen. Ich weiß das würde nichts ändern, aber der Gedanke ist einfach schön. Zu denken, er kommt zurück und alles ist gut."

„Glaubst du Hanna, dass es so einfach ist? Denn immerhin ist viel Zeit vergangen, und du warst nicht gerade zugänglich Lorenz gegenüber."

„Ja, das weiß ich doch alles. Ich weiß, dass es dumm ist. Aber, Sabrina ich bin so froh, dass ich den Schmerz hinter mir gelassen habe, der Druck ist weg. Und ich denke das ist gut so."

Sabrina sah ihre Freundin erstaunt an, so kannte sie Hanna nicht mehr, hatte sie wirklich wieder einen Weg gefunden zufrieden zu sein? Sie würde es ihr so sehr wünschen. Und insgeheim hoffte sie auf ein Happyend zwischen Lorenz und Hanna.

„Das ist sicher gut so, Kleines."

Sabrina nahm ihre Freundin in dem Arm, und wünschte ihr in Gedanken alles Glück dieser Welt.

Hanna löste sich sanft und sah ihre Freundin direkt an.

„Sag mal, Sabrina wie sieht es bei dir aus? Wie geht es Magnus, und wie lange willst du hier noch bleiben?"

„Komm las uns hineingehen, es dämmert schon, und es wird frisch. Ich erzähle dir gerne alles bei einem guten Tee."

„ Mhm, wie wäre es mir einem guten Kakao?"

„Ok, das ist auch lecker."

Kurze Zeit später saßen Beide zufrieden auf dem großen Sofa, mit einer Tasse Kakao in der Hand.

„Denkst du Lina steht heute noch mal auf?" fragte Sabrina ihre Freundin, die es sich in einer kuscheligen Sofaecke bequem gemacht hatte.

„Ich glaube nicht, sie wird durchschlafen, sie war sehr kaputt. Sie ist heute Morgen schon um 3 Uhr wach gewesen, konnte nicht mehr schlafen, sagte sie."

„Das verstehe ich, sie soll sich ausschlafen, die Gute."

„Ja, das ist das Beste. So, nun nicht mehr ablenken, was ist mit dir?"

„Öhm, mit mir?" schelmisch sah Sabrina, Hanna an.

„Ja mit dir, nun sag schon, wie hast du dein weiteres Leben geplant. Oder willst du noch nicht darüber sprechen."

„Also, an die große Glocke will ich es nicht hängen, aber du bist meine beste Freundin und dir kann ich alles sagen!"

„Nun?" Hanna war ganz gespannt was nun kommen würde, irgendwie klang das alles so geheimnisvoll. Sie schlürfte ihren Kakao und wartete geduldig.

„Ich weiß gar nicht, wo ich anfangen soll."

„Wie wäre es am Anfang?"

Sabrina musste lachen, das war ganz ihre Freundin. So wie sie immer war, es tat so gut, dass sie hier war! Sie stellte ihre Tasse auf dem Sofatisch ab holte tief Luft und sagte.

„Ich werde mein Studium beenden, und nach Lübeck ziehen."

„Was? Dein Studium? Ich verstehe nicht, es war doch dein Traum."

„Ja, das stimmt. Aber, irgendwie möchte ich was anderes. Ich möchte gerne einen Mann den ich den ganzen Tag habe, und Magnus ist genau der Richtige."

„Was willst du mir damit sagen? Dass du eine Familie willst, mit Kind und so? Höre ich das richtig raus? Du willst Hausfrau werden?"

„Nun Hausfrau nicht unbedingt, ich würde gerne bei Magnus mitarbeiten in der Praxis, als Sprechstundenhilfe, ich müsste zwar erst eine Lehre machen, auch wenn die Lehre ein paar Jahre dauert. Und ja, du hast richtig gehört, ich will eine Familie."

Hanna sah ihre Freundin sprachlos an, so kannte sie Sabrina gar nicht. Seit sie Sabrina kannte wollte sie Karriere machen. Sie lächelte, was konnte ein Mann verändern.

„Was lächelst du so vor dich hin?" Sabrina konnte die Reaktion von Hanna nicht deuten.

„Ich lächle, weil ich mich für dich freue!"

„Oh schön, ich wusste dass Du mich verstehst."

„Sabrina?"

„Ja."

„Wollte ihr dann auch heiraten?"

„Mhm, darüber habe ich mir noch keine Gedanken gemacht. Wir sind noch ganz am Anfang."
„Willst du erst mal sehen ob alles gut geht?"
„Ja natürlich. Auch wenn ich so glücklich bin. Es braucht alles seine Zeit!"
So schnell es ihr Bauch zuließ, erhob sich Hanna vom Sofa und umarmte ihre Freundin. Was für eine schöne Nachricht!
„Wann wirst du nach Lübeck gehen?"
„Das weiß ich noch nicht. Möchte das jetzige Semester noch beenden! Ganz sicher ist alles noch nicht."
„Nicht sicher? Auch nicht die Liebe zu Magnus?"
„Hanna, an Liebe mangelt es uns nicht. Wir wollen nur nicht alles überstürzen. Wir sind ja noch Jung."
„Das ist eine gute Entscheidung."
„Eben, denn wir wollten beide keine Scheidung. Wenn wir mal heiraten sollten, wollen wir uns richtig sicher sein, das die Entscheidung die Richtige ist!"
„Das klingt sehr erwachsen."
„Ich bin erwachsen" sagte Sabrina lachend.
„Aber, leben werdet ihr in Lübeck, oder?"
„Ja, sicher. Die Praxis ist ja auch da, und es wäre dumm sie aufzugeben und eine Neue aufzumachen. Die Praxis geht sehr gut."
„Das wäre wirklich sehr dumm." Hanna lächelte vor sich hin.
„Warum lächelst du so?"
„Na, weil du dann ganz in der Nähe bist, Lübeck ist ja nicht weit weg von Linas Hof."
„Ja, stimmt. Prima, meine beste Freundin wieder in der Nähe."
„Das ist ein schöner Gedanke." Hanna musste gähnen.

„Oh, bist du müde?" Sabrina sah auf die Uhr „Ist ja schon 23:00 Uhr."
„Eigentlich ist es ja nicht spät, aber ich bin sehr müde. Der Zug eben, und du weißt werdende Mütter brauchen ihren Schlaf."
„Ja, ja, die werdenden Mütter."
Sabrina musste herzhaft lachen und Hanna stimmte glücklich mit ein.

Sie schlenderte durch den Hallerwiesepark und war glücklich. Sie hatte gerade ihren Termin wahrgenommen.
Hanna war im Krankenhaus Hallerwiese gewesen und hatte sich alles angesehen. Sie wollte unbedingt ihr Kind in Nürnberg zur Welt bringen und in der Klinik Hallerwiese war noch ein Bett frei gewesen. Ihre Frauenärztin war auch Belegärztin dieser Klinik. Hanna konnte es nicht erklären, aber sie wollte ihr Kind in Nürnberg auf die Welt bringen. Sie hatte auch in letzter Zeit unerklärlich Heimweh nach Nürnberg bekommen. Sie wuchs auf Linas herrlichen Hof auf, doch war ihr Nürnberg doch mehr zur Heimat geworden, als die Lüneburger Heide.
Sie stand vor einem neuen Problem, sie wollte wieder zurück in „ihre" Stadt. Sie hatte auch schon eine Idee. Es hatte sich alles angeboten mit Lina. Aber, sie konnte nicht ewig bei ihr leben. Die erste Zeit, aber irgendwann wollte sie wieder nach Nürnberg mit ihrem Kind.
Hanna verdrängte im Moment die Gedanken, sie hatte schon eine Lösung vor Augen. Aber erst wollte sie ihr Kind auf die Welt bringen und dann die erste Zeit bei Lina leben.

Alles andere wird sich schon regeln.

Sie lächelte vor sich hin, durchquerte den Park und lief Richtung Innenstadt. Sie wollte sich mit Magnus treffen. Er war in Nürnberg, und sie musste ihn sprechen wollte, ihn als erstes in ihre Pläne einweihen.

Sie sah ihn schon sitzen und die ersten Sonnenstrahlen genießen, es war ungewöhnlich warm im März.

Magnus saß auf einer Bank direkt am Hauptmarkt und blickte über den Obstmarkt, der jeden Tag hier war. Er war schon immer fasziniert von dieser Stadt gewesen.

Alte Tradition und Neues zusammen.

Er sah Hanna schon kommen, sie sah so glücklich aus. Sie trug ihren schwangeren Bauch so stolz und war richtig aufgeblüht.

Sie winkte schon von weitem

„Hallo Magnus."

„Hallo Hanna." Rief er zurück und stand auf um ihr entgegen zu gehen.

Als er sie erreicht hatte, gab er ihr die Hand.

„Hanna, schön dich zu sehen, du siehst richtig gut aus!"

„Danke, mir geht es auch gut. Freue mich auch dich zu sehen. Und Danke, dass du dir gleich Zeit genommen hast. Bevor du Sabrina gesehen hast. Es ist mir sehr wichtig. Du wirst mich für verrückt halten" Hanna lächelte ihn an. „Hast du Zeit und Lust was essen zu gehen, dann könnten wir uns unterhalten."

„Ja gerne Hanna, ich habe Hunger wie ein Wolf. Und das ist doch in Ordnung mit Sabrina, sie hat sowieso erst heute Abend Zeit, sie ist noch in der Uni."

„Italienisch?"

„Ja logisch, her mit der Pizza," scherzte Magnus und sie gingen Richtung Pizzeria.

Sie saßen bei einem gemütlichen Italiener in der Innenstadt vor Ihren Tellern und aßen genüsslich.

Hanna hätte gerne ein Glas Wein getrunken, aber in der Schwangerschaft machte sie es nicht, dem Kind zu liebe. Als sie fertig waren, bestellten sich beide noch einen Cappuccino. Magnus konnte es nicht mehr erwarten, er war sehr neugierig.

„Also, Hanna was ist los, was willst du mir so wichtiges sagen?"

„Ich habe mich entschieden mein Kind in Nürnberg auf die Welt zu bringen. Habe mir heute ein Bett in der Klinik Hallerwiese organisiert, und war auch schon zur Untersuchung."

Magnus war sprachlos

„In Nürnberg? Warum denn das? Dachte es war schon alles in Lübeck organisiert?"

„Ja, das war es auch. Aber, ich möchte es unbedingt in Nürnberg bekommen."

„Aber warum? Ich verstehe es nicht, Hanna."

„Magnus, ich kann es dir nicht genau erklären, aber ich habe Heimweh nach Nürnberg und möchte so gerne das mein Kind hier geboren ist, wie ich. Meine Eltern waren hier auch so glücklich."

„Bist du das nicht auch bei Lina?"

„Doch sicherlich, aber es ist was anderes."

„Verstehe ich richtig, du willst nicht nur dein Kind in Nürnberg auf die Welt bringen, sondern auch hier leben?"

„Ja ich weis, es ist nicht einfach. Ich habe auch noch mit keinem darüber gesprochen."

„Warum mit mir, als erster?"

„Magnus, ich habe eine Idee, da brauche ich deine Hilfe."

„Um was geht es, lass dir nicht alles aus der Nase ziehen, Hanna."

„Also gut, ich habe mir überlegt den Buchladen von Hr. Baumgartner zu übernehmen. Er will ihn doch schließen, und ich dachte mir vielleicht könnte ich ihn weiterführen."

„Wie willst du das finanzieren, oder dachtest du daran der Hr. Baumgartner als Besitzer bleibt und du den Laden für ihn leitest?"

„Ja, so dachte ich mir das. Habe auch schon mit Hr. Baumgartner gesprochen. Er ist nicht mal abgeneigt. Weil den Laden ganz zu schließen fiele ihm sehr schwer. Was hältst du von der Idee?"

„Die Idee ist sicher nicht schlecht. Aber, wie willst du das machen mit Kind. Wo willst du wohnen?"

„Bei dem Laden ist eine kleine Wohnung mit Garten. Die würde reichen, sind 3 Zimmer, Küche und Bad"

„Das hört sich alles gut an. Nur Hanna, das ist eine große Belastung. Beides zu handhaben. Und du bist alleine. Denn Sabrina geht ja mit mir nach Lübeck."

„Ja, ich weiß"

„Und bei was soll ich dir da helfen?"

„Du solltest mir helfen es allen schonend beizubringen. Würdest du das tun?!"

„Aber ja, sicher kann ich dir da helfen. Aber, das ist doch nicht der einzige Grund, da steckt noch was anderes dahinter?"

„Ja."

„Ich tippe auf Lorenz?"

„Ja."

„ Du meinst, du würdest ihm zu oft begegnen wenn, du bei Lina bleibst?"

„Ja."

„Hanna, sag mir genau warum du wieder nach Nürnberg willst. Und sag nicht immer nur. Ja."

„Ach Magnus, dass ich Heimweh nach Nürnberg habe, ist die Wahrheit! Ich vermisse die Stadt so sehr. Es macht mich nicht glücklich das du und Sabrina in Lübeck seit, aber, dass würde sich auch regeln."

„Ja, das glaube ich, aber was ist mit Lorenz?"

„Nun, ich hoffe eben durch die Entfernung, wenn er wieder hier ist, ihn nicht so schnell, oder zu oft zu sehen."

„Das glaubst du doch selbst nicht. Lorenz wird sich nicht aufhalten lassen dich zu sehen, egal wo du bist. Und das weißt du!"

„Ja, du hast ja Recht. Ich muss mich ihm stellen."

„Nicht stellen, du musst ihm die Wahrheit sagen. Hanna, du bekommst ein Kind von ihm und das in ca. 2 Wochen. Er hat ein Recht es zu erfahren."

„Ja, ich weiß."

„Wirst du es ihm sagen?"

„Ja."

„Wann?"

„Nun, wenn er wieder hier ist, oder was meinst du?"

„Ja, das solltest du schnell tun, wenn er wieder hier ist."

Magnus drehte verlegen sein Glas in der Hand.

„Was ist los Magnus, du wirkst so nervös?"

„Ja, ich muss dir was sagen, es geht um Lorenz. Er kommt nicht in einem halben Jahr."

„Nein, wann dann?" Hanna war nicht wohl.

„ Hanna...."

„Ja?"

„Lorenz", Magnus wollte es ihr sagen bekam es nicht über die Lippen.

„Nun sag schon, was soll das?" Hanna wurde immer nervöser, irgendwas stimmte hier nicht.

Magnus holte tief Luft und hoffte keinen Fehler zu machen

„Er ist da, in Lübeck."

Hanna dachte sie hatte geträumt, sie konnte nicht verstehen was er sagte.

„Was?"

„Lorenz ist schon wieder in Deutschland, er ist in Lübeck."

„Oh mein Gott....."

Hanna dachte den Boden unter den Füssen zu verlieren, sie spürte wie sich ihr Magen zusammenkrampfte. Sie hatte plötzlich starke Kreuzschmerzen.

„Magnus, das kann nicht sein, nicht jetzt. Es ist die falsche Zeit, nicht jetzt......." mehr konnte sie nicht mehr sagen. Sie verlor das Bewusstsein.

Magnus merkte, dass er einen großen Fehler gemacht hatte, Hanna wurde schneeweiß und kippte nach vorne.

„Schnell einen Krankenwagen, wird brauchen einen Krankenwagen! Sie ist schwanger, ruft einen Krankenwagen"

Minuten später war der Wagen da. Sie hoben Hanna auf die Trage und so schnell wie sie da waren, waren sie mit Blaulicht wieder weg.

Magnus war wie betäubt. Was hatte der Arzt gesagt

„Wir müssen uns beeilen sonst verliert sie das Kind."

Er betete, dass sie das Kind nicht verliert....

Kapitel 6

Versuchte Klärungen

„Ich komme schon, du musst nicht so schreien. Deine
Flasche ist doch schon fertig!"

Hanna ging zu dem kleinen Kinderbett, und hob ihre
kleine Tochter Anne heraus, sie setzte sich auf den
geblümten Sessel und gab ihr schnell die zubereitete
Babyflasche.

„Ist schon gut meine Süße, nicht so hastig, es ist genug
da."

Hanna blickte auf das kleine Bündel herunter, was in
ihrem Arm lag. Anne, nun schon ganze 4 Monate alt. Sie
dachte zurück auf die turbulente Zeit, als Anne zur Welt
kam.

Sie konnte sich nur dunkel erinnern, dass sie mit Magnus
beim Italiener saß und er ihr erzählte dass Lorenz schon
wieder in Deutschland war. Es war für sie wie ein
Schock, er war wieder da, nicht mehr in Kenia. Sie
musste sich stellen, ihm die Wahrheit sagen. Das war an
diesem Tag zu viel. Sie bekam Wehen und verlor das
Bewusstsein.

Hanna konnte sich sonst an nichts erinnern. Man
erzählte ihr, dass sie einen Notkaiserschnitt bekommen
hatte, damit die kleine Anne überleben konnte. Von den
ganzen Stunden wusste sie nichts.

Sie kann sich nur erinnern, als man ihr 1 Tag später ihre
kleine Tochter in den Arm legte.

Anne, geboren am 5. März, 50 cm groß, und 3120 Gramm schwer. 10 Tage zu früh, aber kerngesund und ein wunderschönes Kind mit dunklen Haaren.

Seit diesem Tag war die Zeit nur so dahin gerast. Es war viel passiert. Hanna war 4 Wochen bei Lina, und ist dann wieder nach Nürnberg gegangen, um den Laden von Hr. Baumgartner zu übernehmen. Sie lebte sich in der kleinen Wohnung gut ein. Sie hatte sich ein schönes zu Hause und eine sichere Zukunft aufgebaut, der Laden lief sehr gut, und sie konnte gut für Anne und sich sorgen.

Hanna legte Anne nachdem sie die Flasche leer getrunken hatte, und brav ein Bäuerchen gemacht hatte, in ihr Bett, damit sie schlafen konnte. Anne schlief noch viel am Tag, dachte sie dabei.

Nur eines, dachte sie, als sie ihre schlafende Tochter so betrachtete, Lorenz wusste immer noch nichts von ihr. Sie hatte es die vier Monate geschafft, ihn nicht zu sprechen, oder zu sehen. Er war seit März wieder in Lübeck, in seiner Praxis. Und sie hatte es geschafft, sich immer im richtigen Moment zurückzuziehen.

Aber sie wusste, lange würde es nicht dauern, da musste sie ihn sehen. Es würde sich nicht immer vermeiden lassen, und Lorenz hatte ein Recht zu erfahren dass er der Vater von Anne ist.

Es war ein wunderschöner warmer Sommertag. Es war Juli und Hanna wollte mit Anne etwas in den Park gehen, wo es schön kühl war.

Sie hatte Anne schon fertig angezogen, und wollte sie gerade in den Kinderwagen legen, als das Telefon klingelte.

Hanna überlegte ob sie rangehen soll, aber sie entschloss sich doch dafür.

„Ja." sagte sie knapp

„Ist da Timmler, ich will Hanna Timmler sprechen."

„Ja, ich bin am Apparat," sagte Hanna. Die diese Stimme sofort erkannt hatte.

„Hanna, ich muss dich sehen. Ich bin seit 4 Monaten wieder in Deutschland und du weichst mir immer aus. Bitte gib mir eine Chance zu erklären."

„Lorenz, woher hast du meine Telefonnummer."

„Von Magnus, er hat sie mir nach langem Drängen endlich gegeben. Du stehst ja nicht im Telefonbuch."

„Nein, da stehe ich nicht."

„Und was ist nun, können wir uns endlich mal sehen, bitte Hanna, es ist wichtig für mich!"

„Ja, Lorenz. Es ist auch wichtig für mich. Ich möchte dich auch sehen, wir müssen reden, über so vieles. Und ich hatte nicht den Mut es schon früher zu sagen."

Hanna konnte nicht glauben, dass sie diese Worte sagte, hatte sie sich doch die vier Monate geweigert, ihn zu sehen.

„Wann Hanna?"

„Ich weis es nicht, wann bist du in Nürnberg. Ich kann nicht nach Lübeck kommen, wegen meinem Laden."

„Das ist kein Problem Hanna, ich bin schon in Nürnberg. Wann hast du Zeit, jetzt?"

Hanna überlegte, Anne, sie musste Anne jemand geben. Nur wem? Sie konnte Lorenz nicht gleich überfallen mit einer Tochter. Da fiel ihr Hr. Baumgartner ein, der noch

in Nürnberg war. Er würde sicher mit ihr spazieren
gehen.
„Ja, in Ordnung, wo?"
„Beim Dampfnudel-Bäck, beim Johannis Friedhof?"
„In Ordnung, so in einer Stunde?"
„Ok, ich werde da sein." Lorenz legte auf.
Ihm war richtig übel, vor lauter Aufregung. Er hatte so
gehofft, dass sie ja sagt. Aber, so schnell? Irgendwie war
das alles so verwirrend.
Er duschte sich, denn er wollte perfekt aussehen. Er war
doch etwas eitel, oder lag es daran, dass er Hanna nach
einer ewigen Zeit wieder sah?

Hanna, bat Hr. Baumgartner, der in einer Wohnung
über ihr im Haus lebte mit Anne spazieren zu gehen. Er
freute sich sehr über das Angebot, denn er liebte Anne
wie seinen eigenen Enkel.
Hanna erklärte ihm warum, und er verstand ohne Worte.
„Lass dir Zeit, Hanna. Anne, ist bei mir in guten
Händen. Wir gehen spazieren, ich gebe ihr ihre Flasche,
und wickeln kann ich auch. Sollte es später werden, lege
ich sie schlafen und halte Wache! Geh nur beruhigt, zu
deinem Treffen. Es ist sehr wichtig und dazu brauchst du
Zeit!"
„Danke, Hr. Baumgartner! Sie sind mir eine große
Hilfe."
„Ich mache es doch gerne, Anne ist so ein liebes Baby."
Sie umarmte Hr. Baumgartner und sagte „Sie sind ein
Schatz." Hanna küsste ihre Tochter auf die Stirn und
ging um sich mit Lorenz zu treffen.

Hanna stieg aus ihrem Auto aus, und zögerte direkt zum Café zu gehen. Sie überlegte ob sie nicht zu schnell zugesagt hatte? Aber, irgendwann musste sie sich dem ganzen stellen, und warum nicht jetzt.

So entschlossen, wie es ihr möglich war. Ging sie auf das Café zu, sie musste endlich mit ihm sprechen.

Lorenz sah sie nicht sofort, so konnte Hanna ihn etwas betrachten. Er war sehr braungebrannt, und die Haare waren struppig wie immer, aber mir leichten weißen Fäden.

Mehr konnte sie nicht sehen, denn er wandte das Gesicht ab.

Hanna wollte gerade etwas sagen, als Lorenz sie bemerkte.

Er sprang sofort auf, und sagte erschreckt „Hallo Hanna, ich habe dich gar nicht gesehen."

Jetzt konnte Hanna ihn betrachten, er war dünn geworden, und sein Gesicht war von einigen Fältchen durchzogen.

„Ich bin gerade erst gekommen, Hallo Lorenz." sie reichte ihm die Hand, und er nahm sie dankbar in seine, und drücke sie sanft.

„Setz dich doch." Lorenz schob ihr einen Stuhl zu Recht. "Danke"

Er betrachtete Hanna genau. Sie war reifer geworden. Immer noch sehr schlank und sehr schön. Aber, irgendwas hatte sich an ihr verändert, er konnte es nicht erklären.

Hanna bestellte sich einen großen Milchkaffee, und trank ihn in langsamen Schlucken, nur damit sie nicht reden musste. Es entstand ein Schweigen, das für beide nicht gerade angenehm war.

„Hanna, ich glaube wir sollten reden. Denn sonst sitzen wir noch ewig hier und schweigen."

„Ja, ich weiß, nur fällt es mir sehr schwer", sie stellte ihre Tasse weg, und richtete sich auf.

„Lorenz, ich dachte ich sehe dich nie wieder, und nun sitzt du vor mir, ich weiß nicht ob ich mich freuen soll oder nicht."

„Das ist mir vollkommen klar, aber ich habe so viele Fragen Hanna. Ich brauche Antworten."

„Dann frag. Dazu bin ich hier."

„Nur dazu?"

„Ach Lorenz, was willst du von mir hören? Dass ich mich freue, dass du einfach gegangen bist? Willst du, dass ich dir freudestrahlend um den Hals falle, weil du wieder da bist?"

„Lass doch bitte den Sarkasmus. Du hast ja Recht. Sicher wäre es schön gewesen, aber ich bin nicht naiv, Hanna. Ich habe dir wehgetan. Aber, ich dachte die Sache mit Afrika wäre geklärt. Sicher, es war ein Fehler, dass ich es dir nicht vorher gesagt habe. Aber, du weißt warum. Müssen wir das alles noch mal durchkauen?" Lorenz war aus unerklärlichen Gründen plötzlich wütend. Er wollte aber ruhig bleiben und kämpfte dagegen an.

„Es tut mir leid Lorenz. Ich weiß auch nicht, warum ich immer auf Gegenwehr bin, wenn ich dich sehe. Die Sache ist schon lange her, und ich denke ich sollte lernen damit umzugehen. Ja, ich kenne die Gründe alle, und im Grunde kann ich dich auch verstehen. Auch wenn es für mich ein Schlag ins Gesicht war."

Hanna schluckte, er hatte Recht. Sie war schlimm. Auch sie wollte ein ruhiges Gespräch, musste sie ihm doch sagen, dass er Vater geworden ist.

„Lorenz, was hast du für Fragen, lass uns friedlich bleiben. Warum streiten?" Sie legte beruhigend ihre Hand auf seine.

Lorenz genoss die leichte Berührung, und fragte sich, warum die Liebe zu Hanna nie verblasst?

„Ja, du hast Recht." Er lächelte sie an.

Hanna, war immer noch fasziniert von Lorenz Lachen, und sie entspannte sich sofort.

Lorenz nahm einen großen Schluck, von seiner Apfelsaftschorle, seine Anspannung war wie weggeblasen.

„Hanna, warum bist du mir die 4 Monate ausgewichen? Du hast dich regelrecht in Luft aufgelöst, wo immer ich aufgetaucht bin, warum? Wir sitzen doch nun auch hier, und unterhalten uns, warum nicht früher? Du hast dir eine neue Existenz aufgebaut. Weit weg von mir. Es sieht so aus, als wenn in deinem neuen Leben kein Platz für mich ist, nicht mal als Freund"

„Lorenz, das sind schwere Fragen. Und meine neue Existenz die musste sein. Ich habe mir was Kleines aufgebaut. Einen kleinen Buchladen. Mehr nicht."

„Ja, das ist auch prima. Aber, warum hast du das alles getan? Ich dachte, wir würden wenigstens über eine Zukunft reden. Die von uns beiden nicht jeder alleine. Aber, du hast einfach ohne mich entschieden. Hast du einen neuen Freund?"

„Aber nein, Lorenz. Ich habe keinen neuen Freund und auch keinen neuen Mann im Sinn."

Hanna wurde es unwohl, sie kam immer näher auf das Thema was sie eigentlich nicht ansprechen wollte, sondern musste.

„Meine Gefühle für dich, Lorenz, haben sich nicht geändert. Nur habe ich mich verändert, mein Leben hat sich verändert."

„Was soll das alles heißen?"

„Lorenz, ich muss dir etwas sagen. Was auch der Grund ist, dass ich dir die letzten 4 Monate aus dem Weg gegangen bin. Es gibt etwas, was uns unser Leben lang verbinden wird."

„Was meinst du? Und warum hast du mit mir nicht schon lange gesprochen?"

„Ich hatte Angst, dass du mich hasst. Weil ich dir nichts gesagt habe."

„Hanna was meinst du?"

Hanna, setzte sich kerzengerade hin, nahm allen Mut zusammen sah ihm gerade in die wunderschönen blauen Augen.

Sie atmete tief durch.

„Lorenz, du bist am 5. März Vater geworden, einer kleinen Tochter. Sie heißt Anne."

Lorenz traf die Nachricht wie ein Hammer. Vater? Er hatte eine Tochter? Von Hanna?

Obwohl er es nicht wollte, stieg Wut in ihm hoch, wie konnte sie nur? Ihm das nicht zu erzählen?

„Warum?" er funkelte sie böse an „ warum hast du mir das nicht erzählt, ich hatte ein Recht darauf? Du warst schwanger von mir, und ich wusste nichts? Ich hätte kommen können. Ich hätte meinen Afrikaaufenthalt abbrechen können."

„Genau das wollte ich nicht. Du wärst nur gekommen, weil ich schwanger war, also nicht wegen mir. Und das widerstrebte mir, ich wollte dass du meinetwegen kommst, nicht wegen dem Kind."

„Was redest du da? Ich wäre sicher wegen dir gekommen. Dir zu helfen, weil du schwanger warst."

„Eben, wenn ich nicht schwanger gewesen wäre, dann wärst du in Afrika geblieben!"

„So gesehen, hast du schon Recht. Aber, das ist doch Unsinn so zu denken. Glaubst du wirklich habe dich nicht geliebt, als du nicht schwanger warst?"

„Nein, so dachte ich nicht. Aber, es reichte nicht, dass du nur deswegen gekommen wärst."

Lorenz wurde es sehr heiß, dieses Rumgerede nervte ihn.

„Hanna, hör auf. Du redest unsinniges Zeug. Ich liebte und liebe dich. Dachte immer es würde sich ändern, aber das tut es nicht. Ein Kind hätte alles verändert. Mein Beschützerinstinkt wäre noch stärker geworden. Du verrennst dich da in was, was vollkommen unsinnig ist."

„Ja, vielleicht hast du Recht. Aber, zu der Zeit sah ich es so. Ich kann es nicht mehr ändern."

„Gut, lass uns über, wie war der Name? Anne? Reden"

„Ja genau"

„Gut über Anne reden. Wo ist sie? Ich will sie sehen."

„Jetzt?"

„Ja natürlich, oder was dachtest du? Sie ist ja wohl auch mein Kind, oder?"

„Ja, das ist sie"

„Wen hast du eigentlich als Vater angeben?"

„Vater unbekannt. Sie hätten dich sonst angeschrieben, wegen Unterhalt"

Lorenz war fassungslos, wie konnte sie? Ihm so was antun? Er hätte sie Ohrfeigen können.

Er stand auf, zahlte und kam zu Hanna zurück.

„Lass uns gehen"

„Wohin?"

„Ich möchte meine Tochter sehen. Jetzt!!"

„Aber, das...."

„Was? Ich möchte Anne jetzt sehen, du hast mir so viel Zeit gestohlen mit ihr. Wegen unsinnigen Sachen. Steh auf, ich möchte zu ihr!"

Hanna sah Lorenz an, er wirkte sehr verletzt.

„Gut lass uns gehen, hast du ein Handy dabei, dass ich Hr. Baumgartner anrufen kann." Schweigend reichte Lorenz ihr sein Handy. Sie telefonierte nur kurz.

Sie fuhren beide mit Hannas Auto zu Hr. Baumgartner. Es lag ein eisiges Schweigen in der Luft.

Hanna klingelte bei Hr. Baumgartner. Hr. Baumgartner öffnete die Tür, nickte Hanna ernst zu und gab Lorenz höflich mit einem Lächeln die Hand.

„Guten Tag, Hr. Baumgartner. Könnte ich bitte gleich meine Tochter sehen? Es ist mir sehr wichtig!"

Hr. Baumgartner blickte zu Hanna, diese nickte. Denn was sollte sie auch sonst machen, er ist ihr Vater. Er hatte doch auch Rechte. Sie wirkte verzweifelt. Sie wusste, sie hatte mal wieder einen großen Fehler gemacht.

„Ich hole sie schon," sagte Hanna.

Sie ging in den kleinen Garten, neben der Küche wo Anne auf einer Krabbeldecke auf der Wiese lag. Hob sie hoch, drehte sich um und legte sie Lorenz in die Arme, der direkt hinter ihr stand.

Lorenz konnte es nicht fassen, er hielt seine Tochter in den Armen, von der er vor einer Stunde noch keine

Ahnung gehabt hatte. Es betrachtete sie, die dunklen Locken, und die blauen Augen, die wohl jedes Baby hat, faszinierten ihn. Wie schön sie war...

Er sah Hanna an „Warum, Hanna?"

Hanna sagte nichts, sie sah nur Lorenz mit Anne auf dem Arm. Er hielt sie ganz sicher, und drückte sie sanft an seine Brust. Sie sah ihm zu, wie er einige Schritte von ihr weg ging, immer wieder Anne ansah. Ihr einen Kuss auf die Stirn gab. Sie würde dieses schöne Bild nie vergessen. Warum hatte sie nur so lange gezögert? Unvermutet trat Lorenz direkt auf sie zu, stellte sich mit Anne auf dem Arm direkt vor sie hin. Jetzt erst sah Hanna, dass er weinte. Sie war entsetzt, sie hatte nicht geahnt, wie sehr sie ihn verletzt hatte.

„Lorenz, ich...." Sie hob die Hand um ihn zu berühren, er trat zurück.

„Hanna, was hast du gedacht, was ich tue wenn ich es erfahre? Dachtest du, ich nehme sie dir weg? Sie ist so schön, und ich habe sie heute erst kennen gelernt"

„Ich weiß nicht was ich gedacht, habe. Ich weiß nur, dass es falsch war! Ich wollte dich nicht verletzen. Es tut mir leid, Lorenz!"

„Es tut dir leid? Ja, das glaube dir sogar. Aber, dass ist wirklich etwas zu viel. Ist es Egoismus? Oder warum hast du es mir nicht gesagt?"

Lorenz gab Hr. Baumgartner Anne in den Arm, die eingeschlafen war, dieser ging ins Haus und legte sie in das Reisebett. Lorenz setzte sich auf die Terrasse und fuhr sich mit den Händen durch die Haare.

Hanna kniete sich vor ihn, sie konnte ihn nicht leiden sehen, sie wollte es so gerne rückgängig machen.

„Nein, Lorenz es war kein Egoismus. Es war Dummheit von mir. Ich war verbohrt und trauerte alten Zeiten nach, ohne in die Zukunft zu sehen. Ich meine damit eine Zukunft mit dir. Ich kann es mir nicht erklären."

„Was kannst du dir nicht erklären?" Lorenz sah auf Hanna die vor ihm kniete, ihr Gesicht in dem sich spiegelte, dass sie einen Fehler gemacht hatte, den sie bereute.

„Ich kann mir nicht erklären, warum ich nicht sofort zu dir gefahren, bin als ich erfuhr, dass du wieder in Deutschland bist. Ich hatte es mir doch so gewünscht. Aber, ich sperrte mich. Ich war albern und kindisch, weil ich immer an die Sache vor ca. 1,5 Jahren dachte. Ich wünschte mir doch immer eine Familie. Und ich selbst stand im Weg."

„Ja, das habe ich gemerkt."

Hanna nahm Lorenz Hände in die Ihren und sah ihm direkt in die Augen.

„Lorenz, egal was du nun von mir denkst. Auch wenn du mich nach der Sache mit Anne hassen solltest. Du sollst wissen....." Hanna atmete tief durch. „ich liebe Dich"

Lorenz stand auf, sah auf Hanna hinunter die immer noch kniete. Er nahm sie an den Händen, zog sie zu sich. Streichelte ihr über die Wange und küsste sie sanft auf den Mund.

„Hanna, ich hasse dich nicht. Nur kann ich es nicht verstehen. Ich wünschte du hättest es mir gleich gesagt."

„Was willst du damit sagen?" Hanna spürte noch den Kuss auf ihren Lippen, spürte seine Wärme und roch den Duft seines Aftershaves. Sie klammerte sich an seine Hand. Tränen liefen ihr über die Wange, sie wusste was kommen wird.

„Ich muss erst mal alles verarbeiten, muss mir klar werden was ein Kind bedeutet. Will sie kennen lernen."
„Was heißt das jetzt? Ist es vorbei, bevor es richtig angefangen hat?"
„Hanna ich weiß es nicht, ich brauche erst einmal Zeit. Ich muss mich an die neue Situation gewöhnen. Es ist so schwer mit uns, Hanna."
„Ja, es ist schwer mit uns!"
Lorenz schob Hanna sanft von sich weg.
„Hanna noch eine Frage."
„Ja"
„Wirst du mich als Vater nun angeben."
"Ja, Lorenz das werde ich tun! Du bist und bleibst Annes Vater!"
„Ich gehe jetzt, Hanna"
„Ja, ich weis"
Lorenz ging noch zum Bett von Anne und küsste sie sanft. Verabschiedete sich von Hr. Baumgartner und kam noch einmal zu Hanna zurück.
Er nahm sie ganz fest in den Arm und küsste sie.
Dann löste er sich von ihr.
„Hanna, ich liebe Dich!" Drehte sich um und verließ die Wohnung.
Hanna stand da wie vom Donner gerührt. Der Kuss, die feste Umarmung. Ich liebe Dich, hatte er gesagt.
Aber, was nun? Würde er sich wieder melden. Nein, schwor sie sich, das werde ich tun!!!

Hr. Baumgartner kam zu ihr und reichte ihr die Hand.
„Hanna, du weißt ich liebe Dich wie eine eigene Tochter. Aber, du hast einen Fehler gemacht. Das hättest du nicht tun dürfen. Dieser Mann liebt Dich!"

„Ich weiß, Hr. Baumgartner ich weiß!!!"
Sie warf sich in seine Arme, und weinte wieder einmal
um die Liebe von Lorenz. Nur diesmal hatte sie den
Fehler begangen. Hanna begann langsam sich zu hassen.

Es waren nun schon zwei Wochen vergangen und
Lorenz hatte sich nicht gemeldet. Hanna stand in der
Küche und grübelte. Sie schalt sich, hatte sie sich nicht
melden wollen? Hatte sie sich nicht vorgenommen,
diesmal die treibende Kraft zu sein. Ja, das hatte sie und
was machte sie? Sie verfiel wieder in ihr altes Schema,
immer wieder wartete sie darauf, dass Lorenz sich
meldete.
Wie kam sie immer nur darauf, dass sie das Geschöpf ist,
was immer wieder angerufen werde musste? So konnte
es nicht weiter gehen. Sie musste mit jemanden reden.
Ihm die ganze Sache erzählen, sich wohl auch
beschimpfen lassen, nach Rat fragen.
Sich helfen lassen, sie wollte Anne ihren Vater geben,
und nicht das sie ihn nicht kannte.
Sie hatte Lorenz sehr verletzt, kein Wunder das er sich
zurückzog!
„Ich werde Sabrina anrufen." sagte sie laut zu sich selbst.
Sie überlegte lange, konnte die Vorwürfe von Sabrina
richtig hören, aber es half nichts, sie hatte es sich selbst
eingebrockt, da musste sie durch.
Nervös tippte sie die Nummer in ihr Telefon. Es
klingelte am anderen Ende.
„Bogmann"
„Hallo, Sabrina, hier Hanna."

„Hanna, du lebst auch noch? Mensch Mädel, du hast ja eine Unordnung verbreitet, die ihres Gleichen sucht! Warum hast du dich nicht gemeldet?"

„Ich weis es nicht, Sabrina. Ich bin dumm und verbohrt. Habe es mir so vorgenommen nicht wieder in mein altes Fahrwasser zu fallen, und genau das habe ich getan! Sabrina, ich würde gerne zu euch kommen."

„Ja, das ist eine gute Idee. Hier ist jemand, der dich braucht, auch wenn er es nie zugibt. Du hast viel kaputt gemacht Hanna, ich kenne ihn nicht mehr!"

„Ich habe es geahnt, wie er gegangen ist. Sabrina, er war so verletzt, und ich hasse mich dafür. Ich erwarte immer, dass sich alle bei mir melden, oder sich entschuldigen. Aber, bin ich nicht die, die verletzt?"

„Na, so extrem würde ich es nicht sehen, Hanna. Aber, bei Lorenz hast du wohl einige Fehler gemacht. Und er ist wirklich wie ausgewechselt."

„Wie meinst du das?" Hanna war erschrocken.

„So wie ich es sage, aggressiv, ruhelos, und er trinkt zu viel."

„Was? Um Himmels willen, Sabrina. Alles meine Schuld. Ich komme so schnell wie möglich."

„Aber, kein Selbstmitleid, bitte. Lorenz braucht Hilfe, bring aber Anne mit, ok?"

„Ja, ich bringe sie mit. Keine Sorge Sabrina, kein Selbstmitleid, warum auch. Ich habe was gut zu machen und nicht zu jammern!"

„Wow, so kenne ich dich gar nicht mehr Hanna."

„Nein, aber es wird Zeit, dass ich wieder die alte Hanna werde, ich werde morgen kommen. Kann ich bei euch schlafen?"

„Ja logisch, so lange du willst. Aber, Magnus wird dir den Kopf waschen weißt du das?"
„Ich habe es geahnt, aber er hat ja Recht. Ok, bis morgen!"
„Bis morgen, Bye."
„Bye."
Hanna legte den Hörer auf, ging in ihr Schlafzimmer, packte ihre Sachen, die von Anne mit Tränen in den Augen, sie dachte an Lorenz. Sie musste zu ihm!
Sie sprach mit Hr. Baumgartner, regelte alles mit ihrem Laden. Bepackte ihr Auto, legte Anne in ihren Kindersitz und fuhr, in der Nacht, Richtung Lübeck!

Es war eine lange Fahrt, Anne schlief fest und Hanna konnte grübeln, aber sie kam auf keinen Nenner, sie musste reden.
Hatte sie auch Bammel vor Magnus, er würde ihr den Kopf waschen, und das auch mit Recht!
Es war 6 Uhr als sie ankam, Anne schrie, sie war gerade aufgewacht, hatte Hunger, und musste gewickelt werden.
In der Hoffnung, dass sie nicht zu ungelegen kam klingelte sie bei Sabrina.
Sie hörte wie jemand die Treppe runterkam, und leise fluchte, wer denn so früh an der Tür klingelte.
Die Tür wurde geöffnet und Magnus stand vor ihr.
Hanna hatte nicht mit Magnus gerechnet, und war etwas perplex.
„Guten Morgen Magnus, Sorry das ich so früh hier bin, bin besser durchgekommen."
Sie wollte ihm dir Hand reichen, aber Magnus zog sie in seine Arme und drückte sie.

„Hanna, es ist gut, dass du da bist, komm rein sonst weckt Anne noch die ganze Stadt."
Er lächelte sie an und hielt ihr die Tür auf und nahm ihr die Reisetasche ab.
Sie ging an ihm vorbei, brachte Anne in die Küche und versorgte sie als erstes. Sie wickelte sie, zog sie um und gab ihr die Flasche.
Magnus machte derweil Kaffee, es wurde kein Wort gewechselt. Was aber beiden gut tat, erst mal zu Ruhe kommen.
Als Anne ruhig auf der Krabbeldecke lag, setzten sie sich an den Küchentisch und tranken Kaffee.
„Magnus, ich weiß nicht wo ich anfangen soll, du bist sicher nicht gut auf mich zu sprechen."
Sie trank von ihrem Kaffee und hatte Angst, was Magnus sagen könnte. Sie musterte ihn, sie sah ihn das erste Mal strubbelig und sichtbar müde. Ihre Augen trafen sich, Hanna musste weg sehen, seine grünen Augen sahen sie scharf an.
„Hanna, ich habe dir damals als du schwanger warst schon gesagt, dass es nicht gut war. Nun ist eingetroffen, was ich dir vorausgesagt habe. Lorenz ist so fertig. Selbst ich habe Schwierigkeiten an ihn ran zu kommen. Hanna, warum? Du musst zu ihm unbedingt. Nur du kannst ihm helfen!"
„Wenn ich dir sage ich weiß es nicht, glaubst du wohl nicht. Aber, ich habe lange darüber nachgedacht Magnus."
„Ja, und?"
„Ich war vernagelt, Magnus habe mich in was reingesteigert, was einfach Unsinn war. Ich habe genau

den Menschen verletzt, den ich für mich haben wollte, und wenn ich Pech habe, habe ich ihn verloren!"

„Ja, das kann schon sein. Deswegen musst du was tun. Auch wenn du ihn verlierst, du musst ihm erklären ihm sagen, dass es ein Fehler war. Du solltest gleich gehen Hanna. Auch wenn du müde bist, aber das ist deine Pflicht."

„So schlimm? Du meinst, ich soll ihn so früh aus dem Bett hauen?"

„Ja, das solltest du." sagte eine Stimme von der Küchentür aus.

Sabrina stand in der Tür, sie blickte ernst auf Hanna herab. Diese sprang auf und fiel ihrer Freundin um den Hals.

„Sabrina!"

„Hallo Hanna, na wie ich sehe seid ihr gut angekommen." Sie löste sich von Hanna und setzte sich an den Küchentisch.

Hanna, setzte sich wieder an ihren Platz.

„Ja, vor ca. einer halben Stunde. Sorry, dass ich euch geweckt habe."

„Das macht doch nichts. Magnus, kannst du mir einen Kaffee eingießen?"

Magnus stand auf, holte einen Tasse aus dem Schrank und goss Sabrina eine Tasse ein.

„Hier mein Schatz, ich geh kurz duschen. Ok?"

„Ja, mach das. Danke, für den Kaffee" Sabrina lächelte Magnus nach, der gerade die Küche verlies.

Sie wandte sich Hanna zu, die etwas verwirrt am Tisch saß.

„Du solltest wirklich gleich zu Lorenz fahren, egal welche Uhrzeit es ist. Keine Sorge um Anne, ich habe den ganzen Tag Zeit, ich kümmere mich um sie."

„Ihn einfach überfallen? Wird er nicht sauer sein? Ich weiß ich mache mir schon wieder zu viele Gedanken."

„Ist es nicht egal ob er sauer ist, weil du ihn aus dem Bett haust? Ich denke, er ist so und so nicht gut auf dich zu sprechen. Er wird es dir nicht einfach machen, und ich denke du wirst erschrecken wenn du ihn siehst. Lorenz ist zornig, selbst zerstörerisch und braucht deine Hilfe. Wir haben es alle schon versucht, du bist nun die einzige die wir denken, dass du es schaffst."

„Ich habe Angst, mich ihm zu stellen. Er ist so hart. Ich werde nie seine Augen vergessen als er ging."

„Du liebst ihn doch, oder?"

„Ja, das tue ich."

„Dann Hanna, steh auf und fahr zu ihm hin, zögere nicht. Mach es gleich, je eher desto besser. Halte ihn auf Whisky zum Frühstück zu trinken mache ihm Kaffee! Verstehst du?"

„Ja, ich verstehe. Ist das wirklich ok mit Anne?"

„Aber ja, sieh sie schläft im Moment ich trage sie gleich ins Schlafzimmer. Ich bin doch so froh, das ich sie mal alleine habe:"

Sabrina strahlte Hanna an.

„Mach dir keine Gedanken, ok?"

„Ok, ich fahre gleich", Hanna stand auf, nahm ihre Autoschlüssel „Danke für deine Hilfe."

„Selbstverständlich, Hanna."

Hanna ging zur Haustür und traf im Hausgang auf Magnus mit nassen Haaren und einen grünem Bademantel.

„Du fährst gleich?"
„Ja!"
„Das ist gut, Hanna!"
„Das denke ich auch. Bis später."
Magnus legte Hanna die Hand auf die Schulter.
„Schaffst du es?"
„Aber sicher."
„Gut."
Hanna umarmte Magnus, drehte sich um und ging zu ihrem Auto, startete es und fuhr zu Lorenz Wohnung.
Sabrina kam aus der Küche, hakte sich bei Magnus ein küsste ihn auf die Wange.
„Denkst du sie schafft es?"
„Ja, das glaube ich. Sie ist sehr stark und Lorenz liebt sie mehr als sein Leben, er wird aufwachen. Es wird ein großes Stück Arbeit für sie, aber sie schafft es sicher."
Dann ist es gut."
Sie zog ihn zur Küche wo sie sich zu Anne setzten. Die schlafend auf der Krabbeldecke lag.

Es war ein klarer sonniger Morgen, Hanna bog mit ihrem Auto in die Straße ein, wo Lorenz wohnte.
Sie parkte ihr Auto, stieg aus, und ging so entschlossen wie es ihr möglich war, auf das Haus zu und klingelte.
Es kam ihr wie eine Ewigkeit vor. Plötzlich ging der Türsummer, sie öffnete die Tür und wunderte sich noch, dass er nicht nachgefragt hatte wer da an der Tür war.
Sie stieg die Treppen hoch, und sah von weitem schon, dass die Wohnungstür offen war ohne das jemand an der Tür stand.
Hanna trat vorsichtig ein, sie zitterte am ganzen Körper.
„Lorenz?"

Sie hörte keine Antwort, sie ging weiter ins Wohnzimmer und sah die Bar und die Erinnerung übermannte sie. So lange war sie nicht hier gewesen, sie war so glücklich gewesen in dieser Nacht, es kam ihr wie eine Ewigkeit vor.

Sie hörte hinter sich eine harte Stimme

„Was willst du hier, gerade du?"

Hanna fuhr herum, sie war so erschrocken.

„Ich will zu dir, ich habe schon zu lange gewartet."

So gut sie konnte sah sie ihm in die Augen, diese Feindseligkeit, dachte sie. Sie wollte eher weglaufen. Aber schalt sich in Gedanken.

Sie betrachtete ihn, er sah so müde aus. Extrem dünn, mit fahler Haut, struppigen Haaren und Drei Tage Bart. Nur seine Augen waren hellwach und sahen interessiert zu ihr.

„Zu mir? Warum jetzt. War ich dir nicht im Weg?"

„Was redest du da? Ich war verbohrt und dumm, ja. Aber, ich wollte dir nie wehtun, auch wenn ich es getan habe. Ich liebe dich, Lorenz. Auch wenn du das nicht hören willst."

„Stimmt, ich will das nicht hören. Lass mich alleine. So gefällt es mir."

Lorenz deutete zur Tür und zeigte ihr mit den Augen, dass sie gehen soll.

Hanna ging zur offenen Wohnungstür schloss sie und funkelte ihn an.

„Das mein Lieber, kannst du vergessen, ich gehe nicht. Ich bin hier, um mit dir zu reden. Dir zu zeigen, oder zu erklären, dass ich kämpfen will und kann."

Lorenz wurde wütend, was erlaubt sie sich. Was will sie?

„Hanna, geh bitte, lass es gut sein!"

Sie ging ganz nah zu ihm hin, legte ihre Hände auf seine Arme, sah ihm direkt in die Augen.

„Nein!"

Lorenz löste sich sanft, hatte die Berührung ins wanken gebracht. Da stand Hanna, seine Hanna, die er liebte. Traumhaft schön, aber auch müde.

Er wandte sich ab, er musste was trinken, er drehte sich noch mal um.

„Kaffee?"

„Ja, sehr gerne, Lorenz."

Hanna entspannte sich etwas, sie wartete an der Bar. Sie strich über das Holz und hätte weinen könne, sie wünschte sich, dass sie die Zeit zurück drehen könnte!

Lorenz kam wieder, stelle sich hinter die Bar und reichte ihr eine dampfende Tasse.

„Danke, das tut mir gut:"

„Hanna, du siehst so müde aus."

„Ich bin die ganze Nacht gefahren. Bin heute Morgen bei Sabrina angekommen, und dann gleich zu dir."

„Warum? Das hätte noch Zeit gehabt."

„Nein, das hätte es nicht. Lorenz du siehst so schlecht aus, dünn, müde..."

„Und ich trinke zu viel, Magnus hat mit dir gesprochen?"

„Nur kurz, ja, das hat er gesagt."

Lorenz, wurde es unwohl, er wollte nicht reden, er wollte alleine sein, sich bedauern. Aber, war das richtig so? Er wusste es nicht. Er trank seinen Kaffee, schaute Hanna über seine Tasse hinweg an, sie war nervös und irgendwie ängstlich.

„Hast du Angst? Du wirkst so."

„Nein, Angst nicht, aber ich fühle mich nicht unbedingt wohl. Ich würde dich so gerne berühren, mit dir reden, lachen, aber es ist schwierig zwischen uns."

„Ja, dass ist es. Hanna ich bin es auch leid. Wir sollten reden. Ich sollte weniger aggressiv sein. Es ist wie verhext, wir könnten richtig glücklich sein."

„Ja, das könnten wir."

Hanna war müde.

„Lorenz, lass uns reden, du bist sehr aggressiv und willst lieber alleine sein."

„Ja, da hast du nicht unrecht Hanna. Ich würde dich am liebsten immer noch vor die Tür setzen. Nicht weil ich dich nicht sehen mag, sondern weil ich mich mit dem Thema nicht befassen will."

Lorenz stellte seine Tasse schwungvoll auf den Tresen, ihm war es nicht nach Kaffee, er wollte lieber was Hochprozentiges. Er drehte sich um, nahm ein Glas und schenkte sich einen Whisky ein.

„Lorenz, war tust du? Denkst du nicht es ist zu früh. Bitte trink deinen Kaffee."

Hanna ging um die Bar rum, sie wollte ihm sein Glas wegnehmen. Sie stand vor ihm, und wollte das Glas greifen, Lorenz hob es hoch und trank es aus. Der Alkohol tat ihm gut, wie er fand.

Hanna war auf einmal sehr wütend. „Lorenz, bist du verrückt wir haben noch nicht mal 8 Uhr." Sie funkelte ihm böse an, sie kannte ihn nicht mehr. Sie dachte, sie hatte es schon geschafft, nachdem er ihr einen Kaffee angeboten hatte. Wie naiv sie war, dachte sie nur.

„Hanna, was willst du? Sicher es ist zu früh, aber es tut mir gut, lässt mich kurzzeitig vergessen, so belogen zu werden. Mensch Hanna, was denkst du, dass du hier reinkommen kannst und es ist alles gut? Ich denke du bist verrückt!"

Hanna wurde wütend, was dachte er sich. Sie hob ihre Hand und gab Lorenz eine schallende Ohrfeige.

„Lorenz, logisch denke ich manchmal es würde sich alles einfach regeln, aber ich lasse mich von dir nicht beleidigen. Was fällt dir ein. Wo ist der Mann, den ich liebe? Ich sehe hier nur eine jämmerliche Gestalt, die in Selbstmitleid ertrinkt!"

„Was ich mir denke? Ich denke, dass es reicht, das ich alt genug bin das zu tun was ich will. Ich denke dass du schon genug getan hast. Ich will mir nicht helfen lassen. Ich will meine Ruhe." Lorenz spürte noch den Schmerz an seiner Wange, aber das war ihm egal.

„Na logisch, bist du alt genug. Nur denke ich, dass du einiges falsch machst. Sicher ich könnte gehen. Aber, das tue ich nicht. Denn ich bin nicht unschuldig an dem Ganzen."

„Ach, willst du dein Gewissen beruhigen? Lorenz bekehren und dann deiner Wege gehen? Manchmal denke ich Hanna, ich sollte dich hassen, aber ich kann es nicht. Sag mir warum meine Liebe zu dir nicht weniger wird? Ich bin so wütend auf dich, auf das was du gemacht hast. Was denkst du das ich tun sollte? Dich freudestrahlend in den Arm nehmen? Was denkst du wer du bist?"

Hanna war perplex, sie hatte nicht gedacht, dass Lorenz so hart war.

„Ich weiß nicht was ich dachte, Lorenz. Nein, ich dachte nicht dass du mich freudestrahlend aufnimmst. Mir war klar, dass du mich ablehnst."

Hanna drehte sich um, ging zurück an ihren Platz wo noch ihr Kaffee stand und trank einen Schluck.

„Lorenz, ich kann dir sagen warum ich dich nicht einfach in Ruhe lasse."

Lorenz war erstaunt, stellte sein Glas ab und sah Hanna über den Tresen hinweg an.

„Ja?"

„Ich bin vernarrt in dich, ich liebe dich. Und hasse mich, dass ich dich verletzt habe. Ich mache und machte mir keine Illusionen, ich bin realistisch genug, um zu wissen dass es nicht einfach ist. Vielleicht mittlerweile unmöglich."

Hanna, setzte sich auf den Barhocker und sah Lorenz an, der sich mit seiner Hand durch die Haare fuhr. Sie ansah und scheinbar nichts zu sagen wusste.

Plötzlich stützte er sich auf den Tresen, beugte sich nach vorne so dass er fast Hannas Nase mit der seinen berührte.

„Hanna, es ist schwer, aber ich möchte nicht sagen unmöglich. Dafür liebe ich dich zu sehr."

Lorenz beugte sich weiter vor und küsste Hanna mitten auf den Mund, diese saß perplex auf ihrem Barhocker. Sie rutschte herunter und ging im Wohnzimmer auf und ab.

Es entstand ein eisiges Schweigen.

„Lorenz, ich bin perplex, weiß nicht was ich sagen soll. Ich würde so gerne alles zurück drehen. Was sollen wir tun?"

Lorenz schüttelte den Kopf, trank seinen Kaffee wollte einen klaren Kopf bekommen. Er ging zu Hanna, legte ihr die Arme auf die Schulter und sah sie an.

„Was wir tun sollen? Ich weiß es nicht, nur soviel, dass wir aufhören sollten uns kaputt zu machen."

Hanna sah ihn an „Ja, du hast Recht wir sollten aufhören uns kaputt zu machen. Aber, kannst du das Lorenz? Kannst du deine Gegenwehr ablegen? Kannst du mir verzeihen? Kannst du uns eine Zukunft geben? Kannst du mich lieben ohne mir vorzuhalten das ich nicht ehrlich war?"

„Verzeihen? Es gibt nichts zu verzeihen. Sicher es hat mich verletzt, und das muss ich verarbeiten. Und in so was bin ich einfach etwas langsam. Ich lass mich wohl gerne hängen. Wie im Moment. Ich hasse mich für meine Selbstaufgabe, und versuche auch wieder Land zu gewinnen. Aber, ich brauche Zeit und wohl auch Hilfe."

„Kann man das denn, dir helfen?" Hanna nahm die Hände von Lorenz von ihrer Schulter und drückte sie fest und hielt sie in den ihren.

„Ja, es käme auf einen Versuch an."

Lorenz zog Hanna in seine Arme und drückte sie fest an sich.

So standen sie 15 Minuten, Hanna klammerte sich an Lorenz. Doch je länger sie standen, um so mehr schlich ein ungutes Gefühl in ihr hoch.

Sie löste sich vorsichtig von ihm, sah zu ihm hoch in sein verdutztes Gesicht.

„Irgendwas läuft hier falsch Lorenz. Das geht zu schnell! Erst greifst du mich massiv an, forderst mich zu gehen, und nun das? Ich bin verwirrt!"

„Ach, Hanna."

„Was meinst du damit, Lorenz. Das klingt als wenn ich ein kleines Kind wäre."

Lorenz löste sich von Hanna, und ging in der Wohnung auf und ab. Es dauert für Hanna ewig lange bis er was sagte.

„Nein, so sollte das nicht klingen. Nur, für dich ist es doch immer am besten wenn es einfach geht. Du willst alles schnell erledigt haben. Und ich fand es einfach gut, einzulenken. Dir das Gefühl zu geben das es schnell geht."

„Bitte? Das war nicht ernst gemeint. Mit der Chance, die wir haben und auch die Umarmung nicht?"

„Doch, es war ernst gemeint. Aber, nicht so einfach wie es erscheint. Ich würde mir auch wünschen, dass es so einfach wäre, aber es kommt immer so ein bitterer Geschmack in mir hoch. Auch, eben als ich dich so fest hielt. Ich genoss es, sog deine Wärme auf, aber da kam dieser Punkt, wo ich dachte. Und wird sie es wieder tun?"

Hanna war sprachlos. Sie hatte ihn wohl mehr verletzt, als sie je dachte. Sie hatte sein Vertrauen zu ihr zerstört. Sie wollte etwas sagen, aber bevor sie ihren Mund aufmachen konnte, hielt er seine flache Hand darauf.

„Hanna, sag jetzt nichts. Ich wusste es selbst nicht, dass ich kein Vertrauen mehr habe. Es wird noch viel Arbeit kosten."

Hanna nickte. „Ich sollte gehen, meinst du das?"

„Ich meine wir sollten uns wieder neu kennen lernen, uns Zeit geben, und lernen das Vergangene zu vergessen. Es ändert nichts daran, dass ich dich liebe Hanna, aber das ist im Moment nicht genug!"

„Das hast du alles gemerkt, als du mich umarmt hast?"

„Ja, da wurde es mir bewusst. Und Hanna, dir wohl auch, oder?"

„Irgendwas stimmt nicht, ja du hast Recht."
Es stieg Panik in Hanna hoch, sie zitterte. Sie versuchte es zu vertuschen indem sie auf und ab lief.
Sie fasste all ihren Mut zusammen, kämpfte gegen die Tränen. Sie wollte es eigentlich nicht wissen, aber sie stellte die Frage:
„Lorenz, habe ich dich verloren?"
Lorenz ging auf Hanna zu, blieb vor ihr stehen, er sah sie genau an. Hanna, die Frau die er liebte, die Frau die ihn so verletzte, die Mutter seiner Tochter.
„Was ist das für eine Frage. Ich weiß es nicht Hanna, ich brauche Zeit. Wir haben beide Fehler gemacht. Hanna, und ich glaube ich habe dich mehr verloren wie du mich."
Er hob seine Arme in die Höhe „Ich bin am Ende meiner Kräfte und meinem Latein ich weiß nicht ob wir es schaffen. Ich möchte so gerne Anne aufwachsen sehen, mit dir leben. Aber, ob das geht, Hanna ich weiß es nicht."
Hanna wusste nichts darauf zu sagen, er hatte Recht. Lorenz hatte es genau erkannt. Auch sie war am Ende ihrer Kräfte und sie wusste keine Lösung.
„Du solltest jetzt gehen, Hanna. Heute werden wir nicht weiter kommen. Lass uns ausruhen. Ich werde mich melden."
Er sah Hanna an, sie nickte nur. Sie strich ihm sanft über die Wange, nahm ihre Jacke und ging.
Lorenz sah Hanna nach, wie sie hinter sich die Tür schloss. Er stand lange da und starrte die Tür an, unfähig einen klaren Gedanken zu fassen, er rüttelte sich selbst wach, ging ohne zu denken, in sein Schlafzimmer, legte sich angezogen in sein Bett und schlief sofort ein.

Hanna, fuhr komplett durcheinander zu Sabrina zurück.

Sie öffnete die Tür, Sabrina saß in der Küche.

„Hanna, und?" frage sie und stand vom Tisch auf.

„Nichts, Sabrina. Ich kann nicht reden, ich kann dir nicht mal erklären was nun ist." Sie sah Sabrina traurig an.

„Ich verstehe nicht was du meinst, aber ok. Ich glaube du solltest schlafen Hanna, du siehst schrecklich aus, reden können wir später noch."

„Und, Anne?"

„Sie schläft tief und fest, und später wollte ich mit ihr spazieren gehen, schlaf du dich aus, so hat Anne nichts von dir."

„Danke."

Hanna ging zu Sabrina und umarmte sie.

Sie stieg die Treppen hoch in das kleine Zimmer, legte sich angezogen auf das Bett und schlief ein.

Magnus hatte Hanna kommen hören und ging zu Sabrina in die Küche.

„Und?"

„Tja," sie stand auf und ging zu Magnus „ich weiß es nicht Magnus, sie hat nichts gesagt. Nur dass sie es nicht erklären kann."

„Mhm, dass ist aber seltsam, wo ist sie jetzt?"

„Ich glaube sie schläft."

Magnus raufte sich die Haare und murmelte „Seltsam, seltsam."

„Ja, das ist es."

Es stürmte, regnete und Hanna war schon bis auf die Knochen nass, von wegen Sommer. Sie war richtig wütend auf das Wetter, den Treffpunkt und auf ihre ja ach so wetterfeste Jacke, die gerade jedes Wasser durch ließ.

„Mistwetter!" rief sie in den Park hinein.

Hanna war schlecht gelaunt, und sie wusste nicht mal genau warum. Sie blickte auf ihre Uhr und sah dass er schon ne halbe Stunde überfällig war. Sie hasste zu warten, besonders bei so einem tollen Wetter, warum hatte sie als Treffpunkt diesen Park vorgeschlagen? Konnte man sich nicht einfach in einem Kaffee treffen? Sie schüttelte den Kopf und würde lieber gehen da sah sie schon eine große Gestalt in einem langen Regenmantel auf sie zu rennen.

„Hanna" rief er.

„Hallo, Lorenz du bist zu spät!" Hanna blickte auf ihre Uhr und war richtig wütend auf Lorenz.

„Ja, ich weiß. Tut mir leid, ich hatte noch einen Patienten das dauerte länger als ich dachte" Lorenz lächelte Hanna entschuldigend an.

„Weißt du es ist toll im strömenden Regen ne halbe Stunde zu warten," sagte sie wütend.

„Was meckerst du mich an? Ich habe versucht dich zu erreichen, aber dein Handy sagte mir nur das du nicht erreichbar bist. Also, dann mach dein Handy an oder nimm es mit. Aber, hör auf mich wegen so einem Mist anzumeckern"

Lorenz schüttelte den Kopf, ihm lief das Wasser über das Gesicht, er wurde immer nasser und dann so ein Mist

„Oh Mist, ich habe vergessen es einzuschalten. Ich denke nicht daran, wobei ich es doch hauptsächlich für Anne dabei habe." Hanna war es sichtlich peinlich, warum musste sie immer meckern bevor alles geklärt war. Sie verfluchte sich selbst, was war sie für eine Zicke geworden.

„Es tut mir leid Lorenz, erstens das mit dem Handy und zweitens meine schlechte Laune. Logisch ist ein Patient wichtiger. Ich muss wirklich an meinen Launen arbeiten." Sie lächelte Lorenz an.

„Ich versuche nicht mehr zickig zu sein, und meine Laune zurückzuhalten."

„Das soll ich glauben? Na, ist das nicht zu viel auf einmal?" Lorenz schmunzelte

„Ok, ich denke das ich es in etwa für heute Abend halten kann, aber versprechen kann ich es nicht."

„Damit kann ich leben" Lorenz lachte „Aber, bitte können wir das bei einem guten Essen in einem warmen und ganz wichtig, trockenen Lokal besprechen?"

„Gute Idee," sagte Hanna und hängte sich bei Lorenz unter.

Hanna und Lorenz rannten fast durch den Park und gingen in das erste beste Lokal, einem kleinen Italiener. Triefend vor Nässe traten sie ein, zogen ihre nassen Mäntel aus und hängten sie Nähe Heizung.

Sie setzen sich an einen kleinen Tisch, direkt neben dem Holzofen wo die Pizzen gebacken wurden.

„Ach ist es hier schön warm." Hanna rieb ihre Hände aneinander, damit sie schneller warm wurden.

„Ja, das ist es und so gemütlich. Sieht man mal was man alles entdeckt wenn es in Strömen regnet."

Eine Bedienung kam und brachte ihnen die Karte.

„Was möchten sie trinken?" fragte er höflich.

Sie bestellten sich eine Flasche italienisches Mineralwasser.

Hanna musterte Lorenz, seine Haare waren nass und es tropfte ihm auf die Schulter. Erstaunlich, dass wir es doch noch geschafft haben uns an einen Tisch zu setzen. Nach diesem Gespräch an dem Morgen, wo sie angekommen war.

Doch Lorenz hielt sein Wort, er rief sie nach 3 Tagen an und sie verabredeten sich. Und nun saßen sie hier, sie war gespannt was kommen würde.

Sie schwor sich, dass sie ehrlich war. Sie wollte nichts erzwingen aber auch ihren Standpunkt klar stellen.

Standpunkt? Fragte sie sich selbst

Hanna lächelte vor sich hin.

„Was lächelst du?" fragte Lorenz.

„Ich lache über mich, habe was Dummes gedacht."

„Und was?"

„Nicht interessant." Hanna lachte.

„Darf ich das entscheiden?" er wollte Hanna necken.

„Nein, nein mein kleines Geheimnis."

Die Bedienung kam und brachte die Getränke.

Sie tranken Beide einen Schluck und sahen sich an. Sie genossen Beide die entspannte gemütliche Atmosphäre.

„Es ist wirklich ein schönes Lokal" sagte Hanna, „und mir wird warm."

„Ja, ist es. Wie geht es denn Anne, alles ok?"

„Aber ja, sie schläft bestimmt schon, Sabrina ist der perfekte Babysitter."

„Wie alt ist sie jetzt eigentlich, 5 Monate, oder?"

„Ja, 5 Monate. Wie geht es dir Lorenz ich habe mich sehr gefreut das du dich gemeldet hast."

„Danke, besser. Ich habe viel nachgedacht nach deinem Besuch. Ich fühlte mich schlecht, mich so hängen zu lassen. Aber, dein Besuch hat mich doch wach gerüttelt. Danke dafür."

„Nun, ich musste einfach etwas tun, denn egal was und wie, du bist Annes Vater und der soll gesund und munter sein. Wenn du verstehst wie ich das meine."

„Ja, klar ich verstehe dich gut. Ich bin auch dabei mir professionell helfen zu lassen. Habe einen Freund, der ist Psychologe und er hilft mir sehr gut. Dachte zwar nie, dass ich solche Hilfe mal brauche, aber bevor ich komplett absacke ist es mir wert. Und ich will so nicht leben"

„Mensch Lorenz, das ist ja eine gute Idee, ich bin froh dass du dir helfen lassen willst. Manche Dinge kann man nicht alleine."

Die Bedienung kam.

Sie bestellten ihr Essen und noch eine passende Flasche Wein dazu.

Die Stimmung war seit langem sehr entspannt. Hanna sah Lorenz an „Wann möchtest du Anne sehen?"

„Ich würde gerne Morgen vorbei kommen, wenn das für dich in Ordnung ist."

„Aber ja, dass ist in Ordnung. Wird Zeit, dass du Anne besser kennen lernst. Und bevor du was sagst, ja es war mein Fehler!" Hanna lächelte Lorenz an.

Lorenz lächelte zurück „Ja, dein Fehler."

Das Essen kam. Sie ließen sich das gute Essen schmecken und unterhielten sich über alltägliche Dinge.

Als der Kaffee kam fragte Lorenz „Was willst du nun tun, bleibst du hier oder gehst du wieder zurück nach Nürnberg?"

„Ich bin mir nicht sicher Lorenz, ich habe meinen Laden in Nürnberg, mag mich aber auch nicht trennen von dir."

Lorenz sah Hanna an, und dachte einen komischen Unterton gehört zu haben bei Hanna.

„Nein, nicht schon wieder. Was ist los, dein Ton klingt nach Abschied, einer Trennung, bevor wie überhaupt die Chance haben uns zu finden!" Lorenz konnte seinen sarkastischen Unterton nicht unterdrücken.

„Ich bin mir nicht sicher was ich tun werde, das sagte ich schon. Habe ein Angebot bekommen."

Hanna trank einen Schluck Wein, sie war hin und her gerissen.

Sie sah Lorenz an, er war blass geworden und sein Gesichtsausdruck war alles andere als freundlich.

Hanna rutschte wie ein kleines Kind auf ihrem Stuhl nervös hin und her.

„Was für ein Angebot, von was redest du. Rück endlich mit der Sprache raus. Haben wir nicht ausgemacht, dass wir uns nichts mehr vormachen? Also, was ist nun?"

„Du kennst doch meinen Traum?"

„Oh nein, nicht wieder dieses Thema. Ja, ich kenne deinen Traum aber denkst du nicht das du endlich erwachsen werden solltest? Du bist Mutter!"

„Na, sag mal was hat denn das damit zu tun."

„Ganz einfach, eine Mutter denkt nicht mehr ans auswandern, sie denkt an eine sichere Zukunft!"

„Ich bin sprachlos, dass aus deinem Mund? Du der ja über „Leichen" geht, wenn es um DEINEN Traum geht? Wie war das mit Afrika? Aber ja, ich vergesse du bist ein Mann und Männer dürfen tun wovon sie träumen oder wie?"

Hanna holte tief Luft.

„Ich frage mich, wer hier das Kind von uns ist."

Hanna stand auf, ging zur Bedienung zahlte ihre Rechnung und rannte förmlich aus dem Lokal. Lorenz war so perplex, weil alles so schnell ging, dass er wie erstarrt sitzen blieb. Als er aus seiner Erstarrung erwachte, zahlte er ebenfalls nahm seine Jacke und merkte das Hanna ohne ihre Jacke gegangen war.

Es regnete immer noch in Strömen.

Wütend aber auch besorgt, ging er auf die Suche nach Hanna.

Er fand sie auch relativ schnell, in einem Pavillon der im Park stand. Sie zitterte vor Kälte.

„Hier deine Jacke." Lorenz sah sie an, wie sie da stand, pitschnass und wütend.

„Danke."

Wie schon so oft entstand eine eisige Stimmung, und Grund war sicher nicht das Wetter.

„Darf ich was zu deinen Vorwürfen sagen?" Lorenz versuchte den Anfang zu machen.

„Tu dir keinen Zwang an!" Hanna sagte dieses eiskalt.

Lorenz starrte sie nur an, was war nur wieder los. Er hob die Arme in die Luft.

„Du lieber Himmel, Hanna. Was soll das denn nun wieder? Ich bin hier nicht im Kindergarten. Kannst du mir sagen, was ich davon halten soll, erst „planen" wir eine Zukunft, oder sagen wir eher, wir fassen es ins Auge. Dann sagst du mir, du hast ein Angebot? Wohl in Australien? Sonst hättest du deinen Traum nicht angesprochen. Sicher, meine Reaktion war nicht ok, aber ich habe es langsam satt. Wenn ich zaghaft ein Land sehe, kommt wieder so ein Hammer." Lorenz ging auf und ab.

Abrupt blieb er stehen und sah Hanna an.

„Was ist das für ein Angebot? Wanderst du aus, oder ist es nur auf Zeit? Hast du da an uns gedacht, oder an Anne? Warum reden wir überhaupt über eine gemeinsame Zukunft, wenn nun schon wieder eine Trennung im Raum steht?"

Hanna sah ihn nur an, sie sagte kein Wort. Die Fragen von Lorenz dröhnten ihr im Kopf.

Hatte sie wirklich an all dieses gedacht? Oder war sie nur blind vor Sehnsucht nach Australien gewesen. Sie wusste es nicht.

Lorenz sah sie an, wartete auf eine Antwort.

„Was ist nun Hanna, was ist das für ein Angebot. Bitte lass nicht so lange auf Antwort warten."

Hanna sah Lorenz lange an, sie dachte was sie wohl am besten tun würde. Sie liebte Lorenz so sehr, wollte aber ihren Traum nicht vergessen.

„Ich habe ein Angebot einen Buchladen in Sydney zu übernehmen." sagte sie mit langen Atmen.

Lorenz war sprachlos.

„Bitte nicht Hanna, ich will nicht dass du gehst!!!"

Hanna sagte nichts, sie musterte nur Lorenz. Wie er aufgeregt vor ihr stand, wie er mit den Armen fuchtelte. Er wirkte verzweifelt.

Doch da war Australien. Sie roch wieder das Meer, spürte den Sand unter ihren nackten Füßen, spürte die Wärme. Doch plötzlich, spürte sie nasse Kälte, sie spürte, dass der Traum nicht mehr so wichtig zu scheinen sei.

Hanna wurde plötzlich sehr heiß, sie war sich, dass erste mal, nicht mehr sicher.

„Hanna?? Was ist los mit dir?" Lorenz spürte, dass Hanna nicht mehr bei ihm war. Er berührte sie am Arm.

„Hanna!"

Hanna wachte aus ihrem „Traum" auf. „ Es tut mir leid, ich habe dich nicht gehört, ich war plötzlich in Gedanken".

„Das habe ich gemerkt, was ist los mit dir? Du hast plötzlich so rote Wangen, wirkst als wenn du schwitzt". Lorenz berührte sanft ihre Wange. „Du bist ganz heiß" Hanna, merkte jetzt erst das ihr wirklich heiß war. Sie dachte es lag an ihrem „Traum".

„Ich weiß nicht, was los ist. Mir wurde plötzlich heiß. Vielleicht habe ich mich erkältet. Können wir bitte gehen, ich möchte mich hinlegen".

„Hanna, so schnell? Du gefällst mit nicht. Zu Sabrina ist es zu weit. Wäre es in Ordnung, wenn ich dich zu mir bringe?"

„Das ist mir egal, ich möchte mich nur hinlegen. Schon komisch, dass mir plötzlich so warm wurde".

„Nicht komisch, so was gibt es. Kenne mich damit aus. Rufe schnell Sabrina an".

„Ok." Hanna, setzte sich auf die Bank im Pavillon. Sie hatte das Gefühl, dass sie keine Kraft mehr hatte.

Nachdem Lorenz mit Sabrina telefoniert hatte, ihr alles erklärte. Erklärte sich Sabrina bereit sich um Anne zu kümmern, solange es nötig war, damit Hanna wieder ganz auf die Beine kommt.

Kapitel 7

Wahrheiten

Monate sind vergangen. Hanna saß auf ihrer Bank und blickte in ihren Garten. beobachtete Spatzen auf den austreibenden Bäumen. Wie friedlich dachte sie. Anne saß neben ihr auf einer Decke und spielte mit ihren Bauklötzen, Ferdinand ihr Stoffhase war immer dabei. Hanna lachte, diesen hat sie von Lina geschenkt bekommen und sie liebt ihren Ferdinand heiß und innig. Sie dachte an den Abend mit Lorenz zurück, der Augenblick im Pavillon.

„Mhm!" murmelte Hanna laut. Sie kam sich immer noch dumm vor.

Hanna stand auf. Dachte über die vergangenen Jahre nach und schüttelte den Kopf.

„Bin ich denn wirklich so schlimm?" sagte Hanna laut zu sich selbst.

Das Telefon klingelte, Hanna erschrak. Ging in die Wohnung und nahm das Telefon.

„Ja." sagte sie.

„Hallo Hanna, hier ist Sabrina, du ich bin in Nürnberg hast du Zeit für ein Treffen? Es ist ja Samstag und ich glaube heute hast du deinen Laden schon geschlossen."

„Mensch Sabrina, wie schön! Ja, mein Laden ist am Samstag immer ab 14 Uhr geschlossen. Kann ich Anne mitbringen, du wirst es nicht glauben. Sie läuft mittlerweile."

„Was? Anne läuft? Wow, ich dache Kinder laufen erst mit
2 Jahren!"
„Vor drei Tagen hat sie einfach den Tisch losgelassen
und ist mir nachgelaufen. Sie ist 1,5 Jahre. " Hanna sagte
dieses sehr stolz. Aber, sie ist nicht die Schnellste,
manche Kinder laufen schon mit 11 Monaten."
„Wow!" sagte Sabrina „Wollen wir uns beim Café
Dampfnudel-Bäck treffen. Habe so Lust auf
Dampfnudeln mit Vanillesoße." Sabrina strich sich
genüsslich über ihren Bauch.
„Ja, klar sehr gerne. Bin in ca. einer halben Stunde da."
„Ok, bis gleich." Sabrina legte auf.
Hanna rief ihre Tochter „Anne, komm wir treffen Tante
Sabrina."
Anne lief mit ihren kleinen Beinchen auf ihre Mama zu.
„Bina, Bina."
Hanna nahm Anne auf ihren Arm „Sabrina, meine Süße,
nicht Bina." sagte sie lachend zu ihrer Tochter.
Anne lachte laut und sagte immer wieder „Bina, Bina,
Bina."
Hanna lachte „Komm, Schuhe anziehen."
Hanna setzte Anne in den Kinderwagen sie gingen an
dem schönen Tag zu Fuß zum Treffpunkt.
Hanna, genoss die Sonne auf ihrer Haut, sie freute sich
auf den Sommer, es war schon angenehm und es duftete
nach Zukunft.
„Ob sich alles zum Guten wendet?" fragte sich Hanna
selbst als sie an der Fußgängerampel auf Grün warteten.
„Mama, Eis!" sagte Anne plötzlich und zeigte auf eine
Eisdiele.
„Mhm, aber nur eine Kugel du kleine Naschkatze."

Anne grinste über das ganze Gesicht, als Mama ihr eine Waffel mit einer Kugel Vanilleeis kaufte.

„Eis!" sagte Anne nur und schleckte daran. „Mhmmm."

Vergnügt schob Hanna den Kinderwagen zum Dampfnudel-Bäck. Von weitem sah sie schon Sabrina. Schön wie immer saß sie da und bemerkte sie nicht.

„Bina, Bina, Bina." rief Anne mit eisverschmiertem Mund.

Sabrina erschrak und sah hoch von der Speisekarte. Sie sah Anne und Hanna und sprang auf.

„Hallo meine kleine Anne." sagte sie und hob Anne aus ihrem Kinderwagen. Sie hob sie in die Luft „Du kleine Maus bist du groß geworden. Na, schmeckt das Eis. Wer ist denn das?"

Sabrina zeigte auf Ferdinand.

„Ferdi," sagte Anne, die versuchte mit ihren kurzen Beinchen auf einen Stuhl zu klettern. Was sie nach einiger Zeit auch schaffte. Danach saß Anne, richtig stolz auf ihrem Stuhl.

Danach begrüßten sich Hanna und Sabrina und fielen sich in die Arme.

„Mensch, Hanna so schön dich wieder zu sehen. Wie lange ist das her?"

„Naja, denke gut 1 Jahr oder mehr. Freu mich auch." sagte Hanna und drücke Sabrina noch fester.

„Möchten sie schon bestellen?" sagte plötzlich die Bedienung. Hanna und Sabrina sahen in die Augen eines Mannes, der breit grinsend da stand.

„Jaaaaaaaaaaa" schrie plötzlich Anne und alle mussten lachen.

Nachdem sie die Bestellung aufgegeben hatten, saßen alle drei in ihren Stühlen und genossen die Sonne.

„Wie geht es dir Hanna? Was hast du nun vor? Hast du Lorenz wieder gesehen?" sprudelte es aus Sabrina heraus.

„So viele Fragen auf einmal, nach sag mal." sagte Hanna lachend.

„Und?"

„Ok. Mir geht es soweit gut. Der Buchladen läuft soweit gut. Habe noch E-Books mit aufgenommen und verschieden Gutscheine usw. Anne ist ein Sonnenschein, sie wird immer größer. Mhmm, wie die Zeit vergeht." Hanna wurde unterbrochen, die Bestellung kam. Für Anne eine kleine Dampfnudel, bereits klein geschnitten und eine kleine Tasse Kakao. Sabrina und Hanna hatten eine große Dampfnudel mit viel Vanillesoße und jeweils einen Milchkaffee.

„Hanna, was ist mit deinen Plänen?" fragte Sabrina erneut und gab Anne ein Stück Dampfnudel, diese schmatzte genüsslich.

„Das erzähle ich dir noch, lass uns schön Essen. Wollen wir danach etwas spazieren gehen bei dem schönen Wetter. Anne würde das sicher auch gefallen."

„Ja, gerne"

Nach dem Essen zahlten sie und gingen die Johannisstraße entlang, Richtung Hesperiden Gärten. Anne schlief in ihrem Kinderwagen ein und Hanna und Sabrina gingen schweigsam nebeneinander her. Sabrina wollte endlich Antworten haben und fragte Hanna erneut.

„Hanna, nun rede doch endlich. Was ist mit deinen Plänen nach Australien zu gehen?"

Hanna dachte an das Angebot aus Australien, der Buchladen. Sie dachte zurück wie sehr sie mit sich gekämpft hat, ihren Traum zu verwirklichen.

„Nein, ich gehe nicht nach Australien, ich habe das Angebot abgelehnt." sagte Hanna.

Sabrina war erstaunt. „Warum, kannst du mir das erklären. Ich bin nun echt erstaunt. Ich hätte vermutet du packst deine Sachen und bist weg. So hast du geredet als wir dich wieder aufgepäppelt hatten und nun das? Du erstaunst mich immer wieder! Du warst dir vor einem Jahr so sicher, nach deiner schweren Erkältung."

Wieder gab es ein Schweigen zwischen beiden.

Mittlerweile bogen sie in die Hesperiden Gärten ein. Hanna und Sabrina liebten die Hesperiden Gärten im Stadtteil St. Johannis in Nürnberg. Ein wunderschöner barocker Garten oder kleiner Park mitten in Nürnberg. Bei dem schönen Wetter setzten sie sich auf eine Bank, Anne schlief immer noch.

Sabrina brach das Schweigen. „Warum hast du nichts gesagt. Wann hast du abgesagt und warum."

Hanna holte tief Luft. „Ach Sabrina, es war vor ca. einem halben Jahr. Ich war wieder in Nürnberg, in meinem kleinen Buchladen. Sah Anne an und konnte mir einfach nicht vorstellen alles abzubrechen. Neu anzufangen. Alleine mit Kind."

Hanna atmete noch einmal tief durch und erklärte weiter. „Der Streit mit Lorenz, die Zeit bei euch. Hat mir die Augen geöffnet. Ich würde meine Freunde und meine Großmutter Lina selten oder gar nicht mehr sehen. Anne hätte ihre Urgroßmama und euch für lange Zeit verloren. Es war mir plötzlich klar, dass ich, mein Leben hier mehr Liebe als nach Australien zu gehen. Besuchen würde ich es gerne mal, einfach dort Urlaub machen. Aber, Auswandern? Nein!"

Sabrina konnte es nicht glauben, sie sah ihre Freundin ungläubig an. „Wow, ich bin so stolz auf dich und freue mich sehr. Du klingst so erwachsen. Aber, warum hast du nichts gesagt?

„Ich weiß es nicht genau, ich habe mich so auf meinen kleinen Laden gestürzt. Mit Hr. Baumgartner, ok Karl. Er wollte ja wieder zurück in seine Heimat Lüneburg. Aber, er ist hier geblieben und unterstützt mich. Für Anne ist er ein richtiger Opa geworden."

„Sabrina, mir wurde einfach klar, dass ich mein Leben hier liebe!"

„Was willst du nun genau tun? Hast du vor mit Lorenz zu reden? Wirst du in Nürnberg bleiben?" Sabrina könnte noch mehr Fragen stellen.

„Ich werde hier in Nürnberg bleiben und auch mit Lorenz sprechen. Weißt du was mich immer noch verwirrt bei Lorenz?"

„Nein, was denn?"

„Ich weiß nur Dinge von ihm ‚seit wir uns kennen. Über seine Vergangenheit weiß ich überhaupt nichts. Ob seine Eltern noch leben, wo er geboren und aufgewachsen ist. Eben seine Vergangenheit. Weißt du was?" Hanna sah Sabrina neugierig an.

„Nein, Hanna. Ich weiß auch nicht mehr. Kenne ihn zwar schon eine Weile, aber über seine Vergangenheit hat er nie mit mir gesprochen. Magnus sagt auch nichts über Lorenz. Ich glaube es wäre besser du fragst ihn." Hanna sah Sabrina nachdenklich an. „Ja, ich denke du hast Recht. Werde mit ihm reden. Außerdem muss er wissen, dass ich nicht nach Australien gehe und in Nürnberg bleiben möchte.

„Denkst du er wird sich darüber freuen? Wobei, er hat seine Praxis ja in Lübeck. Was wird Magnus dazu sagen? Beide haben ja die Praxis gemeinsam."

„Dum das ist eine gute Frage. Das du nach Lübeck kommst oder bei Lina wohnst?" Sabrina sah Hanna fragend an.

„Nein, ich möchte in Nürnberg bleiben. Der Laden geht sehr gut. Glaube nicht das ich in Lübeck die gleiche Chance hätte. Es ist hier alles so ideal. Die Wohnung beim Laden. Ich möchte auch nicht nur Hausfrau sein oder in einem Büro sitzen. Verstehst du?"

„Ja, Hanna, das verstehe ich sehr gut! Dein Laden ist eine kleine Goldgrube, das aufzugeben wäre keine gute Idee."

„Nein, das wäre es nicht!" sagte Hanna lachend zu Sabrina.

Sabrina hängte sich bei Hanna ein und sagte: „Nürnberg ist ein wunderschönes Städtchen. Diese Gärten und die Altstadt. Außerdem habe ich immer eine Übernachtungsmöglichkeit wenn ich nach Nürnberg komme."

„Ja, hast du. Komme lass uns weitergehen, solange Anne noch so ruhig schläft."

„Ok" sagte Sabrina und stupste Hanna an.

Sie gingen schweigend durch die Hesperiden Gärten und waren beide mit sich sehr zufrieden.

Sabrina war wieder nach Hause gefahren. Es waren so schöne Tage, dachte Hanna.

„Was haben wir gelacht." sagte Hanna zu sich selbst.

Es war 8 Uhr Morgens an einem Samstag. Hanna dachte, noch eine Stunde dann mache ich meinen Laden auf.

Hannas Telefon klingelte.

„Timmler?"

„Hallo, Hanna ich bin es Lina. Wie geht es dir?"

„Großmutter Lina. Wie schön. Es geht uns gut. Heute noch bis 14:00 Uhr, dann haben Anne und ich 4 Wochen Urlaub, also der Laden ist geschlossen."

„Deswegen rufe ich an, Hanna. Magst, du nicht mit Anne zu mir kommen und bei mir euren Urlaub verbringen? Würde mich auch freuen wenn du Karl mitbringen könntest."

Hanna überlegte, fand die Idee von Lina richtig gut.

„Lina, was für ein schöne Idee. Wir kommen gerne. Hatten, ja nichts geplant. Aber, Urlaub auf dem Land ist wunderbar."

„Lina, bei mir gibt es auch Neuigkeiten. Sabrina ist darüber schon informiert."

„Sabrina hat schon was angedeutet, wollte aber nichts sagen. So gemein, wo ich doch immer so neugierig bin."

„Erzähle es dir wenn wir da sind. Du warte mal schnell, ich frage Karl wie er die Idee findet."

Hanna legt den Hörer weg ohne aufzulegen und ging in den Garten zu Karl.

„Karl?"

„Ja?" Karl spielte gerade mich Anne und sah Hanna fragend an.

„Lina ist am Telefon. Sie fragt, ob wir nicht Urlaub bei ihr machen wollen. Sie fragt auch, ob du nicht auch mitkommen willst."

„Ja, sehr gerne. Warte, ich sage es ihr selbst."

„Hallo Oma Lina," sagte Karl scherzhaft „wir kommen sehr gerne. Was für eine tolle Idee! Wir könnten kommende Nacht fahren, da schläft Anne im Auto. Hanna und ich könnten uns abwechseln mit dem fahren. Was denkst du?"

„Oma Lina, also Karl." Lina lachte. „Ja, das ist eine gute Idee. Lasst euch Zeit. Freue mich sehr. Ok, dann sehen wir uns Morgen."

„Ja, bis Morgen Lina." sagte Karl und legte auf.

Er ging zu Hanna in den Garten. „Hanna, sagte zu Lina, dass wir heute Nacht losfahren würden, dann wären wir morgen Früh da."

„Ja, eine gute Idee. Dann kann Anne im Auto schlafen."

„Genau, das dachte ich auch."

„Prima, dann lass uns mal packen, sobald der Laden geschlossen ist."

„Hanna, ich kann ja meine Sachen gleich packen und auch die von Anne, denke ich weiß, was sie so braucht. Kann dich ja auch fragen, bist ja hier."

„Oh sehr gerne Karl, spart mir viel Arbeit. Wir müssen aber beide an Ferdinand denken."

„Ja, ja, Ferdinand der große Hase." Karl lachte und ging mit Anne in seine Wohnung. Hanna öffnete den Laden. Der erste Kunde stand schon davor.

„Guten Morgen Herr Baum, wie kann ich ihnen helfen?" Hanna lachte Herrn Baum freundlich an.

„Mit so guter Laune begrüßt werden, da beginnt das Wochenende einfach toll." sagte Herr Baum fröhlich und trat ein.

Müde aber glücklich kamen sie am Morgen bei Lina an.
Anne war gerade aufgewacht.
„Omi?" fragte sie und streckte sich in ihrem Kindersitz.
„Gleich sind wir da, mein Schatz. Omi freut sich sicher
schon." sagte Hanna.
Karl bog mit dem Auto in die Einfahrt des Hofes und da
stand bereits Lina, die sie gehört hatte.
„Hallo ihr Drei. Wie schön, dass ihr da seid." rief Lina
fröhlich.
Sie stiegen aus dem Auto und Anne wackelte auf Lina zu
„Omi, Omi" rief Anne und streckte ihre Ärmchen aus.
Lina hob Anne sofort hoch und warf sie in die Luft.
„Hallo, meine kleine Anne. Wie schön das du wieder bei
mir bist." nahm sie fest in den Arm und lachte mit Anne
um die Wette.

Nachdem die Koffer aus dem Auto geladen wurden und
in die Zimmer gestellt wurden. Saßen nun Hanna, Karl,
Anne und Lina in der Küche am Tisch und ließen sich
das Frühstück mit Kaffee, Kakao, Apfelkuchen,
Brötchen, Marmelade und Butterhörnchen schmecken.
„Wann seid ihr denn losgefahren?" fragte Lina.
„So um 2 Uhr Nachts. Hatten vorher alle noch etwas
geschlafen und sind dann gut durchgekommen.
Ungefähr 5 - 6 Stunden haben wir gebraucht."
antwortete Karl
„Seid ihr nicht müde?" fragt Lina
„Aber nein Lina. Die Fahrt war entspannt. Karl und ich
haben uns abgewechselt und auch geschlafen im Auto.
Etwas erschöpft schon, aber sonst alles in Ordnung."
sagte Hanna.

„Omi, Kaba" sagte Anne mit vollem Mund und spuckte etwas Hörnchen auf ihren Teller.

„Oh, nicht mit vollem Mund sprechen, Anne." sagt Lina und musste lachen.

„Kaba!" sagte Anne bestimmt.

Hanna und Lina mussten so lachen, dass Anne nicht anders konnte und mit lachte.

Nach dem Frühstück, ging Hanna auf ihr Zimmer. Anne blieb mit Lina in der Küche.

Hanna packte ihren Koffer aus, räumte alles in den Schrank und in die Kommode.

Sie ließ sich aufs Bett fallen, übersah Felix der fauchend vom Bett sprang.

„Felix, ich habe dich nicht gesehen. Es tut mir leid."

Hanna nahm den alten Kater auf den Arm und graulte ihm hinterm Ohr.

Dieser fing sofort zu schnurren an. „Na, du bist aber ganz schön grau geworden" sagte Hanna und legte sich mit Felix aufs Bett, wo sie sofort einschlief.

„Omi, Ferdi?" fragte Anne Lina.

„Wo ist denn dein Ferdinand?" fragte Lina. Anne zuckte mit den Schultern.

„Karl, weißt du wo Ferdinand ist, Anne braucht ihn."

„Ich glaube im Auto, ich sehe mal nach" sagte Karl und ging zum Auto.

Mit Ferdinand unterm Arm kam Karl wieder in die Küche und reichte ihn Anne. Diese kuschelte sich sofort an ihn und murmelte „Ferdi"

„Wo ist denn Hanna?" fragte Karl.

„Sie ist eingeschlafen. War gerade mal oben. Sie schläft auf ihrem Bett und Felix liegt neben ihr. Lassen wir sie schlafen."

„Natürlich, sie arbeitet so viel. Dann noch Anne, sie hat Ruhe verdient." sagte Karl.

„Was meinst du Lina, wollen wir mit Anne etwas an den See gehen? Vielleicht schläft sie noch etwas und wir können uns unterhalten."

„Was für eine tolle Idee. Hanna schreiben wir eine kurze Nachricht, damit sie Bescheid weiß."

„Lass uns aber etwas zu Essen und trinken speziell für Anne mitnehmen."

„Ja, so machen wir das. In 10 Minuten, dann ziehe ich schnell Anne und mich um. Es wird doch schon recht warm heute."

„Alles klar, in 10 Minuten stehe ich mit Kinderwagen vor dem Haus" lachte Karl und verließ die Küche.

Gemütlich gingen Lina und Karl mit dem Kinderwagen Richtung See. Es war ein schöner noch kühler Sommervormittag. Karl war zwar etwas müde, aber er genoss den Spaziergang.

„Opi-Karl, Apfi haben" sagte Anne, die langsam zu sprechen begann.

„Gerne, meine Kleine" sagte Karl und holte eine kleine Dose mit geschälten Apfelstücken heraus und gab Anne ein kleines Stück.

Anne knapperte mit ihren wenigen Zähnchen an dem Apfelstück herum.

„Karl, erzähl mir doch, wie es Hanna so geht. Sie hat irgendein Geheimnis."

„Lina, das Geheimnis muss sie dir selbst sagen. Das wird sicher eine Überraschung für dich.

Lass es dir von Hanna sagen. Sonst geht es ihr soweit gut. Soweit ich das beurteilen kann.

Sie arbeitet im Laden, kümmerte sich um Anne. Ich glaube, sie ist manchmal doch einsam. Aber, mir steht nicht zu ihr zu viele Ratschläge zu geben."

„Ja, den Eindruck habe ich auch." sagte Lina und hängte sich bei Karl unter. „Weißt du ob Lorenz bei ihr in Nürnberg schon wieder war?".

„Nein, das weiß ich nicht. Sieh nur Anne schläft." Karl blickte Lina verschwörerisch an und musste lachen. Lina stimmte fröhlich mit ein und sie gingen weiter Richtung See.

„Sieh nur, man sieht den See schon. Ich liebe diesen Ausblick" sagte Lina fröhlich.

Als sie am See ankamen setzten sich auf eine Bank, den Kinderwagen mit der schlafenden Anne neben die Bank, immer im Blick und genossen die Sonne.

„Wie schön du es hier hast, Lina. Ich freue mich auf den Urlaub bei dir."

„Ja sehr schön, freu mich, das ihr hier seid"

Karl und Lina sahen sich an und mussten Lächeln. Sie verstanden sich auch ohne Worte.

Hanna spürte etwas Nasses auf ihrer Wange. Sie versuchte es wegzuwischen, plötzlich wurde sie recht heftig, mit lauten Schnurren am Kopf gestoßen. Hanna, öffnete die Augen und sah Felix.

„Na, du alter Kater. Hast du Hunger? Wollen wir in die Küche gehen" sagte Hanna zu Felix, der mittlerweile laut miauend an der Tür stand.

Hanna ging die Treppe hinunter, vor ihr lief Felix. Sie dachte kurz an das Weihnachten vor Jahren zurück. Strich sanft über das Treppengeländer und dachte wie schön es geschmückt war. Hanna lachte laut „Oh je, ich werde alt und nostalgisch."

Hanna ging in die Küche, Felix wartete bereits auf sie. Sie sah sofort den Zettel auf dem Tisch von Lina „Wir sind spazieren, haben Anne mitgenommen. Kaffee ist in der Thermoskanne, im Kühlschrank ist genug zum Essen und Kuchen steht auf der Anrichte."

Hanna gab zuerst Felix etwas zu fressen. Goss sich dann einen Kaffee ein und schnitt sich ein Stück Marmorkuchen ab. Sie setzte sich an den Küchentisch und genoss ihr Frühstück. Sie sah auf die Uhr und wunderte sich, es war bereit 11:30 Uhr.

„Na, Felix da haben wir aber lange geschlafen." Felix sah kurz auf und fraß weiter.

Plötzlich kratze etwas an der Tür. Hanna erschrak.

Sie stand vom Küchentisch auf und öffnete die Tür. Mit hocherhobenen Schwanz, stolzierten Miez und Mauz an ihr vorbei zum Futter.

Felix fauchte, da Beide zu seiner Schale kamen. Hanna beeilte sich die Schalen von Miez und Mauz aufzufüllen.

Hanna hörte Stimmen, sie sah aus dem Fenster und sah Lina, Karl und Anne. Sie ging nach draußen, um sie zu begrüßen.

„Hallo ihr Drei."

„Hallo Hanna, na wach?" scherzte Lina.

„Ja, vor ca. 30 Minuten. Habe nicht mal meinen Kaffee ausgetrunken." lachte Hanna.

„Mädels, solange ihr hier rumalbert. Ich würde mich gerne zurückziehen und ein Mittagschläfchen halten. Bin doch nun doch sehr müde." Karl lachte.

„Geh nur Karl, wir wecken dich dann zum Essen in ca. 5 Stunden."

„Ok, so ist es brav." sagte Karl zu Hanna und ging auf sein Zimmer.

„Na, mein Sonnenschein, war es schön mit Oma und Karl?" Hanna beugte sich zu Anne hinunter, die im Kinderwagen sich an Ferdinand kuschelte.

„Ja. Müde. "

„Na, komm. Dann bringe ich dich in dein Bett." Hanna hob Anne aus dem Kinderwagen. Ging auf ihr Zimmer, wickelte sie und legte sie mitten in ihr Bett. Anne schlief, mit Ferdinand im Arm sofort ein. Sie ging mit dem Babyphone in der Hand leise aus dem Zimmer zu Lina in die Küche.

„Hanna, komm setz dich zu mir. Du hast ja nicht einmal deinen Kaffee getrunken und Kuchen gegessen."

Hanna, nahm ihre Tasse mit kalten Kaffee, leerte diesen aus und goss sich frischen Kaffee ein.

„Hanna, nun sage mir endlich was los ist. Spanne mich nicht weiter auf die Folter" sage Lina fordernd.

„Schon gut, ich sage es dir. Lina, ich werde nicht nach Australien gehen. Ich habe es mir sehr lange überlegt. " Hanna sah Lina an.

Diese sprang auf und umarmte Hanna. „Wie schön. Ich freue mich sehr über deine Entscheidung. Warum so plötzlich?"

„Ich bleibe in Nürnberg. Der Laden läuft so gut. Anne und ich fühlen uns in Nürnberg so wohl. Australien ist immer noch ein Traum. Aber nur noch für einen schönen

Urlaub. Lina, es war wirklich keine leichte Entscheidung. Ich habe die Einsicht gewonnen, das was man hat, nicht alles auf Spiel zu setzen soll. Besonders wenn man glücklich ist mit dem was man tut und wo man ist," Hanna war erleichtert es gesagt zu haben.
„Wie schön. Ich bin sehr erleichtert. Ich wollte es dir nie sagen. Aber, ich wäre sehr traurig gewesen wenn ihr so weit weg gewesen wärt. Ob ich euch oft gesehen hätte, das bezweifle ich. Da ich nicht mehr die Jüngste bin und Australien nicht so nah. Ich bin so froh!"
Hanna und Lina standen in der Küche und umarmten sich lange. Waren sie doch beide sehr erleichtert.
„So Lina, was gibt es heute zu Essen. Habe Lust zu kochen." Hanna löste sich von Lina und lächelte sie an.
„Wie wäre es mit Schmorbraten mit Knödel und Gemüse?"
„Wunderbar! Hast du alles hier oder soll ich noch was einkaufen?"
„Alles hier. Kommt lass uns beginnen. Der Schmorbraten benötigt doch etwas Zeit."

Hanna saß im Garten bei Lina auf der Bank. Sie dachte an die letzten Tage. So lustige, beschwingte Tage ohne Sorgen. Hanna lächelte vor sich hin und beobachtete, wie Felix im Garten spielte.

„Hanna, Telefon. Sabrina ist dran." rief Lina.

Hanna stand auf und ging zu Lina.

„Sabrina, schön dass du anrufst. Alles in Ordnung bei euch? Was macht dein Studium und wie geht es Magnus? Bist du in Lübeck?"

„Hallo Hanna, so viele Fragen. Ja, bei uns ist alles in Ordnung. Magnus geht es gut. Logisch bin ich in Lübeck. Kuck doch einmal auf die Nummer"

Hanna sah auf das Telefon, wo die Nummer angezeigt wurde. „Ok. Du hast mich ertappt. Warum rufst du an?"

„Wollte fragen, ob ich und Magnus übers Wochenende kommen sollen. Wir haben beide nichts vor. Würden uns sehr freuen euch wieder zu sehen. Besonders Magnus. Ich glaube er hat Anne das letzte Mal mit 8 Monaten 1,5gesehen. Er liebt deine Tochter."

„Magnus wird erstaunt sein wie groß Anne geworden ist."

„Ja, da hast du Recht. Nun was denkst du, sollen wir kommen?"

„Von mir aus gerne. Aber, warte mal ich frag Lina."

„Lina" rief Hanna über den Hof.

„Ja, was schreist du so?"

„Sabrina möchte gerne mit Magnus am Wochenende kommen. Ist das ok?"

„Natürlich, ich freu mich"

„Hast du es gehört, Sabrina?"

„Na klar, ihr wart laut genug" Sabrina musste laut lachen.

„Sag mal, hat Magnus über Lorenz Vergangenheit was erfahren können. Ach ja, wann kommt ihr?"

„Ja, hat er. Darüber möchte er aber mit dir alleine sprechen. Am Freitagabend?" Sabrina atmete tief ein und aus und sagte: „Du zu meinem Studium ich habe es geschmissen und habe eine Lehre als Arzthelferin begonnen. So kann ich mehr bei Magnus sein und es gefällt mir sehr gut."

Hanna war überrascht „Wow das hätte ich nie gedacht. Freu mich für dich."

„Oh danke!" Sabrina war erleichtert.

„Du musst doch glücklich sein, egal was du machst. Also, bis Freitag"

„Ja, bis Freitag" Sabrina legte auf.

Hanna ging in die Küche. Sie sah Lina am Küchentisch sitzen und Zeitung lesen. Plötzlich hörte sie ein rumpeln aus dem Wohnzimmer.

Hanna verließ die Küche und ging ins Wohnzimmer. Sie sah Karl wie er mit Schaufel und Besen am Kamin stand. Karl versuchte so wenig wie möglich Staub aufzuwirbeln. Was ihm nur schlecht gelang. Er begann zu husten. „So ein Mist, dabei wollte ich Lina nur helfen."

„Karl, wie wäre es mit dem Staubsauger." sagte Hanna und musste lachen.

Denn das Gesicht von Karl und seine Hände waren voller Ruß. Genauso wie der Boden vor dem Kamin.

Karl erschrak und ließ Schaufel und Besen fallen. Diese fielen mitten in den Kamin und eine große Stauwolke mit Ruß stieg auf, die das halbe Wohnzimmer mit einer dünnen Rußschicht bedeckte.

„Hanna, du hast mich erschreckt. Sie dir nun mal die Sauerei an." sagte Karl lachend.

Denn nicht nur das Wohnzimmer sondern auch Hanna war mit einer Rußschicht bedeckt.

„Was denn hier los? Wie sieht es hier aus?" Kam es von der Tür. Lina war richtig bestürzt.

„Karl wollte nur den Kamin sauber machen und ich habe ihn erschreckt" sagte Hanna entschuldigend.

Plötzlich stürmte Anne ins Wohnzimmer und warf sich auf den Boden. „Schnee." rief sie und wälzte sich im Ruß.

„Oh nein." riefen Karl, Hanna und Lina gemeinsam.

Nachdem alle gebadet hatten und das Wohnzimmer wieder sauber war. Saßen alle vier in der Küche bei Kaffee und Kuchen.

„Was hast du dir nur dabei gedacht Karl. Es kommt doch immer Hr. Binder, er reinigt alle Kamine im Ort. Auch der Schornsteinfeger kommt nächste Woche.

Karl war etwas beschämt „Wollte dir nur einen Gefallen tun. Dachte, nicht das es so staubt." er musste lachen.

„Schon gut." Lina lachte auch.

„Lina, was wollen wir heute machen? Es ist so ein schöner Tag" fragte Hanna.

„Du Sabrina und Magnus kommen am Freitag. Da muss noch das Zimmer hergerichtet werden."

„Aber, doch nicht heute. Wollten wir nicht etwas im Garten machen? Wir könnten zum Gärtner fahren und schöne Geranien kaufen. Es ist ja schon Frühsommer. Es wird langsam Zeit. Tomaten müssen wir auch noch pflanzen. Salat, Gurken, Bohnen."

Lina unterbrach Hanna „Schon gut, wir fangen mit den Geranien an. Das Gemüse wird nächste Woche gepflanzt"

„Sehr schön, dann fahre ich mit Anne dann zum Gärtner, habe ich freie Hand?"

„Ja, hast du" sagte Lina.

„Ok." dann fahre ich gleich los. Sie fuhr mit Anne zur Gärtnerei. Sie parkte ihr Auto in der Nähe des Einganges.

Als sie ausstiegen fiel ihr eine Frau auf. Hanna dachte ‚Woher ich sie nur kenne'.

Die Frau blieb auch stehen und sah zu Hanna und Anne herüber.

Sie kam auf Hanna und Anne zu.

„Entschuldigen sie, aber sie kommen mir so bekannt vor. Kann mich auch täuschen. Heißen sie Hanna?" fragte die Frau.

„Ja, Hanna Timmler" antworte Hanna „Konstanze? Konstanze Mai?" Hanna glaubte sich zu erinnern.

„Ja genau, Konstanze Mai. Was machst du hier? Ich dachte du wohnst in Nürnberg?"

Hanna erinnerte sich, Konstanze war früher eine Bekannte von Lorenz, sie hatte sie einmal in Lübeck gesehen. Sie war ihr nicht wirklich sympathisch.

„Ich mache Urlaub bei meiner Großmutter." sagte Hanna.

„Ah ja, und wer ist das?" sagte Konstanze schnippisch und zeigte auf Anne.

„Das ist meine Tochter." sagte Hanna knapp und ging an Konstanze vorbei.

„Wo ist denn der Papa und wer ist es?" fragte Konstanze feindselig.

„Das geht dich nichts an Konstanze." sagte Hanna und verschwand mit Anne in der Gärtnerei.

Konstanze war wie vor den Kopf gestoßen und dachte
„Das bekomme ich noch raus".

Anna sah ihre Mutter an „Mama gut?" fragte sie, da sie
bemerkte, dass Hanna sehr aufgeregt war.

„Ja mein Schatz, alles gut" sagte sie zu Anne hob sie in
den Einkaufswagen und suchte einen Gärtner der ihr
helfen konnte.

Anne war fasziniert von den vielen bunten Blumen.

„Mama, Blumi."

„Ja, wir kaufen gleich welche für Omas Garten und Haus.
Da drüber ist ein Gärtner, komm da gehen wir hin."

Hanna steuerte direkt mit ihrem Einkaufswagen auf
einen Herrn, der eine grüne Schürze trug, zu. Er war
gerade beim eintopfen.

„Entschuldigen sie, ich bräuchte etwas Hilfe" sagte sie
freundlich.

Der Gärtner hob seinen Kopf lächelte und sagte „Gerne,
was kann ich für sie tun?" Er wusch sich die Hände, da
sie voll Erde waren.

„Ich hätte gerne Geranien, stehende und hängende. Sie
sind für meine Großmutter" sagte Hanna.

„Wie heißt denn ihre Großmutter. Folgen sie mir ich
bringe sie zum Gewächshaus mit den Geranien"

„Lina Tent."

„Ich kenne Frau Tent. Eine freundliche ältere Dame. Sie
kommt oft zu uns. Geht es ihr gut?" frage der Gärtner
besorgt.

„Ja, es geht ihr gut. Ich besorge die Geranien einfach für
sie."

Als Hanna in das Gewächshaus kam, wo die Geranien
standen war sie von den Farben überwältigt. Auch Anne
bekam große Augen und sagte „Uï".

„Was für schöne Farben Hr.?"
„Ich bin Marcel Fischer, wir haben die größte Auswahl
an Farben im Umkreis." sagte der Gärtner und reichte
Hanna die Hand.
„Hallo." sagte Hanna als sie die Hand von Hr. Gärtner
Fischer nahm. „ Ihre Geranien sind wirklich
wunderschön. Welche soll ich da nur nehmen"
„Warten sie Frau? Ich hole die Unterlagen ihrer
Großmutter, da können wir nach den Farben sehen, die
sie immer hatte."
„Ich heiße Hanna Timmler."
„Ok" sage Gärtner Fischer und verließ das Gewächshaus.
Kurze Zeit später war er mit einem kleinen Ordner
wieder da und blätterte darin.
„Ihre Großmutter hatte immer entweder rote Geranien
oder auch die Farben pink oder lila."
„Nun dann sollten wir doch bei den Farben bleiben, Hr.
Fischer"
„Gut" sagte Gärtner Fischer und brachte Hanna
verschiedene zur Auswahl. Hanna suchte für Lina die
richtigen Farben aus.
Als der Einkaufwagen voll war, sagte Anne „Blumi mein".
„Nicht alle mein Schatz, die sind doch für Oma," sagte
Hanna zu Anne, die ganz traurig kuckte.
Plötzlich reichte Gärtner Fischer ihr eine wunderschöne
Geranie in weiß und lila. „Für dich kleine Dame die
schenke ich dir."
Anne war so überwältigt, dass sie dem Gärtner ihre
kleinen Ärmchen entgegenstreckte und sagte:
„Ui."
Mit der glückliche Anne die ihre Geranie nicht mehr los
lies ging Anne zur Kasse und bezahlte.

Gärtner Fischer ging noch mit Anne und Hanna zum Auto und half ihnen beim einladen der Geranien ins Auto.

Dann reicht er Hanna die Hand „Auf Wiedersehen und „Grüßen sie ihre Großmutter von mir"

„Danke, Hr. Fischer für ihre Hilfe. Den Gruß richte ich sehr gerne aus"

Hanna stutze, am Ende des Parkplatzes sah sie Konstanze stehen die zu ihr herüber blickte. Sie frage sich, was sie von ihr wollte. Sie nahm sich vor mit Sabrina und Magnus darüber zu sprechen, beide kannten Konstanze auch.

Hanna stieg in ihr Auto und fuhr zu Lina.

Als sie wieder bei Lina angekommen waren, lies sie als erste Anne aus dem Auto. Anne lief so schnell sie konnte, mit ihrer Geranie auf das Haus zu und rief „Omi, Blumi. Omi Blumi."

Lina kam aus dem Haus und Anne rannte mit ihrer Geranie direkt in sie rein und ließ die Geranie fast fallen. Lina konnte sie gerade noch auffangen.

„Die ist ja schön. Hast du die gekauft?" fragte Lina. Anne schüttelte den Kopf und lief mit ihrer Geranie an Lina vorbei und rief „Opi-Karl Blumi, Opi-Karl Blumi." und verschwand im Haus.

„Sie hat die Geranie vom Gärtner geschenkt bekommen. Der Rest ist noch im Auto." sagte Hanna zu Lina.

„Komm lass sie uns schnell ausladen. Dann erzählst du mir was dich so aufgeregt hat"

„Ok." Hanna wunderte sich nicht mehr. Lina merkte imme, wenn etwas mit Hanna los war.

Nach dem alle Geranien sicher ausgeladen waren. Saßen Hanna und Lina mit einer Tasse Kaffee vor dem Haus und genossen die Sonne.

„Was ist passiert, Hanna." fragte Lina.

„Es war auf dem Parkplatz, da kam die ehemalige Bekannte von Lorenz, Konstanze Mai, auf mich zu. Sie fragte, was ich hier mache und wer der Vater von Anne ist. Das einzige was ich sagte war das ich dich besuche. Aber, wer Annes Vater ist sagte ich ihr nicht. Sie wurde so zornig. Auch als wir die Gärtnerei verließen stand sie noch am Ende des Parkplatzes.

Ich werde mit Sabrina und Magnus darüber sprechen. Sie kennen sie besser. Ich habe sie nur ein- zweimal gesehen. Ich mochte sie schon damals nicht" erklärte Hanna so kurz wie möglich.

„Ich kenne diese Konstanze nicht. Aber, dass ist schon seltsam. Ob es was mit Lorenz Vergangenheit zu tun hat? Ist doch komisch, dass sie gerade jetzt hier auftaucht. Ich frage mich, was sie hier sucht. Sie wusste ja nicht das du hier bist."

„Ja schon komisch, oder? Nun ich frage einfach Magnus wenn er da ist." sagte Hanna.

„Lina, wollen wir, die Geranien dann einpflanzen? Dann sieht das Haus und der Garten richtig bunt aus wenn Magnus und Sabrina kommen."

„Gerne, aber erst trinke ich meinen Kaffee."

„Wunderschön sieht das aus" sagte Karl bewundernd, als er mit Anne aus dem Haus kam.

Lina und Hanna hatten alle Balkonkästen und Schalen bepflanzt. Die nun auf Fensterbänken Tischen und auch am Boden standen und um die Wette strahlten.

Lina bewunderte das Werk und sagte: „Ja, es sieht wirklich schön aus. Dieses Lila, Rosa und Rot. Wunderschön."

Hanna legte ihren Arm um Linas Schulter und sagte verschmitzt: „Tja, ich habe die Geranien eingekauft."

„Wir waren aber auch fleißig?" sagte Karl und hielt eine Schale mit Annes Geranie hoch, die von blauen Männertreu umrahmt war.

„Oh wie schön." sagte Hanna bewundernd „Die stellen wir auf den Tisch direkt vor der Bank am Haus das ist der schönste Platz."

Karl platzierte die Schale mitten auf den Gartentisch und sagte zu Anne „Gut so?"

„Jaaa," sagte Anne und hüpfte um den Tisch herum.

Hanna wartete an der Tür. Sabrina und Magnus mussten gleich kommen. Es war Freitag 18 Uhr. Hanna konnte es nicht mehr erwarten. Das Essen stand schon frisch gekocht auf dem Herd und wartete auf die Gäste. Dann fuhr ein Auto in den Hof, Hanna stürmte darauf zu und riss die Autotür auf. „Ihr seid spät." sagte sie.

Magnus blickte verwundert auf die Uhr „Hanna es ist 2 Minuten nach 18 Uhr."

„Aber 2 Minuten!" sagte sie bestimmt und nahm beide sofort in die Arme.

Lina, Karl und Anne kamen nach draußen und die Begrüßung ging in die zweite Runde.

„Wie schön ihr seid da. Kommt lasst uns reingehen. Das Essen ist schon fertig" sagte Lina.

Nachdem sie das köstliche Essen von Lina gegessen hatten und Anne im Bett war, saßen Hanna und Sabrina vor dem Kamin, da es Abends noch recht kühl war.

„Nun erklär mir mal, warum du dein Studium abgebrochen hast. Das war doch immer dein Traum, Sabrina. Wobei du vor Jahren bereits erwähnt hattest, dass du es abrechen willst," sagte Hanna

„Aber nein, Hanna es war nie mein Traum. Meine Eltern wollten immer, dass ich studiere. Ich wollte immer gerne etwas Handfestes machen. Ich habe es mir nicht leicht gemacht. Aber, ich bin so glücklich und zufrieden mit der Lehre als Sprechstundenhilfe." Sabrina kuschelte sich in den großen Ohrensessel „Es fühlt sich einfach alles so Richtig an. Die Arbeit mit den Menschen. Keine staubige Theorie".

„Wenn das so ist, dann war das sicherlich die richtige Entscheidung. Man sollte schon glücklich sein, in dem was man tut. Soweit es möglich ist."

„Genau." Sabrina lächelte „Du ich hole mir noch einen Kaffee, magst du auch einen?"

„Ja gerne, mit viel Milch bitte. Nehm meine Tasse gleich mit."

„Wird erledigt." Sabrina nahm die Tasse und verschwand durch die Tür.

Hanna blickte in das Feuer und fühlte sich unruhig. Sie wusste nicht warum. Sie schob das Gefühl beiseite, als Sabrina mit dem Kaffee wieder kam.

„Danke, warmer Kaffee tut so gut und ist lecker. Wo ist eigentlich Magnus?"

„Er duscht gerade. Er wollte danach gleich schlafen gehen, da er sehr müde ist," erklärte Sabrina.

„Das ist eine gute Idee. Bin auch sehr müde. Trinke noch meine Tasse aus und gehe dann auch in mein Bett" Hanna gähnte.
Sabrina sah Hanna an und nickte nur. Stumm tranken sie ihre Tassen aus und gingen danach auf ihr Zimmer.

Magnus stand am nächsten Tag nach einem wundervollen Frühstück vor dem Haus und genoss noch eine große Tasse Kaffee. ‚Wie schön es hier ist.' dachte Magnus und beobachtete Miez und Mauz wie sie miteinander spielten. Den Baum hoch und runter kletterten. Magnus liebte die Natur und Linas Hof war ein wahres Paradies. Die schönen Geranien am Haus, was alles so lebendig machte.
Magnus kannte aber auch den Winter. Er dachte an den Spaziergang mit der hochschwangeren Hanna.
Manchmal kann er nicht fassen, was seitdem alles passiert ist.
„Na mein Schatz, was denkst du?" sagte Sabrina und hängte sich bei ihm unter.
Magnus erschrak und verschüttete fast seinen Kaffee.
„Du hast mich aber erschreckt." sagte er und gab Sabrina einen Kuss auf die Wange.
„Ich dachte gerade daran wie schön es hier ist und was alles passiert ist, seit ich damals an Weihnachten mit Hanna sprach" erklärte Magnus.
„Das stimmt. Mir kommt es vor als wenn dieses Weihnachten aus einem anderen Leben war. Es war wunderschön aber auch irgendwie traurig"
„Ja, das stimmt." Magnus musste plötzlich laut lachen.
„Was ist?" fragte Sabrina.

„Sie doch mal den beiden Katzen da beim Baum zu eine davon sprang vom Baum und die andere hat sie nicht bemerkt und ist so erschrocken, dass sie hoch gesprungen ist. Sie hat ganz dickes Fell bekommen."
„Ja, Miez und Mauz sind immer so lustig"
„Was wollen wir machen? Hast du Lust einfach etwas spazieren zu gehen?" frage Sabrina
„Gerne." Magnus trank seinen Kaffee aus, stellte die Tasse auf den Tisch vor der Bank.
Sie schlenderten über den Hof und bewunderten den bunten Garten und die alten Bäume von Linas Hof.
„So ein Haus möchte ich auch mal haben wenn ich alt bin" schwärmte Sabrina.
„Wirklich? Dachte du bist eine Stadtpflanze." sagte Magnus verwundert.
„So richtig nicht. Mit gefällt es in der Stadt sicher, aber immer da leben? Kommt auch auf den Stadtteil und die Größe der Stadt an"
„Wirklich? Hätte ich nie gedacht. Du hast nie davon geredet auf dem Land wohnen zu wollen"
„Du weißt eben nicht alles von mir, Magnus." sagte Sabrina und sprintete lachend davon.
Magnus rannte hinterher „Wenn ich dich erwische."

Hanna stand in der Küche und spülte den Rest des Geschirrs ab. Das war ein lustiges Frühstück, dachte sie.
Lächelnd spülte sie weiter und bemerkte nicht, dass Karl die Küche betrat.
„Wusste gar nicht das Abspülen so erheiternd ist." scherzte Karl.

Hanna fuhr herum und warf den Spüllappen nach Karl. „Du sollst dich nicht immer so anschleichen Karl! Zur Strafe muss du nun abtrocknen."

Karl wich geschickt dem nassen Spüllappen aus. „Aber, das kann ich doch so gut. In Ordnung, ich helfe dir," sagte Karl, hob den Spüllappen auf und nahm sich noch ein Geschirrtuch.

„Wie geht es dir Hanna?" fragte er beim abtrocknen.

„Gut soweit, Karl. „Warum fragst du?"

„Weil du teilweise so gedankenverloren in die Luft siehst."

„Das hast du gut beobachtet" Hanna erzählte ihm von der Begegnung mit Konstanze Mai. Sie fand das sehr seltsam. Sie erzählte auch, dass Lina dachte, dass es eventuell etwas mit Lorenz Vergangenheit zu tun hat.

Karl dacht erst einmal genau darüber nach, was Hanna gesagt hatte, bevor er ihr antwortete.

„Das ist wirklich komisch. Du solltest mit Magnus darüber reden. Er ist der beste Freund von Lorenz, dann kennt er sie bestimmt."

„Ja, das habe ich auch vor. Im Moment geht es nicht. Habe gerade Sabrina und Magnus gesehen wie sie zusammen den Hof verlassen hatten. Hat ja noch Zeit."

„Natürlich." sagte Karl und trocknete weiter das Geschirr ab.

Die Tür ging auf und Anne stürmte mit Lina in die Küche „Mama, mit Omi darf?"

„Was willst du mit Omi?" fragte Hanna

Lina antwortete für Anne „Ich wollte sie mit zur Nachbarin Waltraud Schnitzler mitnehmen. Wollte ihr etwas Marmelade bringen. Ich habe ihr doch so von   .

Anne vorgeschwärmt und nun möchte ich sie ihr vorstellen. Ist das in Ordnung" fragte Lina

„Natürlich könnt ihr gehen. Wünsche euch viel Spaß. Sei brav, Anne." sagte sie zu ihrer Tochter

„Ja, ja" sagte Anne und war schon wieder aus der Küche.

„Bis später ihr Zwei." sagte Lina und lief Anne hinterher.

„Sie ist eine lebhafte kleine Maus deine Anne. Sie lebt richtig auf bei Lina." sagte Karl.

„Ja, nicht wahr. Anne liebt es bei Lina zu sein. Wann sieht sie ihre Urgroßmutter schon, nicht so oft."

„Das stimmt, aber unser Leben ist in Nürnberg," sagte Karl.

Hanna lächelte ihn an „Da hast du vollkommen recht, Karl! Es ist auch ein wunderbares Leben. Der kleine Laden, den du geschaffen hast. Ich konnte ihn übernehmen. Die kleine Wohnung beim Laden und der schöne Garten. Mein kleines Paradies. Wunderschön." schwärmte Hanna.

„Ja, es ist ein Paradies. Auch für mich noch, da ich damals ja das ganze Haus gekauft hatte, ist auch noch Platz für mich. Es ist so schön. Ich kann noch in den kleinen Buchladen und bin nicht abgeschoben."

Hanna umarmte stürmisch Karl „Was sollen wir ohne dich denn machen? Anne liebt dich wie einen Großvater und ich möchte dich auch nicht missen. Du bist ein sehr guter Freund für mich, Karl."

„Du für mich auch, Hanna." sagte Karl und drückte Hanna fest.

„So lass uns die Küche fertig machen. Dann kannst du zu Johann gehen und ich genieße die Ruhe."

„Ja, so machen wir das." sagte Karl.

Sie räumten noch die Küche auf, Karl verabschiedete sich von Hanna und ging zu seinem alten Freund Johann.

Hanna goss sich noch eine Tasse Kaffee ein, schnappte sich die Tageszeitung und verließ die Küche. „Kommt ihr Drei raus geht es an die Luft" sagte sie zu Linas drei Katzen und scheuchte sie aus der Küche. Felix ging nicht ohne laut zu protestieren. Schnell sprang er auf die Bank vor dem Haus und legte sich in die Sonne.

„Na du faule Katze." sagte Hanna zu Felix, stellte ihre Tasse auf den Tisch und setzte sich neben Felix und begann ihn zu graulen. Felix begann sofort laut zu schnurren.

Hanna genoss die Morgensonne und trank ihren Kaffee, breitete die Tageszeitung auf dem Tisch aus und begann zu lesen.

Plötzlich blieb sie bei einem Artikel hängen. Es ging über Ärzte in Lübeck und dass kleine Praxen oft schließen mussten. Es gab noch ein Interview von zwei Ärzten die eine Gemeinschaftspraxis hatten. Magnus Bowinkel und Lorenz Halver. Hanna las es interessiert, sie musste umblättern um weiterzulesen. Das sah sie ein Bild von Magnus und Lorenz, es gab ihr einen Stich ins Herz. Lorenz lachte verschmitzt auf dem Bild, so wie sie ihn kannte. Plötzlich sehnte sie sich sehr nach Lorenz. Ich muss mit ihm bald sprechen, dachte sie, als irgendwer ihr die Sonne versperrte.

Hanna blickte hoch und konnte es nicht glauben es war Konstanze Mai.

„Was willst du hier, Konstanze?" sagte Hanna überrascht.

„Nun ich wollte sehen wie du so lebst hier" sagte Konstanze schnippisch und setzte sich ohne zu fragen. „Was soll das? Wir kennen uns nicht Konstanze, wir haben uns nur ein- zweimal in Lübeck gesehen. Da waren wir schon keine Freunde. Also, was willst du" „Ich will wissen, von wem dein Kind ist, vorher werde ich nicht gehen" sagte Konstanze und verschränkte die Arme vor ihrer Brust.

Hanna sah Konstanze nur verstört an und fragte sich. Was geht ihr das was an?

Bevor sie etwas zu ihr sagen konnte, stand Magnus vor Konstanze und brüllte sie regelrecht an.

„Konstanze, was willst du hier? Verschwinde sofort. Das ganze hatten wir bereits" Magnus war sehr wütend. Konstanze erschrak so sehr, dass sie fast vom Stuhl kippte. „Nein, ich gehe nicht Magnus. Ich will wissen von wem das Kind ist."

Magnus beugte sich so weit vor zu Konstanze das er fast ihre Nase berührte „Nein, das willst du nicht" zischte er.

„Doch" sagte sie trotzig. „Es ist mein Recht. Du weißt warum."

Magnus war fassungslos. Er wusste, dass Konstanze seit der Schulzeit in Lorenz verliebt war. Selbst als sie erwachsen war, lies sie Lorenz nicht in Ruhe und war auf jede weibliche Patientin eifersüchtig. Das alles wusste Hanna nicht, da es zu Lorenz Vergangenheit gehört.

„Konstanze, ich bitte dich das letzte mal zu gehen. Du bist hier nicht erwünscht oder gar eingeladen. Ich kann auch die Polizei rufen." sagte Magnus bestimmt.

Konstanze erschrak, stand auf und sagte zu Hanna sehr böse „Ich erfahre es noch." drehte sich um und verließ, erhobenen Hauptes den Hof.

Sabrina stand fassungslos am Hoftor hatte sie von weitem alles mitbekommen. Sie sah Konstanze wutentbrannt auf sie zulaufen. Sie blieb vor ihr stehen und sagte schnippisch zu Sabrina „Auch dein Freund kann mich nicht aufhalten. Ich erfahre von wem das Kind ist." und ging weiter zu ihrem Auto, stieg ein und fuhr mit quietschenden Reifen davon.

Sabrina, kannte die Geschichte und war erschrocken. Sie rief „Magnus, was ist in sie gefahren?" Sie ging auf Hanna und Magnus zu. Sie sah, dass Hanna ganz erstarrt war.

„Hanna, geht es dir gut?" fragte Sabrina.

Hanna erwachte aus ihrer Erstarrung. „Ja, soweit alles ok. Ich bin nur verwirrt. Was will Konstanze nur? Warum will sie immer wissen von wem Anne ist?".

Magnus setzte sich und legte seine Hand auf die Ihre. „Es geht um Lorenz. Lorenz und Konstanze sind zusammen in die Schule gegangen. Das ist eine lange Geschichte, ich will sie dir gerne erzählen, nur muss ich leider gleich noch weg. Heute Abend werde ich dir alles erzählen. Ist das ok?" Magnus sah Hanna an.

„Ok. Das hilft mir zwar im Moment nicht weiter. Aber ich kann warten bis heute Abend." Hanna sah zu Magnus und zu Sabrina und wieder zurück.

Als Magnus weg war, setzte sich Sabrina zu Hanna. „Wirklich alles ok?"

Hanna musste lächeln „Aber ja, ich war nur überrascht als Konstanze plötzlich hier stand. Dann kam noch Magnus und schrie sie an. Das war doch etwas viel auf einmal."

„Glaub mir ich war auch überrascht, so kenne ich Magnus gar nicht." auch Sabrina musste lächeln.

„Wo musste denn Magnus hin?"

„Er trifft sich mit einem alten Studienfreund, der nicht weit von hier wohnt." erklärte Sabrina.

„Ach so." sagte Hanna und trank von ihrem Kaffee, der bereits kalt war. Sie verzog das Gesicht und beide mussten lauthals lachen.

Es war schon 20:30 Uhr. Magnus kam von seinem Studienfreund zurück. Er ging direkt in die Küche und traf auf Sabrina und Lina.

„Entschuldige, dass es so spät geworden ist." sagte er zu Sabrina und gab ihr einen Kuss.

„Ist doch kein Problem. Wir haben uns einen schönen Tag gemacht. Hast du Hunger?" sagte Sabrina.

„Nein, Timo und ich waren essen. Du wo ist Hanna, möchte ihr endlich die ganze Geschichte erzählen."

„Hanna ist im Wohnzimmer und liest. Das ist eine gute Idee, Magnus. Ich bringe euch gleich einen Tee und dann könnt ihr in Ruhe reden."

Magnus öffnete die Tür zum Wohnzimmer und sah Hanna in einem der beiden Ohrensessel sitzen und lesen. Er mochte sie sehr als Freundin. Er atmete tief durch, denn er wusste das Gespräch wird nicht einfach werden.

„Hallo Hanna." sagte er.

Hanna blickte auf „Hallo Magnus, setzt dich doch."

Irgendwie war Hanna nicht wohl vor dem Gespräch, sie konnte sich das Gefühl nicht erklären.

Magnus setzte sich und lächelte sie an „Du siehst besorgt aus" sagte er.

„Naja, nach der Auseinandersetzung mit Konstanze heute Morgen, hat mein Kopf Kino komische Dinge ausgespuckt."

Magnus lächelte. Die Tür ging erneut auf und Sabrina trat ein mit einem Tablett, mit Tee und Keksen. „Na, störe ich euch?" sagte sie.

„Nein, wir haben noch nicht angefangen." scherzte Magnus, stand auf und nahm ihr das Tablett ab.

„Nein, sicher nicht kannst auch gerne bleiben." sagte Hanna.

„Ich denke wenn du dich mit Magnus alleine unterhältst ist es besser. Wir sehen uns dann später oder auch Morgen" sagte sie, gab Magnus einen Kuss auf die Wange und verließ das Wohnzimmer.

Magnus goss beiden Tee ein und reichte Hanna die Tasse. Er setzte sich ihr gegenüber.

„Was möchtest du alles wissen, Hanna? Ich kenne Lorenz schon sehr lange."

„Mich würde alles interessieren. Seine Eltern, leben diese noch, wo ist er aufgewachsen. Ich weiß überhaupt nicht von ihnen."

„Ok, Dann fange ich mal an." Magnus atmete tief ein und begann zu erzählen.

„Lorenz ist in Lübeck geboren. Die meiste Zeit ist er aber in Schweden aufgewachsen, denn seine Mutter ist Schwedin und sein Vater Deutscher. Seine Mutter heißt Liv Halver, sein Vater Johannes Halver. Seine Mutter lebt noch in Schweden, sein Vater ist vor ca. 20 Jahren an Krebs gestorben." Magnus atmete tief durch und trank einen großen Schluck Tee.

„Lorenz erzählte mir, dass er teils in Schweden und in Deutschland bei seinen Großeltern aufgewachsen ist."

„Lorenz Mutter lebt?" fragt Hanna.

„Ja, in einen kleinen Dorf in Schweden. Lorenz fährt regelmäßig zu ihr." erklärte Magnus.

„Kennst du sie?" fragte Hanna.

„Nun, Liv Halver ist eine taffe kleine Frau. Sehr freundlich und hilfsbereit. Sie hatte es nicht leicht. Aber, Lorenz hat sie sehr gut erzogen. Sie hat übrigens nie mehr geheiratet."

„Ich frage nur. Anne, hat dann ja eine richtige Großmutter, nicht nur eine Urgroßmutter. Weiß Liv von Anne?" fragte Hanna.

„Das kann ich dir nicht sagen, da musst du Lorenz fragen."

„Warum hat er mir nie von seiner Mutter erzählt?"

„Nun, ich weiß nur soviel, dass er nichts erzählen will, was alles in seiner Vergangenheit war. Er möchte nicht von der Traurigkeit eingeholt werden. Er hat seinen Vater sehr geliebt. Hat es wohl nie richtig überwunden."

„Ok, dass kann ich sogar verstehen." sagte Hanna bedrückt.

„Hanna, du musst nicht bedrückt sein. Lorenz ist ein Großer, er schafft das. Soll ich weitererzählen?"

„Na klar, ich möchte auch wissen welche Rolle Konstanze bei allem spielt."

„Oh je, Konstanze. Sie spielt eigentlich keine Rolle. Sie hat sich an Lorenz gehängt. Manchmal denke ich, sie ist fanatisch. Es tut mir so leid, dass sie nun auch dich im Visier hat."

„Das halte ich schon aus Magnus. Ich verstehe das ganze nur nicht. Wie lange kennen sich die Beiden?".

„Konstanze ist mit Lorenz in die Grundschule in Schweden gegangen. Soweit ich weiß, waren Lorenz Eltern und Konstanzes Eltern, Nachbarn. Lorenz erzählte mir, dass sie sich sehr gut verstanden. Haben oft miteinander gespielt und gelernt. Nur als Lorenz älter

wurde, so ab der 3. Klasse, hat er sich mehr mit Jungs
getroffen und Fußball gespielt.
Konstanze fand das nicht so toll, erzählte er, sie wurde
sehr eifersüchtig und hat ihm damals schon böse Szenen
gemacht. Einmal so schlimm, dass er mit ihr nicht mehr
sprach."
Magnus stand auf und holte sich eine frische Tasse Tee
und stellte die Kekse zwischen beiden.
„Das ist echt viel Magnus." sagte Hanna und hielt ihre
leere Tasse Magnus hin. Magnus nahm diese und goss
auch Hanna heißen Tee ein.
„Hanna, ich habe eine ganz ehrliche Frage an dich. Bevor
ich dir weiter erzähle."
„Ja?"
„Liebst du Lorenz noch?"
Hanna schluckte „Ja." sagte sie kurz und knapp mit
Tränen in den Augen.
„Warum gehst du dann nach Australien?" fragte er und
wendete seinen Blick ab, da er nicht sehen konnte wenn
sie weint.
„Magnus, ich gehe nicht nach Australien. Hat es dir
Sabrina nicht erzählt? Ich bleibe in Nürnberg. Möchte
mein Leben da nicht aufgeben. Mein Laden läuft gut,
Anne und ich fühlen uns sehr wohl. Mich wundert, dass
Sabrina dir nichts erzählt hat." Hanna stand auf und ging
zu Magnus, nahm seine Hände und sagte „Ich will hier
bleiben verstehst du?"
Magnus sah aus Hanna herunter und nahm sie fest in die
Arme „Und wie ich das verstehe."
Hanna boxte ihm leicht in die Seite und sagte: „So aber
nun will ich wissen was Konstanze für Eine ist."

„Hey." sagte Magnus und musste lachen. „Na komm, hör dir die Geschichte an."

Sie setzten sich beide wieder. Magnus begann weiter zu erzählen.

„Wie ich schon sagte, war Konstanze schon sehr eifersüchtig als Kind. Sie machte ihm richtig das Leben schwer in der Schule und bei seinem Freunden.

Deswegen ging auch Lorenz mit 9 Jahren nach Deutschland zu seinen Großeltern. Seiner Mutter fiel das nicht leicht. Aber, sie wollte Konstanze von Lorenz trennen. Denn Lorenz schien sehr als Kind darunter zu leiden."

Magnus atmete tief durch.

„Ok, was ist dann passiert? Denn Konstanze ist ja wieder irgendwann aufgetaucht." sagte Hanna.

„Das werde ich nie vergessen, als Konstanze wieder auftauchte. Ich dachte ein Sturm bricht herein. Du kannst dich sicherlich daran erinnern, dass Lorenz nach Afrika ging?"

„Ja natürlich. Was hat das damit zu tun?" fragte Hanna.

„Nun, Lorenz und ich saßen damals in der Praxis und besprachen die letzten Dinge. Es war nicht einfach, das kannst du dir sicher denken. Lorenz war sehr schlecht gelaunt und sprach immer nur von dir."

Hanna nickte nur.

„Jedenfalls, versuchten wir irgendwie auf einen Nenner zu kommen. Da stürmte plötzlich Konstanze in die Praxis und machte einen Aufstand, als wenn sie mit Lorenz seit 50 Jahren verheiratet gewesen wäre."

Magnus schüttelte den Kopf, wenn er an die Szene dachte.

„Sie schnauzte damals Lorenz an, so nach dem Motto: Was ihm einfiele, einfach weg zu gehen nach Afrika. Ob er kein Gewissen hätte, sie einfach so hängen zu lassen. Er müsse doch wissen, was sie er ihr bedeutet usw. Das wäre immer so weiter gegangen wenn Lorenz nicht ausgeflippt wäre." Magnus stand auf und sagte, „Ich brauche ein Glas Wein"

„Bring mir eines mit," sagte Hanna.

Er ging aus dem Raum in die Küche, um sich und Hanna ein Glas Wein zu holen.

Sabrina saß in der Küche und war verwundert „Wein?" Magnus, beugte sich zu ihr herunter, gab ihr einen Kuss und sagte „Oh ja, der Auftritt von Konstanze damals, bedarf Wein!"

„Alles klar, verstehe." sagte Sabrina und lachte Magnus an.

Magnus ging zurück in das Wohnzimmer.

„Da bist du ja," sagte Hanna und nahm Magnus ein Glas ab. „Magnus, hatte Lorenz eigentlich Konstanze vor der Szene in der Praxis seit seiner Kindheit gesehen?"

Magnus setzte sich und trank einen Schluck Wein „Das war ja das komische, Lorenz hatte Konstanze seit sie 8 Jahre alt waren nicht mehr gesehen. Deswegen flippte er ja so aus, er erkannte sie nicht. Auch fühlte er sich wohl angegriffen."

„Wie ging es weiter. Was machte Lorenz?"

„Nun er schrie Konstanze an, was das soll. Sie soll sofort die Praxis verlassen. Er kenne sie nicht. Konstanze, sagte dann: „Ich bin es Konstanze." Lorenz war wie vom Donner gerührt er konnte es nicht glauben. Er hatte einen Blick, als wollte er jemanden ermorden." erzählte Magnus.

„Erzähl weiter, was ist dann passiert." Hanna wurde neugierig.

„Es war der reinste Horror. Konstanze stürmte dann auf ihn zu. Ich konnte sie gerade noch aufhalten. Sie schrie und trat nach mir. Brüllte, das ist mein Mann. Lorenz gehört seit der Kindheit mir. Lorenz wollte auf sie losgehen, er konnte nicht fassen, was ihr einfiele. Er gehöre niemanden und wenn dann sicher nicht ihr. Ich musste neben Konstanze auch noch Lorenz abhalten." Magnus musste unfreiwillig grinsen.

Hanna grinste mit, stellte sie sich das Bild vor. „Ach du lieber Himmel, dass ist echt heftig. Wie kommt sie darauf? Jetzt, verstehe ich auch warum sie wissen will von wem das Kind ist. Aber, woher weiß sie von mir?" fragte Hanna.

„Das weiß ich auch nicht. Ich denke entweder hat sie Lorenz mal belauscht als er von dir sprach. Oder wie schon so oft ist sie ihm gefolgt."

„Das klingt, alles sehr komisch. Verstehe das ganze nicht. Warum hat Lorenz nie von ihr erzählt. Das scheint ihn ja sehr zu belasten. Das kann ich auch verstehen" Hanna atmete tief ein und fragte „Weiß Lorenz das du mir alles erzählst?"

„Natürlich weiß er das. Ich würde nie was tun was Lorenz nicht möchte. Er ist mein Freund. Mein Bester!"

„Gut. Hätte ich mir auch denken können." Hanna lächelte „Warum erzählt er mir das nicht selbst?"

„Das hätte er bestimmt irgendwann getan. Nur fand ich es wichtig, dass du bald alles erfährst. Da Konstanze bei dir schon aufgetaucht ist. Ich dachte ich sehe nicht richtig, als sie heute Morgen im Hof war."

„Magnus, ich habe dich noch nie so wütend erlebt. War sehr überrascht. Danke für deine Hilfe." sagte Hanna herzlich.

„Immer wieder gerne, Hanna. Wenn ich Konstanze sehe gehen bei mir immer die Alarmglocken an. Denn sie hat immer nur Ärger gemacht, wenn sie aufgetaucht ist. Lorenz, hat sie sogar schon mal angezeigt. Das Gericht verteilte sogar eine Bannmeile, aber das hat nichts gebracht"

„So schlimm? Ich bin sprachlos. Da wundert mich direkt, dass sie nicht in Nürnberg aufgetaucht ist. Weiß sie, in welcher Beziehung ich zu Lorenz stehe? Ich habe sie ja nur zweimal gesehen. Das wenn ich gewusst hätte!" Hanna hatte so viele Fragen.

„Nein, dass weiß sie noch nicht. Ich denke sonst würde sie dir auch ganz anderes entgegen treten Hanna. Sie ist manchmal wie wahnsinnig. So fanatisch in Lorenz verliebt"

„Ok. Was soll nun geschehen?"

„Ich werde Morgen früh Lorenz darüber informieren, was hier passiert ist. Denn es muss was passieren. Denk an Anne! Ich traue Konstanze nicht. Ich denke Lorenz, wird sofort alles unternehmen. Wenn er erfährt das sie bei dir aufgetaucht ist."

„Ja, du hast Recht. Lorenz muss es wissen. Anne freut sich sicher ihren Papa zu sehen. Warum hat er mir nie von seiner Mutter erzählt. Das kann doch nicht nur an seinem Vater gelegen haben." Hanna sah Magnus direkt an.

„Hanna, das weiß ich wirklich nicht. Da musst du Lorenz
selbst fragen"
„Ja, das werde ich tun"
„Hanna, du wirkst so erwachsen. Du bist überhaupt
nicht mehr dagegen wenn man Lorenz etwas sagt. Du
hast dich sehr verändert. Mir gefällt das und Lorenz
sicher auch" sagte Magnus verwundert.
„Ach Magnus, Anne ist der Grund. Sie hat mich
komplett verändert. Meine Sicht über meine Zukunft
und was ich will. Hast du schon auf die Uhr gekuckt? Es
ist 2 Uhr. Wir sollten schlafen gehen" Hanna lachte.
„Was 2 Uhr? Ok, es wird Zeit."
Sie standen beide auf und gingen in ihre Zimmer.

Am nächsten Morgen stand Magnus trotz der langen
Nacht früh auf. Er musste Lorenz anrufen.
Mit einer großen Tasse Kaffee in der Hand, nahm er sich
das Telefon und ging vor das Haus um zu telefonieren.
Er wählte Lorenz Nummer. Es klingelte lange in der
Leitung doch plötzlich ging Lorenz an das Telefon.
„Halver. Wer zum Teufel ruft so früh an?" meckerte
Lorenz
„Guten Morgen, Lorenz. Na wieder blendend gelaunt."
scherzte Magnus.
„Magnus? Hast du auf die Uhr gekuckt, es ist 6:00 Uhr.
Ich hatte Nachtschicht, schon vergessen?"
„Stimmt, tut mir leid ich hatte es vergessen"
„Sag mal wo bist du eigentlich, warum rufst du an?
Hättest ja einfach vorbeikommen können."

„Ich bin doch nicht in Lübeck. Ich bin bei Lina mit Sabrina. Wir hatten uns eingeladen. Hanna und Karl sind auch da." sagte Magnus.

„Das Hanna und Karl bei Lina sind, dass weiß ich. Ich wollte sowieso nächste Woche vorbei kommen."

„Das ist auch der Grund warum ich anrufe, Lorenz. Du solltest schnell kommen"

Lorenz war plötzlich sehr wach, etwas in Magnus Stimme verhieß nichts Gutes.

„Was ist los, komm erzähl."

„Konstanze!" sagte Magnus nur kurz.

„Was? Sie ist bei euch?" Lorenz erschrak. „Was ist mit Hanna?"

„Konstanze hat Hanna bei der Gärtnerei abgepasst und war Gestern auch hier am Hof und hat Hanna bedrängt ihr zu sagen wer Annes Vater ist. Ich bin zufällig dazu gestoßen. Habe sie dann verscheucht." erzählte Magnus

„Was? Sie war bei Lina. Du lieber Himmel! Werde ich die Frau nie los. Magnus, ich werde zu euch kommen. Heute noch." sagte Lorenz.

„Ok, bis dann" sagte Magnus und legte den Hörer auf.

Lorenz war sehr aufgeregt. ‚Diese Frau" dachte er und ging in sein Schlafzimmer um seine Sachen zu packen.

Kapitel 8

Turbulenzen

Lorenz saß in seinem Auto und fuhr zu Lina. Lorenz wollte nur noch zu Hanna und Anne.

„Ich muss noch tanken." sagte er zu sich selbst und bog in eine Tankstelle ein. Er tankte sein Auto voll und wollte gerade in die Tankstelle gehen, da sah er sie. Konstanze. Wut stieg in ihn auf. Doch Lorenz wollte schnell weiter fahren. Deswegen ging er schnell in die Tankstelle, um zu zahlen. Konstanze bemerkte ihn nicht. Er konnte schnell wieder losfahren.

Nach 20 Minuten bog Lorenz in den Hof von Lina ein. Von weitem sah er Anne und Lina, es schien als wenn sie gerade nach Haus gekommen waren.

Er parkte schnell sein Auto, da sah er Anne auf sich zulaufen. Ob sich mich erkannt hat, dachte er.

Lorenz stieg aus seinem Auto aus und ging auf Anne zu. Er ging in die Knie und breitete seine Arme aus. Anne blieb kurz vor ihm stehen, sah ihn fragend an und sagte dann „Papi!" und fiel ihm in die Arme. Lorenz war so glücklich, seine kleine Maus in den Arm zu nehmen. Er vergaß das komplette Geschehen um sich herum.

„Hallo Herr Halver." sagte eine Stimme. Lorenz blickte auf und sah Lina. Er stand auf und begrüßte Lina „Schönen guten Tag Frau Tent." sagte er und gab ihr die Hand.

„Freut mich, dass sie gekommen sind, es ist viel los hier. Anne freut sich auch." Lina sah auf Anne hinunter, die ihre kleine Hand in die von Lorenz schob und lächelte. Lorenz mit Anne an der Hand und Lina gingen zum Haus. Magnus stand in der Eingangstür und sagte: „Endlich bist du da!" ging auf Lorenz zu und lachte. Gemeinsam gingen sie ins Haus. Anne löste sich von Lorenz und rannte in die Küche, sie rief: „Mama, Papa da."

Hanna deckte gerade mit Sabrina den Tisch, für das Abendessen. Sie drehte sich herum und ging auf Lorenz zu und strich ihm sanft über die Wange „Schön, dass du da bist, Lorenz." sagte sie und lächelte ihn an.

„Hanna." sagte er und umarmte sie. Sie standen lange so da, als plötzlich jemand sagte „Hey, wir wollen irgendwann essen. Kommt schon." Sabrina stand mit den Händen in den Hüften vor Hanna und Lorenz und musste plötzlich laut lachen.

Sie setzten sich alle an den Tisch. Lorenz war sprachlos darüber, was alles auf dem Tisch stand. Schnitzel, Kartoffel-, Kopf- und Gurkensalat und Salzkartoffeln und noch ein Blumenkohlgemüse.

„Das nenne ich mal ne Auswahl, Frau Tent." sagte Lorenz und nahm sich von allem etwas.

„Das ist immer so bei Lina." sagte Sabrina. Alle aßen in Ruhe. Als Hanna fertig war blickte sie über die Abendrunde. Sie sah Lorenz, wie er Anne fütterte. Lina, Karl, Sabrina und Magnus unterhielten sich und lachten. Plötzlich merkte sie wie Lorenz sie ansah, mit einem etwas besorgten Blick. Sie musterte ihn, er war immer noch der gleiche attraktive Mann. Sie lächelte ihn an, sofort veränderte sich sein Blick. Er strahlte sie an.

„Frau Tent, es ist so schön bei ihnen. So familiär. Danke, dass ich ihr Gast sein darf." sagte Lorenz zu Lina.

„Hr. Halver oder darf ich Lorenz sagen? Sie sind bei mir immer willkommen. Irgendwie gehören sie doch zur Familie." sagte Lina und hob ihr Glas Richtung Lorenz „Ich bin Lina." sagte sie.
Lorenz hob sein Glas in Richtung Lina und sagte: „und ich Lorenz"
„Gut, dann haben wir das auch geklärt." sagte Lina und trank einen Schluck.

Nach dem ausgiebigen Essen, ging Hanna noch mit Anne etwas in den Garten.
Das tat sie jeden Abend, damit Anne sich noch etwas austoben konnte. Auch in Nürnberg, ging sie mit Anne noch in ihren Garten.
Lorenz folgte ihr und sah eine Weile zu, wie Hanna mit Anne mit einem kleinen Ball spielte.
„Sie ist groß geworden." sagte er. „So lebhaft, das sieht man auf den Bildern gar nicht."
Hanna sah hoch und sagte: „Ja, sie wird wirklich groß. Willst du mitspielen?" Hanna hielt Lorenz den Ball hin.
„Gerne." sagte er und warf ihn Anne entgegen. Anne konnte den Ball noch nicht fangen, er rollte an ihr vorbei und sie rannte hinterher. Als sie ihn hatte, hielt sie ihn stolz in die Luft und sagte: „Da!" Lorenz nahm ihn ihr ab und warf ihn erneut. Das ging eine Zeitlang so. Hanna und Lorenz warfen ihn abwechselnd. Sie hatten sehr viel Spaß.
Lina und Sabrina beobachteten sie. „Das ist ein wirklich wunderschönes Bild." sagte Lina.

„Ja, wunderschön. Ich hoffe so sehr, dass sie die Kurve bekommen. Jetzt, wo Hanna endlich die richtige Entscheidung getroffen hat. Sie haben es beide so sehr verdient, glücklich zu werden." sagte Sabrina und hakte sich bei Lina unter.

„Das haben sie. Du Sabrina, weiß Lorenz das schon?" fragte Lina.

„Ich denke nicht. Aber, dass werden sie sicher die Tage klären. Ach Lina, was ich noch fragen wollte. Können wir noch ein paar Tage bleiben?"

„Aber natürlich, wie schön."

„Super!" sagte Sabrina und beide gingen ein paar Schritte spazieren.

Magnus kam aus dem Haus, sah noch Sabrina und Lina um die Hausecke verschwinden. Er blickte Richtung Garten und sah Hanna, Lorenz und Anne. Anne ging gerade auf ihre Mama zu, sie schien sehr müde zu sein. Magnus ging auf den Garten zu. „Anne, ist wohl müde?" sagte er und begrüßte Hanna und Lorenz.

„Ja, sie ist auch viel gerannt, ich glaube ich bringe sie gleich zu Bett." sagte Hanna und sah Lorenz an. Dieser ging zu ihr streichelte, der fast schlafenden Anne, über die Wange und flüstere „Gute Nacht, mein Schatz schlaf gut." Anne sagte nur „Na." sofort schlief sie auf der Schulter von Hanna ein.

Magnus sagte: „Gute Nacht Anne. Komm Lorenz, ich muss mit dir reden." Lorenz sah Hanna an, diese nickte. Hanna ging Richtung Haus und Lorenz und Magnus gingen durch den Garten Richtung See. Es dämmerte schon.

Sie gingen erst schweigend nebeneinander her. Lorenz riss einen Ast von einer Hecke, und schleifte ihn hinter sich her.

„Was denn los, Lorenz?" fragte Magnus.

„Ich war bei der Tankstelle um zu tanken kurz bevor ich bei euch ankam. Rate mal wen ich da gesehen habe? Konstanze!"

„Was? Das kann nicht sein. Hat sie dich bemerkt?

„Nein, ich habe schnell bezahlt und bin abgerauscht. Ich habe mich echt zusammenreißen müssen!"

„Das kann ich mir vorstellen. Was willst du nun machen?" fragte Magnus.

„Ich habe die Polizei informiert. Da habe ich aber wenig Hoffnung. Es macht mir eher Sorgen, dass sie hier bei Lina aufgetaucht ist!" Lorenz schüttelte den Kopf.

„Es macht mir auch Sorgen"

„Mal was anderes Magnus. Hanna ist so verändert. Gar nicht mehr so distanziert, oder täusche ich mich da?" fragte Lorenz.

„Nein, da täuscht du dich nicht. Sie hat auch eine Neuigkeit für dich."

„Was für eine Neuigkeit?"

„Das soll sie dir selbst sagen. Meine Frage ist nur. Was ist mit dir? Kannst du dich auf alles einlassen? Kannst du deine Wut überwinden, was Hanna betrifft?" Magnus blieb stehen und sah Lorenz direkt an.

„Ok. Hanna wird es mir schon erzählen." Lorenz fasste sich nervös an sein Kinn. „Das weiß ich nicht, Magnus. Ich bin teilweise so wütend. Was Hanna sich geleistet hat, ist so schwer für mich zu verstehen. Ich würde so gerne unbedarft auf sie zugehen. Besonders jetzt, da sie sich wohl sehr geändert hat. Sie ist so erwachsen."

„Lorenz, du hast dich darüber aufgeregt, das Hanna für dich so kindisch war und immer die Sache mit Afrika nicht vergessen konnte. Nun bist du genauso kindisch!"

„Wieso kindisch? Was Hanna sich geleistet hat ist wohl schlimmer!" Lorenz war wieder wütend.

Magnus verdrehte die Augen. Er konnte es nicht fassen. Lorenz hatte sich überhaupt nicht geändert. „Warum bist du dann immer so besorgt? Lässt alles stehen und liegen, wenn was mit Hanna ist? Erklär mir das mal. Lorenz, das passt nicht zusammen!"

Lorenz sah Magnus an. Er konnte darauf nichts sagen. Er fuchtelte mit seinem Ast in der Luft herum und sah Magnus nur an.

„Was willst du mir damit sagen?" frage Magnus.

„Keine Ahnung. Ich habe keine Antwort, Magnus."

„Ah ja. Du liebst sie doch noch, oder?"

Lorenz sah Magnus an sagte kein Wort. Schweigend gingen sie weiter Richtung See, es war bereits dunkel geworden.

Sie liefen einige Zeit schweigend nebeneinander her. Von weitem sah Lorenz die Laternen am See.

„Irgendwie seltsam, so im Dunkeln zu laufen." sagte Lorenz.

„Ja, das stimmt. Aber wir haben ja schon immer so komische Sachen getan." lachte Magnus.

„Na, es gibt Schlimmeres." Lorenz lachte nun auch.

„Denkst du wirklich, dass ich kindisch bin?"

„Ja, das bist du. Wie lange willst du noch darauf herum reiten? Es lässt sich nicht mehr ändern!" sagte Magnus bestimmt.

„Du hast ja Recht. Nur die Wut, sie steigt einfach in mir hoch. Wie soll ich das kontrollieren?"

„Gute Frage, die Wut hast du schon seit ich dich kenne. Du musst sie aber in Griff bekommen, sonst wird das nie was!"

„Stimmt, kommt lass uns mal schneller laufen. Die Dunkelheit ist schon komisch."

„Wollen wir nicht zurück laufen?" fragte Magnus „Langsam bin ich echt müde."

„Ok." sagte Lorenz, beide gingen schneller. Bald kamen sie bei Linas Hof an.

Magnus ging in sein Zimmer zu Sabrina.

Lorenz sah vorsichtig in Hannas Zimmer, sie schlief tief und fest. Leise schloss er die Tür und ging selbst in sein Zimmer.

Hanna wachte sehr früh auf. Sie stand auf, sah nach Anne, die noch tief und fest schlief. Hanna sah auf die Uhr, es war 5 Uhr. Sie konnte nicht mehr schlafen.

Hanna zog sich rasch und leise an und sah aus dem Fenster. Es war grau draußen und es regnete.

Hanna verließ mit dem Babyphone leise ihr Zimmer und ging in die Küche.

Wie friedlich es am frühen Morgen ist, dachte sie, ging in die Küche und kochte sich einen Kaffee.

Hanna schloss schnell die Küchentür, damit sie niemanden weckte. Sie legte das Babyphone auf den Küchentisch.

Hanna goss sich einen dampfenden Kaffee ein, ging zum Kühlschrank um noch Milch für ihren Kaffee zu holen.

Sie setzte sich an den Küchentisch und sah aus dem Fenster. Hanna mochte Regen, nur am Morgen ist es schon etwas bedrückend. Sie ging zum Küchenschrank holte eine Kerze hervor und zündete sie an „Schon besser." sagte sich zu sich selbst.

Gedanke verloren saß Hanna in der Küche, als plötzlich die Tür aufging.

„Oh, hier riecht es ja schon nach Kaffee." sagte Magnus, griff nach einer Tasse und goss sich einen Kaffee ein.

„Hanna, du auch schon wach?"

„Ja, ich konnte einfach nicht mehr schlafen. Was machst du schon auf, Magnus?"

„Ich habe keine Ahnung, ich war plötzlich hellwach. Das Wetter ist aber nicht gerade schön, oder?" Magnus blickte besorgt aus dem Fenster.

„Nein, aber Regen braucht die Natur." Hanna lächelte.

„War ja klar, unsere Naturliebhaberin." sagte Magnus und setzte sich zu Hanna.

„Genau. Wohin seid ihr denn gestern gelaufen? Ich war so müde das ich bald einschlief."

„Wir sind Richtung See gelaufen und es wurde sehr schnell dunkel. Es war ungefähr 24 Uhr, als wir wieder zurück waren. Haben über Konstanze gesprochen."

„Und?" fragte Hanna

„Nichts. Wir sind zu keiner Lösung gekommen. Alles andere soll er mit dir besprechen."

„Natürlich, wird nicht einfach werden. Er war so, wie soll ich sagen, teilweise distanziert."

„Ja, leider. Habe mit ihm darüber gesprochen. Hoffe es hat was gebracht."

„Wir werden sehen." sagte Hanna „Magnus, wollen wir nicht etwas backen? Ich hätte Lust dazu. Lina würde sich bestimmt freuen." Hanna sah Magnus fordernd an.

„Tolle Idee. Aber nicht nur einen Kuchen."

„Nein nicht nur einen Kuchen." sagte Hanna. Beide standen auf und begannen mit viel Freude zu backen.

Es waren zwei Stunden vergangen. Magnus und Hanna, begutachteten ihr Werk. Sie hatten einen Marmor-, Apfel- und Kirschkuchen gebacken und noch Frühstückshörnchen.

„Wie gut, dass man bei Lina mehrere Kuchen auf einmal backen kann." sagte Magnus und wischte sich das Mehl von der Stirn.

„Du hast Mehl auf der Stirn, Magnus. Sehe dir mal deine Hände an. Du verwischt alles." Hanna musste herzhaft lachen.

Magnus sah sich in den Spiegel, er hatte das Mehl sogar in seinen langen schwarzen Haaren.

„Ok, ich sollte duschen. Aber erst räumen wir hier noch auf. Deckst du dann den Tisch?"

„Ja mache ich gerne, Magnus."

Eine halbe Stunde später war alles fertig. Hanna hatte frischen Kaffee gekocht und gönnte sich noch eine Tasse. Da hörte sie plötzlich Anne „Mama." über das Babyphone rufen. Sie ging direkt zu ihrer kleinen Tochter.

„Guten Morgen meine kleine Maus, hast du gut geschlafen?" sagte Hanna die sich über das Kinderbett beugte.

Anne stand in ihrem Bett und streckte ihre Ärmchen nach Hanna aus „Mama."

Hanna hob Anne aus dem Bett. Anne schmiegte sich an Hannas Schulter.

„So Anne, wir ziehen dich schnell an und dann gehen wir frühstücken."

„Mhmm." sagte Anne.

Mit Anne auf dem Arm, ging Hanna in die Küche. Sie setzte Anne in ihren Hochstuhl. Hanna bereitete für Anne einen frischen Kakao zu.

Sie goss den Kakao, in Annes Trinkgefäß und stellte ihr einen kleingeschnittenen Marmorkuchen dazu.

„Zur Feier des Tages bekommst du heute auch Kuchen zum Frühstück."

Anne freute sich und schob sich ein kleines Stück Kuchen in den Mund und murmelte „Mhm."

Hanna setzte sich zu Anne. Sie trank ihren Kaffee und aß ein Stück Apfelkuchen.

Die Tür von der Küche ging auf. Herein kam, Magnus mit Sabrina und Lina.

„Was ist denn hier passiert? Der Kuchen war Gestern Abend noch nicht da." staunte Lina.

„Haben ich und Hanna heute Morgen alles schnell gebacken. So was passiert, wenn man nicht mehr schlafen kann." sagte Magnus stolz.

Sie setzten sich alle an den Tisch und begannen ausgiebig zu Frühstücken. Karl kam kurze Zeit später auch in die Küche „Was für ein Festmahl." sagte er und goss sich Kaffee ein und nahm sich ein großes Stück Kirschkuchen.

Nach einiger Zeit fragte Magnus: „Wo ist Lorenz?" er sah Hanna an.

„Ich habe ihn heute Morgen noch nicht gesehen. Als du duschen gingst wachte Anne auf."

Magnus nickte. „Ich sehe mal nach ihm." sagte er und stand auf.

Magnus ging die Treppe hoch und klopfte an Lorenz Tür. „Lorenz?" rief er. Niemand antwortete.

Magnus öffnete vorsichtig die Tür und sagte „Lorenz bist du schon wach?"

Magnus trat nun komplett in das Zimmer von Lorenz und sah, dass er nicht da war. Das Bett war unberührt. Magnus wunderte sich. Aber er kannte Lorenz. Des Nachts stand er oft auf oder schlief erst gar nicht und ging joggen oder spazieren.

Lorenz stand am See, er war die ganze Nacht herum gelaufen. Er war erst auf seinem Zimmer gewesen, konnte aber die Worte von Magnus nicht vergessen. Lorenz konnte nicht schlafen, er kam nicht zur Ruhe. Seitdem ist er unterwegs.

Es war lange stockdunkel gewesen, aber dann dämmerte es. Leider fing es gegen 3 Uhr zu regnen an. Lorenz wollte nicht zurück, zu Linas Hof.

Er frage sich wieder laut „Hat Magnus wirklich recht? Sollte ich Hanna verzeihen und nicht mehr wütend sein?"

Lorenz schüttelte den Kopf, wer sollte schon antworten. Plötzlich hörte er eine weibliche Stimme:

„Du sollst Hanna auf den Mond schießen. Sie ist die Falsche! Ich wusste es, du bist mit ihr zusammen." sagte die Stimme wütend.

Lorenz erkannte die Stimme sofort, und dreht sich herum. „Konstanze!" sagte er.

Konstanze ging auf Lorenz zu „Du bist ja ganz nass." sagte sie und wollte in berühren.

Lorenz ging sofort einige Schritte rückwärts und sagte: „Das geht dich nichts an. Verschwinde!"

Konstanze kam wieder auf Lorenz zu. „Bleib endlich stehen." sagte sie.

„Nein! Ich will nichts mit dir zu tun haben! Ich glaube, dass habe ich dir schon des Öfteren gesagt, auch über das Gericht!" Lorenz wurde immer wütender.

„Was machst du eigentlich hier?" fragte er.

„Ich habe den ganzen gestrigen Tag den Hof beobachtet. Da ich dich an der Tankstelle gesehen habe, war mir klar du fährst zu Magnus." Konstanze sagte das stolz, denn sie fand, sie habe gut kombiniert.

Lorenz dachte: ‚Blöde Tankstelle' und sagte „Konstanze, fahr wieder nach Hamburg oder zu deiner Mutter nach Schweden. Suche dir jemand anderen. Ich will dich nicht! Begreife es endlich. Bitte, hole dir endlich Hilfe!" Lorenz versuchte, sie zu Vernunft zu bringen. Aber, er hatte wenig Hoffnung.

„Ich werde nicht eher nach Hause fahren, bevor ich weiß von wem Hannas Kind ist!" sagte sie bestimmt.

„Was interessiert dich das? Es geht nur Hanna etwas an und dem Vater ihres Kindes." sagte er in der Hoffnung, dass sie keinen Verdacht schöpfte.

„Doch es geht mich was an. Du scheinst Hanna sehr zu lieben. Das verletzt mich. Besonders, sie ist eine schöne Frau. Dann hat sie noch ein Kind? Ich will es wissen. Ich habe ein Recht, das zu wissen!"

Lorenz gab es auf. „Verschwinde endlich. Du hast überhaupt keine Rechte. Wenn ich dich noch einmal hier sehe, rufe ich erneut die Polizei. Ich werde sie später auch informieren, dass ich dich hiergesehen habe."

Konstanze kam näher sagte böse „Das wagst du nicht!"

Lorenz sagte nur scharf „Gestern schon passiert. Verschwinde!" sagte er, drehte sich um und ging Richtung Linas Hof.

Konstanze blieb stehen. Sie konnte es nicht glauben. Das war doch nicht „ihr" Lorenz.

Sollte sie aufgeben? „Nein!!!" sagte sie laut „Für heute Ja. Aber ich komme wieder."

Lorenz drehte sich um und sah wie Konstanze in die andere Richtung ging. Er wusste, das war nicht das Letzte mal. Er hätte es Hanna so gerne erspart, den ganzen Ärger mit Konstanze. Deswegen hatte er auch nie über sie geredet. Er schüttelte wieder den Kopf.

Er sah Linas Hof. Er war froh, denn ihm war mittlerweile sehr kalt und er hatte großen Hunger.

Magnus stand an der Tür und sah den komplett durchnässten Lorenz auf sich zukommen.

„Sag nichts Magnus." Lorenz ging an Magnus vorbei um heiß zu duschen.

Magnus wunderte sich über nichts mehr. „War das Lorenz?" hörte er Sabrina hinter ihm sagen „Er ist ja komplett nass."

„Ja, das war er. Kam gerade von einem seiner Streifzüge zurück. Kommt lass uns reingehen. Ich habe noch Hunger." sagte Magnus und schloss die Tür. Mit Sabrina im Arm gingen sie zusammen in die Küche.

Alle saßen noch, lachend und redend in der Küche.

„Ist noch Kaffee da?" fragte Magnus.

„Ja, habe gerade frischen gemacht." sagte Lina.

Magnus goss sich und Sabrina eine Tasse ein und setzte sich erneut an den Tisch.

Er nahm sich ein frisches Hörnchen und bestrich es mit selbstgemachter Marmelade.

Die Tür ging auf. Lorenz kam herein, frisch geduscht und umgezogen.

„Hier riecht es aber gut, nach Kaffee und frischen Kuchen." Lorenz setzte sich und begann genüsslich zu essen.

„Wo kommst du denn her?" fragte Lina.

Hanna blickte auf und sah zu Lorenz.

„Ich war spazieren, musste nachdenken. Konnte nicht schlafen heute Nacht." sagte Lorenz und sah zu Hanna. Diese nickte und lächelte.

„Ah das soll mir reichen, Lorenz?" sagte Magnus und stupste Lorenz an der neben ihm saß.

„Ja, fürs Erste" sagte Lorenz und aß.

„Ok."

Das Gespräch am Küchentisch wurde wieder entspannter und alle genossen den schönen Morgen.

Magnus stand mit Sabrina neben der Haustüre, unter einem kleinem Dächchen.

Es regnete immer mehr und beide wollten nicht nass werden.

„Über was hast du Gestern mit Lorenz gesprochen?" fragte Sabrina

Magnus beugte sich zu Sabrina und gab ihr einen Kuss auf die Wange.

„Neugierig wie eh und je." sagte er.

„Hör auf, kommt schon." Sabrina knuffte Magnus in die Seite.

„Aua!" sagte Magnus „Ich habe mit ihm über Konstanze gesprochen und darüber, dass er endlich aufhören soll auf Hanna wütend zu sein." erklärte er.

„Oh man, Konstanze. Denkst du sie ist endlich weg?"

„Nein. Ich hatte den Eindruck, heute Morgen, als wenn Lorenz was erzählen wollte. Hoffe es hört endlich auf.

Mich ärgert so, das sie hier aufgetaucht ist. Hanna hätte es nicht erfahren sollen!" sagte Magnus.

„Magnus, es ist doch wichtig, dass Hanna es weiß. Keine Lügen mehr verstehst du?"

„Du hast Recht. Lügen bringen nichts!" Magnus zog Sabrina in seine Arme und flüsterte

„Ich bin so froh, dich zu haben. Ich liebe dich, Sabrina."

Sabrina schmiegte sich an ihn und sagte „Ich liebe dich auch."

Sie standen lange so da. „Magnus, kann ich dich mal sprechen?" Sabrina und Magnus schreckten auf. Lorenz stand vor ihnen.

„Natürlich. Wollten wir etwas spazieren gehen. Aber nur mit wetterfester Kleidung."

„Ok." sagte Lorenz und ging voraus ins Haus um sich umzuziehen.

„Bis später, mein Schatz." sagte Magnus und gab Sabrina einen Kuss.

„Ja bis später." sagte Sabrina und ging zu Hanna und Anne, zurück in die Küche.

Diesmal gingen Magnus und Lorenz Richtung Dorf. Es regnete etwas weniger.

„Müssen wir immer spazieren gehen? Lass uns doch in das Café in der Ortsmitte gehen." sagte Lorenz, er war müde und hatte keine Lust mehr zu laufen.

„Sehr gerne. Das Wetter schreit fast nach einem heißen Kaffee oder Tee."

Magnus und Lorenz gingen schneller, um aus dem Regen heraus zu kommen. Sie kehrten in das Café ein und setzten sich. Eine freundliche Bedienung kam

„Was kann ich ihnen bringen?" sagte sie und lächelte Lorenz an.

„Zweimal Kaffee, bitte." Die Bedienung nahm die Bestellung auf und ging zum Tresen.

„Hast du die Bedienung gesehen, Lorenz. Die hat dich ganz schön an geflirtet." Magnus grinste.

„Was? Ist mir gar nicht aufgefallen. Magnus, was ich dir erzählen wollte" Lorenz konnte nicht weiterreden da die Bedienung den Kaffee brachte. Als sie gegangen war, redete Lorenz weiter „Heute Morgen, als ich noch im Wald war, stand plötzlich Konstanze vor mir. Sie hat mir Vorwürfe gemacht wegen Hanna. Sie ist sehr fixiert auf Anne. Das hat mir wirklich Angst gemacht. Habe ihr nicht gesagt, dass ich der Vater bin. Ich habe zu ihr gesagt sie soll verschwinden." Lorenz holte tief Luft „es wird Zeit das dieses Thema endlich endet."

„Was? Sie war im Wald? Woher wusste sie, dass du da bist?" Magnus war verwundert.

„Sie hat wohl den ganzen Tag Linas Hof beobachtet. Sie hat mich leider an der Tankstelle doch gesehen."

„So ein Mist. Du musst die Polizei informieren. Sie braucht Hilfe."

„Ich habe die Polizei heute Morgen bereits erneut angerufen. Sie wollen sich darum kümmern. Magnus, ich sagte ihr auch sie brauche Hilfe. Ich will endlich meine Ruhe haben!"

„Das schaffen wir Lorenz." Magnus sah Lorenz direkt an „ganz bestimmt."

„Lorenz, ich habe noch eine Idee!" sagte Magnus plötzlich.

„An was denkst du, Magnus?" Lorenz wunderte sich und war sehr gespannt.

„Ruf deine Mutter an. Sie soll herkommen. Noch besser, vielleicht kann sie die Mutter von Konstanze mitbringen. Sie hatte doch immer einen großen Einfluss!"

„Meine Mutter? Aber, Hanna und Anne. Sie weiß nichts von Beiden." Lorenz stammelte.

„Was? Das ist nicht dein Ernst. Umso wichtiger, dass du sie anrufst! Glaube mir, das ist die beste Idee."

„Kann ich darüber nachdenken?"

„Ja, Lorenz, aber nicht zu lange. Kommt lass uns zahlen ich möchte zurück."

Sie zahlten und gingen im Regen zurück zu Linas Haus. Beide waren beruhigt. Lorenz fand die Idee von Magnus gar nicht so schlecht.

Kurze Zeit später kamen beide am Hof an. Magnus ging auf sein Zimmer und Lorenz in das Wohnzimmer. Er wollte sofort seine Mutter anrufen. Lorenz setzte sich neben das Telefon. Lina hatte noch einen Festapparat.

„Nostalgie." sagte Lorenz laut zu sich.

Lorenz wählte ihre Nummer.

„Halver." sagte eine weibliche Stimme am anderen Ende der Leitung.

„Mama schön, dass ich dich gleich erreiche." sagte Lorenz, er freute sich ihre Stimme zu hören.

„Lorenz, wie schön. Wie geht es dir? Hast dich schon lange nicht mehr gemeldet." sagte Liv Halver.

„Ich weiß Mama. Aber, nun melde ich mich ja."

„Was ist los? Du rufst doch nicht einfach so an" sagte Liv.

„Mama, ich muss dir was sagen. Aber am Telefon?" Lorenz zögerte.

„Nun sag schon. Lass dir nicht alles aus der Nase ziehen." Liv wurde ungeduldig.

„Nun es gibt zwei Sachen, etwas Schönes und weniger Schönes."

„Dann erst das was nicht so schön ist."

„Mama, Konstanze ist hier. Ich bin mit Magnus bei Freunden und Konstanze ist hier aufgetaucht. Ich brauche deine Hilfe."

„Oh nein, ich dachte sie hat sich endlich beruhigt. Wie kann ich dir helfen?" fragte Liv.

„Könntest du mit Konstanzes Mutter sprechen? Dass sie herkommt und Konstanze ins Gewissen spricht? Denn sie belästigt nicht nur mich. Es wird immer schlimmer Mama." Lorenz wurde nervös.

„Könntest du endlich etwas genauer werden. Lorenz ich verstehe kein Wort".

Lorenz fasste sich ein Herz und erzählte seiner Mutter die ganze Geschichte, über das Kennenlernen von ihm und Hanna, über die Probleme, die sie hatten. Lorenz erzählte ihr auch, wie er sich gegenüber Hanna verhalten hatte. Er holte tief Luft und erzählte Liv das Wichtigste.

„Es gibt noch etwas Mama. Der Grund warum ich teilweise wütend auf Hanna bin."

Liv musste sich setzen „Was kommt denn noch?" fragte sie.

„Du bist Großmutter. Das ist der Grund warum ich so wütend bin auf Hanna, da sie mir nicht gesagt hatte, dass sie schwanger war. Ich habe mein Kind erst kennengelernt, da war sie schon auf der Welt." Lorenz atmete schwer.

Liv sagte erst mal nichts. Sie konnte es nicht fassen, sie war Großmutter und Lorenz sagte ihr kein Wort.

Sie sagte etwas verärgert „Großmutter? Das sagst du mir erst jetzt. Wie alt ist das Kind, wie heißt es. Junge oder Mädchen?"

„Es ist ein Mädchen, sie heißt Anne und ist 1,5 Jahre alt."

„Lorenz, wie konntest du nur? Warum hast du nichts erzählt. Du hast mich doch immer besucht. Weiß, deine Hanna von mir?" Liv war aufrichtig bestürzt.

Lorenz atmete tief ein „Hanna, weiß von dir seit Gestern. Ich habe ihr nichts von mir erzählt. Da ich ihr auch von Konstanze hätte erzählen müssen. Das wollte ich nicht. Es ist nicht einfach zwischen uns. Mama, Konstanze hat Hanna und Anne entdeckt. Sie möchte unbedingt wissen von wem das Kind ist. Sie belästigt Hanna."

„Lorenz, was du dir immer denkst. Wie konntest du mir Hanna und Anne verschweigen und Hanna nicht sagen, dass es mich gibt. Das war so nicht in Ordnung?" Liv schimpfte mit Lorenz.

„Mama, jetzt weiß ich auch, dass es ein Fehler war. Muss mit Hanna noch reden. Die Geschichte hat ihr Magnus erzählt. Bevor du was sagst, ja ich war feige. Ich gehe ihr auch seit ich hier bin aus dem Weg." erklärte Lorenz.

„Lorenz, du musst mit Hanna sprechen bald. Ich versuche so schnell wie möglich zu euch zu kommen. Vielleicht schaffe ich es Britt Mai mitzubringen." sagte Liv bestimmt.

„Mama, danke. Ich werde mit Hanna reden."

„Versprochen?" fragte Liv.

„Ja, versprochen. Bis bald und gebe Bescheid wann du kommst."

„Nein, das mache ich nicht. Es ist eine Überraschung. Bis bald, Lorenz." Liv legte auf.

Sie war immer noch wie vom Donner gerührt. Wie konnte er nur. Sie schüttelte den Kopf.

Als sie sich wieder gefangen hatte, rief sie Britt Mai an die Mutter von Konstanze.

Es war ein kurzes Gespräch, in dem alles geklärt wurde. Liv und Britt Mai würde am nächsten Tag zu Lorenz fahren.

Hanna sah Magnus und Lorenz von ihrem Spaziergang zurückkommen. Sie merkte auch, dass Lorenz im Wohnzimmer telefonierte. Hanna war verärgert, denn sie fand, Lorenz ging ihr aus dem Weg. Sie musste endlich mit ihm reden.

Sie sagte zu Lina: „Ich muss endlich mit Lorenz reden."

„Ja, das wird Zeit. Seit Gestern geht er dir aus dem Weg. Du musst ihm die Neuigkeit sagen und auch wegen seiner Mutter mit ihm reden." Lina sah Anne an, die gerade spielte. Sie sagte zu Hanna: „Ich könnte ja mit Karl und Anne zu Waltraud Schnitzler gehen. Sie freut sich bestimmt Anne zu sehen?"

„Ja, das ist eine gute Idee Omi." sagte Hanna und musste lachen.

„Omi, Omi" sagte Lina und lachte mit. „Komm Anne, wollen wir zu Waltraud gehen?" Lina beugte sich zu Anne hinunter, „Ja." sagte Anne, stand auf und rannte in den Hausgang „Gehen, gehen" rief sie. Karl hörte das und fragte „Wohin willst du, Anne?" Anne sah Karl an und streckte ihm die Arme entgegen. Er hob sie hoch, Anne sagte „Mit Omi."

Karl sah Lina an, diese erklärte ihm alles. Kurz danach waren alle Drei aufgebrochen.

Hanna atmete noch einmal tief durch und ging dann zu Lorenz in das Wohnzimmer. Lorenz saß immer noch neben dem Telefon und starrte es an.

„Lorenz?" sagte Hanna und legte Lorenz die Hand auf die Schulter.

Lorenz erschrak, doch als er Hanna sah sagte er nur „Hanna!"

„Ich möchte dich sprechen Lorenz. Bitte geh nicht wieder weg. Du kannst nicht ständig von mir davon laufen. Du bist seit Gestern hier. Außer beim Essen oder mal kurz vor der Tür haben wir kein Wort gewechselt." sagte Hanna, sie setzte sich in einen Ohrensessel.

Lorenz stand auf und setzte sich Hanna gegenüber „Ja das stimmt. Ich bin dir aus dem Weg gegangen."

„Warum bist du dann hier?" Hanna wunderte sich.

„Magnus hat mir von Konstanze erzählt. Außerdem wollte ich dich wieder sehen. Ja ich weiß, es wiederspricht sich. Aber, so ist es nun mal." Lorenz versuchte es Hanna zu erklären.

„Verstehen tue ich es nicht wirklich, aber ich werde es akzeptieren" Hanna fand das alles seltsam.

„Hanna, die Sache mit Konstanze belastet mich schon mein ganzes Leben." Lorenz setzte sich auf und beugte sich nach vorne zu Hanna „Ich wollte eigentlich nicht das du je davon erfährst. Aber, als sie hier aufgetaucht ist, ging kein Weg mehr daran vorbei." sagte Lorenz.

„Gut, aber warum hast du mir nicht von deiner Mutter erzählt?" Hanna verstand es nicht.

„Das verstehe ich heute auch nicht mehr. Ich dachte, wenn ich dir von meiner Mutter erzähle, dann erfährst du das von Konstanze."

„Lorenz, das ist eine komische Geschichte. Was hat das eine mit dem anderen zu tun?"

„Tja, dass weiß ich heute auch nicht mehr." Lorenz wurde plötzlich sehr ernst.

„Hanna, es ist lange her, wo wir uns gesehen haben. So haben wir keine Zukunft. Wir sollten reden. Was willst du nun machen? Du sagst mir überhaupt nichts mehr. Dabei finde ich es sehr wichtig. Denn ich will dich nicht aus meinem Leben streichen." Lorenz sah Hanna eindringlich an.

„Was ich machen werde? Ich habe lange darüber nachgedacht und auch mit Karl darüber gesprochen."

„Und?" Lorenz wurde ungeduldig.

Hanna lächelte „Ich bin zu dem Schluss gekommen, dass ich in Nürnberg bleibe. Ich bin so glücklich in dieser Stadt mit meinem kleinen Laden, der Wohnung mit Garten. Außerdem, läuft der Laden sehr gut. Warum sollte ich es aufgeben?" Hanna hoffte, dass Lorenz darüber froh war.

Lorenz verstand erst nicht was Hanna sagte. Er stand auf und ging im Wohnzimmer auf und ab „Seit wann hast du den Entschluss gefasst?" Lorenz wurde wieder wütend.

Hanna sah zu ihm auf „Vor ca. 2 Wochen. Genau weiß ich das nicht mehr. Was ist schon wieder los, Lorenz?"

„Seit 2 Wochen, aha. Mit mir vorher zu reden das stand dir nicht im Sinn?" Lorenz blieb stehen und sah sie böse an.

Hanna konnte es nicht fassen. „Ich wollte dich einfach nur überraschen. Aber, selbst das kann ich nicht." Hanna stand auf, ging ohne Lorenz anzusehen an ihm vorbei, Richtung Tür, sie wollte nur noch weg. Hanna stieß fast mit Sabrina zusammen, hinter ihr stand auch noch Magnus. Hanna ging an beiden vorbei in ihr Zimmer und schmiss die Tür zu.

Sabrina stand schon eine Weile an der Tür des Wohnzimmers. Sie wollte nicht lauschen, hörte aber die Stimme von Lorenz, die sehr wütend klang. Kurz danach stürmte schon Hanna an ihr vorbei.
„Was machst du hier?" Magnus berührte Sabrina an der Schulter. Sabrina erschrak, hatte sie Magnus nicht bemerkt. Sie dreht sich um und sagte „Ich weiß nicht genau was vorgefallen ist. Ich wollte nicht lauschen. Aber Lorenz Stimme klang so wütend. Ich musste stehen bleiben. Gehört habe ich nichts, denn Hanna stürmte schon an mir vorbei."
„Ja, Hanna habe ich auch gesehen. Ich glaube sie hat geweint. Ist Lorenz noch im Wohnzimmer?" fragte Magnus.
„Ja." sagte Sabrina, öffnete die Tür und sah einen sehr verärgerten Lorenz am Fenster stehen. Sie konnte sich nicht zurück halten „Das hast du ja wieder super hinbekommen, Lorenz." sagte sie mit scharfer Stimme. Lorenz fuhr herum und starrte Sabrina wütend an. „Das geht dich nichts an. Was machst du hier?"
„Klar geht das mich was an. Besonders wenn meine beste Freundin weinend an mir vorbei läuft. Ich habe nicht gehört um was es geht. Aber deine Stimme reichte mir." Sabrina stemmte ihre Hände in ihre Hüfte.
Magnus blieb in der Tür stehen und sagte kein Wort. Er sah nur Lorenz an und schüttelte den Kopf. Er hörte Lorenz fast schreien.

„Hanna tut was sie will. Sie trifft Entscheidungen ohne mit mir zu sprechen. Was bildet sie sich ein? Wird das immer so bleiben?" Er wollte aus dem Raum, aber Magnus blieb in der Tür stehen und versperrte Lorenz den Weg.

„Sag mal, was ist denn in dich gefahren? Hanna, wollte dich überraschen. Kannst du endlich mal mit deinen kindischen Spielchen aufhören?" sagte Magnus.

„Ach, du wusstest es wohl auch schon. Wie schön." er drehte sich zu Sabrina um „Du sicherlich auch. Nur ich, erfahre alles zu Letzt." Lorenz konnte es nicht fassen.

Magnus sagte „Sie wollte es dir einfach persönlich sagen, ist das so schlimm?"

„Ja, dass ist es. Nun geh mir aus dem Weg" Lorenz schupste Magnus von der Tür weg und verließ das Wohnzimmer. Er ging aus dem Haus, und stieß einen Blumentopf, mit seinem Fuß um, der zerbrach. Lorenz war außer sich, er ging Richtung See.

Sabrina stand am Fenster und sah Lorenz nach. Sie erkannte ihn nicht mehr.

„Magnus, was ist mit Lorenz los? So habe ich ihn noch nie erlebt?"

„Ich weiß es nicht Sabrina." sagte er und ging zu ihr ans Fenster und legt ihr seinen Arm um die Schulter „ich weiß es nicht." sagte er erneut.

Lina hatte das Scheppern gehört vor dem Haus und sah aus dem Küchenfenster. Sie sah Lorenz wie er wütend davon lief. Sie sah auch den zerbrochenen Blumentopf. Sie schüttelte den Kopf, was wohl wieder los war.

Die Tür ging auf, Magnus und Sabrina kamen in die Küche. Sie unterhielten sich und merkten nicht, dass auch Lina und Anne in der Küche waren.

„Hallo ihr Beiden." sagte Lina.

Magnus und Sabrina, sahen Lina erstaunt an „Oh, wir haben dich gar nicht gesehen." sagten sie gleichzeitig.

Anne stand auf und ging zu Magnus und streckte ihm ihre Arme entgegen. Magnus beugte sich hinunter und nahm Anne auf seinen Arm. Anne schmiegte sich an seine Schulter und sagte „Mhm." Das brachte Lina, Magnus und Sabrina zum Lachen.

Magnus sagte „Anne du hast Geschmack" Sabrina sah ihn an „eingebildet bist du gar nicht?"

„Ich? Sicher nicht." sagte Magnus und lächelte.

Magnus setzte sich mit Anne auf dem Arm an den Küchentisch, Sabrina setzte sich auch.

Lina stand angelehnt an den Küchentresen und fragte „Was war denn das für ein Auftritt von Lorenz. Meine Pflanze und Topf mussten auch darunter leiden."

„Das würde ich auch gerne wissen. Soweit ich Lorenz verstanden habe, ging es nur darum, dass Hanna in Deutschland bleibt. Er ist wütend, weil Hanna das mit ihm nicht besprochen hat. Dabei wollte sie in nur überraschen." erklärte Magnus.

„Was? Deswegen war er wütend? Wo ist denn Hanna?" fragte Lina.

„Wir verstehen das auch nicht, Lina. Was Hanna erzählte kann nicht die Ursache sein." sagte Magnus der mit Anne auf dem Arm auf der Bank saß.

„Hanna ist an uns weinend vorbei gerannt. Ich denke sie ist auf ihrem Zimmer." erklärte Sabrina.

„Sie tut mir so leid. Sie hat sich so geändert und will alles machen, damit sie mit Lorenz eine schöne Zukunft hat. Aber, Lorenz?" Lina schüttelte den Kopf

„Soll ich zu Hanna hoch gehen?" fragte Sabrina, Lina.

„Nein, wir sollten sie alleine lassen. Denke sie braucht die Ruhe."

„Ok. Lina was hältst du davon wenn ich und Sabrina mit Anne in das Spaßbad fahren würden. Da gibt es ein tolles Kinderbecken. Anne wäre abgelenkt. Ich denke auch, es ist besser, wenn du später alleine mit Hanna sprichst, Lina." sagte Magnus

Sabrina war begeistert von der Idee und sagte „Karl nehmen wir dann auch mit.

„Das ist eine tolle Idee, Magnus." sagte auch Lina und ging aus der Küche um Karl zu informieren.

Eine halbe Stunde später winkte Lina allen zu als sie mit dem Auto den Hof verließen.

Lina hörte jemanden die Treppe herunter kommen. Es war Hanna, sie kam auf ihre Großmutter zu und viel ihr in die Arme. Lina war sehr überrascht. Sie ging mit Hanna in die Küche. Hanna setzte sich an den Tisch und Lina goss beiden eine große Tasse Kaffee ein.

Sie stellte eine Tasse vor Hanna, die Milch hineingoss und Lina ansah.

Lina sah Hannas verweinte Augen und musste sofort an ihre Tochter Angelika denken. Sie sahen sich so ähnlich.

„Lina, ich mag nicht mehr kämpfen" sagte Hanna. „Es tut mir zu weh. Immer ist er wütend."

Lina konnte nicht glauben was sie da hörte, sagte aber nichts.

Hanna hielt ihre Tasse Kaffee in der Hand und sah Lina an. „Ich dachte er freut sich. Aber er fühlte sich nur

ausgegrenzt. Lina. In dem einen Fall war es nur meine
Entscheidung ob ich nach Australien gehe. Ich habe
mich für Nürnberg und für Lorenz entschieden. Aber er
ist nur wütend. Ich mag nicht mehr." sagte Hanna
resignierend und mit Tränen in den Augen.
Lina konnte immer noch nichts darauf sagen, ging nur zu
Hanna und legte ihre Hand auf Hannas Schulter.
„Wo ist eigentlich Anne?" fragte sie.
Lina war froh, dass sie darauf antworten konnte. „Anne
ist mit Sabrina, Magnus und Karl im Spaßbad. Magnus
dachte es ist eine gute Idee."
„Ja, das ist eine gute Idee. Anne muss nicht alles
mitbekommen" Hanna sah Lina plötzlich verzweifelt an
„Was soll ich tun, Lina?"
Lina setzte sich an den Tisch, nahm Hannas Hände in
die ihren und sagte nun doch „Hanna, ich weiß es nicht.
Normal würde ich sagen höre auf dein Herz. Aber, mit
Lorenz ist das wohl schwierig."
„Ja, das ist es. Ich weiß nicht was ich tun soll. Manchmal
hasse ich ihn. Ich habe versucht alles zu tun. Sicher bin
ich nicht perfekt, aber ich dachte immer ich kämpfe um
ihn. Aber nun? Ich weiß es nicht." Hanna sah Lina an
und sagte, mit ungewöhnlich starker Stimme.
„Lina, ich denke es ist genug geweint!" mehr sagte sie
nicht.
Lina verstand kein Wort, aber sie sagte nichts dazu.
„Hanna wollen wir nicht ein schönes Abendessen
vorbereiten mit allem drum und dran?"
„Eine gute Idee." sagte Hanna, stand auf und begann mit
Lina das Abendessen vorzubereiten.
Es tat ihr und auch Lina gut, einfach alltägliche Dinge zu
tun.

Lorenz war immer noch sehr aufgebracht. Er konnte sich nicht erklären warum er immer so wütend wurde. Er ging mit schnellen Schritten Richtung See, er wusste nicht genau warum. Es regnete immer noch und er wurde wieder nass. Aber das alles kümmerte ihn nicht. Er dachte an Hanna. Fragte sich, warum er so auf sie wütend war? Sie hat ihm doch eine gute Nachricht mitgeteilt. Lorenz verstand sich selbst nicht mehr. Hanna teilte ihm mit das sie nicht nach Australien geht und er wurde so wütend. „Was ist nur mit mir los?" sagte er laut zu sich.

Lorenz ging weiter, am See vorbei einen Feldweg entlang. Hier war Lorenz noch nie gewesen. Er sah von weitem eine kleine Hütte. Die Neugier trieb ihn immer weiter. Ob da wohl jemand wohnte, dachte er.

Er bog von dem Feldweg ab in einen noch schmaleren Feldweg, damit er zu der Hütte kam.

Lorenz sah von weitem, dass Licht in der Hütte war. Also musste jemand dort leben. Als er näher kam, sah er auch ein kleines altes Auto dort stehen. Vorsichtig, trat er an das Haus heran, er wollte durch eines der Fenster sehen, wo Licht brannte. Lorenz trat leise an ein Fenster und sah hinein. Er konnte nicht glauben, was er sah. Er sah an einer Wand ein Bild von sich und Konstanze aus der Grundschule und auch einen Zeitungsartikel mit ihm und Magnus. Plötzlich kam jemand in den Raum, es war Konstanze, erschrocken trat Lorenz sofort von dem Fenster weg. Geschockt, versucht Lorenz so leise wie möglich sich von der Hütte zu entfernen. Dabei achtete er ganz genau darauf, wo sich die Hütte befand. Damit er Konstanzes Mutter darüber informieren konnte und vielleicht auch die Polizei.

Lorenz ging sehr schnell den Feldweg wieder zurück. Beim See blieb er atemlos stehen.

Er wollte schnell zurück zu Linas Hof. Er wollte sich bei Hanna entschuldigen. Er fand das war bitter nötig.

Nach ca. 20 Minuten war Lorenz wieder bei Linas Hof. Ihm kam ein betörender Duft von der Küche entgegen. Er sah durch das Fenster und sah Lina und Hanna kochen. Der Tisch war mit einer karierten Tischdecke, weißem Porzellan und karierten Servietten gedeckt. Ein kleines Blumengesteck und Kerzen standen auch auf dem Tisch. Es sah wunderschön aus, so gemütlich und beruhigend. Er sah Hanna an, es überkam ihn ein warmes Gefühl. „Warum bin ich nur so böse auf sie." sagte Lorenz zu sich.

Er trat vom Fenster weg, in das Haus, denn plötzlich wurde ihm sehr kalt. Jetzt erst bemerkte er, dass er vollkommen durchnässt war.

Er ging direkt in die Küche und sagte: „Es riecht so gut bei euch." Hanna und Lina drehten sich um und sahen den vor Nässe tropfenden, sie lächelten Lorenz an.

Lina ging auf ihn zu und bat ihn die Nasse Jacke und Schuhe auszuziehen. Lina legte beides auf die Heizung. Sie sagte zu Lorenz „Du solltest erst mal duschen, du holst dir sonst den Tod".

Hanna war wie erstarrt, sie hatte mit jedem gerechnet aber nicht mit Lorenz.

Lorenz sagte „Ich muss erst Hanna etwas sagen." Er trat auf sie zu und sagte „Hanna, es tut mir leid. Ich weiß nicht was in mich gefahren ist. Ich freue mich, dass du in Deutschland bleibst. Es tut mir wirklich aufrichtig leid."

Hanna war überrumpelt, sie sagte: „Lorenz, mir fehlen die Worte. Bitte geh erst duschen du bist eiskalt" Hanna bemerkte es als sie seine Hand berührte.

Lorenz nickte, verließ die Küche um zu Duschen.

„Was ist denn das schon wieder?" sagte Hanna zu Lina „Nimm es so an wie er es gesagt hat, Hanna. Lasse alles auf dich zukommen. Denke so ist es am Besten." sagte Lina.

„In Ordnung." Hanna widmete sich wieder den Knödeln. Eine halbe Stunde später kam Lorenz frisch geduscht und in einen warmen Rollkragenpullover und Jeans in die Küche zurück. „Mir ist immer noch kalt." sagte er.

„Willst du einen heißen Tee?" frage Hanna.

„Gerne." sagte Lorenz und setzte sich in den Sessel der direkt am Fenster und bei der Heizung stand. Dankbar nahm er den Tee von Hanna entgegen. Er sah sie an und sagte: „Hanna, meine Entschuldigung war wirklich ernst gemeint."

Hanna zog sich einen Stuhl heran und setzte sich Lorenz gegenüber „Lorenz, dass habe ich auch so aufgefasst. Danke, ich nehme die Entschuldigung gerne an. Nur, ändert das nicht wirklich alles. Du musst lernen deine Wut zu zügeln."

„Ja ich weiß." sagte Lorenz und blickte zu Boden.

Hanna nickte und stand wieder auf. Denn sie wollte mit Lina das Abendessen weiter vorbereiten. Es war nicht der richtige Zeitpunkt für ein anstrengendes Gespräch. Das wusste Hanna und auch Lorenz. Es entstand eine ausgeglichene Stimmung. Keiner konnte sagen warum. Es kamen auch noch Magnus, Sabrina, Karl und Anne dazu. Frisch geduscht und etwas müde vom Spaßbad.

Alle waren sehr erstaunt über den vollen Tisch, mit Suppe zur Vorspeise, einen Braten mit Knödel, Gemüse und Salat und auf der Anrichte stand ein Obstsalat den Hanna erst einmal in de Kühlschrank stellte.

„Gibt es was zu feiern?" fragte Sabrina überrascht.

„Aber nein." sagte Hanna und Lina gleichzeitig „es passt einfach zum Wetter und wir hatten Lust zu Kochen."

Alle setzten sich an den Tisch und genossen das reichhaltige Abendessen.

Es war ein wunderschöner Abend, es wurde viel geredet und gelacht am Tisch. Als sie mit dem Essen fertig waren, war es schon richtig spät.

Hanna sagte: „Ich bringe Anne in ihr Bett, sie schläft schon fast im Hochstuhl ein". Anne fielen immer wieder die Augen zu.

„Lass mich Anne in ihr Bett bringen, Hanna?" sagte Lorenz.

Alle sahen ihn erstaunt an. Hanna sagte „Aber gerne." sie freute sich über seine Frage.

Lorenz ging mit Anne auf den Arm in das Bad. Er wollte Anne umziehen und ihre Zähne putzen. Als alles erledigt war, trug Lorenz Anne in Hannas Zimmer, legte sie in ihr Kinderbett. „Soll ich was vorlesen?" fragte er Anne.

„Ja." sagte Anne und stand in ihrem Bett auf.

„Komm setz dich hin." sagte Lorenz und zog sich einen Stuhl heran. Er begann vorzulesen, nach einigen Minuten legte sich Anne mit Ferdinand im Arm hin. Sie lächelte ihren Vater an, Lorenz strich ihr sanft über die Wange und las weiter.

Nach ca. 20 Minuten merkte Lorenz, dass Anne eingeschlafen war. Er legt leise das Buch zur Seite und deckte Anne mir ihrer Decke zu. Lorenz beugt sich zu ihr und gab ihr einen Kuss auf die Stirn. „Schlaf gut mein Schatz." flüsterte er. Er sah Anne noch einige Zeit an. Er konnte einfach nicht wegsehen von seiner Tochter. Lorenz war sehr glücklich in diesem Moment.

Lorenz ging in die Küche zurück. Alle saßen immer noch am Tisch, lachten und unterhielten sich. Hanna blickte auf und sagte „Komm Lorenz setz dich zu uns. Möchtest du Kaffee und noch einen Nachtisch."
„Sehr gerne." sagte Lorenz und setzte sich zu den anderen. Der Abend verlief noch sehr schön und sehr lange.
Es war schon spät geworden als Lina sagte: „Es wird Zeit das wir zu Bett gehen, Morgen soll das Wetter wieder schön werden."
„Aber die Küche und das Geschirr?" sagte Sabrina
„Das machen wir Morgen." sagte Lina und verließ die Küche, sie rief allen noch zu „Gute Nacht."
Alle erhoben sich und gingen auf ihre Zimmer. Ein schöner, friedlicher Abend ging zu Ende.

Lina stand am nächsten Morgen bereits um 4.30 Uhr auf. Sie konnte nicht mehr schlafen. Sie ging ins Bad und zog sich an. Sie wunderte sich, denn sie roch frischen Kaffee. „Ich werde alt." sagte Lina zu sich und ging die Treppe hinunter. Doch der Geruch wurde immer stärker, er vermischte sich mit frischem Kuchenduft. Lina ging in die Küche und sah Sabrina, die am Spülbecken stand und den Rest des Geschirrs von Gestern Abend abwusch. Der Küchenwecker klingelte. Sabrina ging zum Backofen, nahm mit Hilfe von

Topflappen einen frischen Käsekuchen aus dem Ofen. Sie stellte ihn auf die Herdplatten.

„Was machst du schon auf, Sabrina?" sagte Lina.

Sabrina erschrak und fuhr herum. „Oh Lina, hast du mich erschreckt. Ich konnte nicht mehr schlafen, deswegen habe ich aufgeräumt und den Kuchen gebacken."

„Ich sehe es. Aber, wir haben doch noch Kuchen." Lina überlegte ob noch Platz im Gefrierschrank war.

„Ja, ich weiß. Nur hatte ich Lust auf Käsekuchen. Kaffee?" Sabrina lächelte verschmitzt.

„Gerne. Was hast du heute vor Sabrina? So wie es aussieht wird es ja ein schöner Tag."

„Ich habe mir noch keine Gedanken gemacht, Lina. Es war gestern ein anstrengender und schöner Tag. Anne war so lustig. Sie ist immer im Wasser herum gesprungen. Magnus musste sie immer auf den Rücken nehmen und im Kinderbecken herum krabbeln. Anne hat dabei immer laut gelacht. Es war ein super Tag. Selbst Karl musste mit Anne im Wasser herum tollen." erzählte Sabrina.

Lina musste lachen. „Das hört sich wirklich toll an." Lina sah aus dem Fenster und sagte zu Sabrina: „Sieh nur, die Sonne geht gerade auf. Komm lass uns raus gehen."

Beide standen auf zogen sich ihre Jacken an und gingen jeder mit einer Tasse Kaffee in der Hand vor das Haus.

„Wie schön." sagte Sabrina. Plötzlich sah sie ein Auto auf den Hof fahren. Sie kannte das Auto nicht.

„Lina, kennst du das Auto?" fragte sie.

„Nein." sage Lina und ging auf das Auto zu was in ihrem Hof parkte.

Eine kleine Frau stieg aus und fragte mit leichtem schwedischen Akzent: „Ist das der Hof von Lina Tent?" Lina ging auf die Frau zu und sagte „Ja, dass ist mein Hof. Was kann ich für sie tun"

Die Frau ging auf sie zu reichte ihr die Hand und sagte „Guten Morgen, Frau Tent. Ich bin Liv Halver. Lorenz Mutter. Entschuldigen sie die frühe Störung. Lorenz sagte mir, dass er hier bei ihnen ist." Sie lächelte Lina freundlich an.

„Frau Halver" sagte Lina erstaunt „ich wusste nicht, dass sie kommen." Lina war wirklich überrascht.

Liv Halver lächelte und sagte „Ich vermute sie wussten nicht einmal, dass es mich gibt."

„Ja, dass stimmt. Entschuldigen sie." sagte Lina.

„Das ist doch nicht ihre Schuld. Da werde ich mit Lorenz noch ein Hühnchen rupfen." sagte sie. Liv Halver ging auf Sabrina zu „Sie sind?" Sabrina wachte aus ihrer Erstarrung auf und sagte „Sabrina Bogmann, die Freundin von Magnus Bowinkel." Liv lachte „Nun Magnus kenne ich wenigstens."

Plötzlich stieg aus dem Auto noch eine Frau aus. Sie ging zu Liv und streckte die Hand Richtung Lina „Entschuldigen sie, ich wollte nicht unhöflich sein. Ich bin Britt Mai. Ich bin wegen meiner Tochter Konstanze hier".

Lina nahm freundlich die Hand von Britt Mai und sagte: „Auch sie sind willkommen Frau Mai."

„Vielen Dank Frau Tent. Das ist nicht selbstverständlich, nachdem was meine Tochter gemacht hat." sagte Britt Mai sehr traurig.

„Sie können doch nichts dafür, Frau Mai. Möchte sie beide Kaffee und einen frischen Käsekuchen von Sabrina? Dann lassen sie uns hineingehen." sagte Lina.
Sie gingen alle vier in die Küche. Britt Mai und Liv Halver setzten sich an den Küchentisch.
Liv sagte: „Wie schön sie es hier haben,"
„Vielen Dank. Ich bin auch sehr stolz auf meinen Hof." sagte Lina und stellte beiden eine Tasse Kaffee hin und ein Stück Käsekuchen.
Beide aßen genüsslich den frischen Käsekuchen.
Lina fragte „Liv, was führt sie zu uns. Darf ich Liv sagen?"
„Natürlich, dürfen sie Liv sagen." sagte Liv freundlich
„Lorenz, hatte mich angerufen. Hat mir erzählt, dass Konstanze auch hier ist. So nebenbei hat er noch erwähnt, dass ich Großmutter bin." Liv war immer noch bestürzt.
„Ich verstehe Lorenz auch nicht immer. Es ist sehr schwierig zwischen ihm und Hanna." sagte Lina. „Hanna hat auch erst vor 2 Tagen erfahren, dass es sie gibt Liv. Anne wird staunen, dass sie eine Oma hat. Ich bin ja ihre Ur-Großmutter."
„Ich bin schon sehr gespannt auf Anne. Werde aber sehr vorsichtig sein. Sie kennt mich nicht."
Sabrina merkte, dass Britt sehr still war. Sie hatte den Blick auf ihren, mittlerweile leeren, Teller gesenkt und sagte kein Wort.
„Frau Mai, alles in Ordnung mit ihnen?" fragte Sabrina.
„Ja. Ich bin nur traurig, dass meine Tochter solche Probleme macht." sagte Britt ohne ihren Blick zu heben.

Lina legte ihre Hand auf die von Britt „Es ist nicht ihre Schuld, Frau Mai. Konstanze muss sich helfen lassen. Machen sie sich bitte keine Vorwürfe."

Britt blickte auf und sah Lina dankbar an „Ich hoffe, dass ihr geholfen werden kann. Ich werde immer hinter ihr stehen. Sie ist mein Kind." sagte Britt bestimmt und war etwas ruhiger.

„Möchte noch jemand Kaffee?" frage Sabrina, sie wollte die Stimmung für den Moment auflockern.

„Ja". sagten alle.

Sabrina ging mit der vollen Kanne zum Tisch und füllte alle Tassen auf.

Hanna hörte Anne leise vor sich hin murmeln. Hanna sah auf die Uhr, es war 8:30 Uhr. Sie war erstaunt, dass Anne so lange geschlafen hatte.

Sie stand auf und ging zum Bettchen von Anne. „Guten Morgen, mein Engel." sagte sie und strich ihrer Tochter sanft über die Wange.

Anne lachte Hanna an und stand im Gitterbettchen auf. „Mama, raus Bett." sagte sie und streckte Hanna ihre Ärmchen entgegen.

Hanna hob Anne aus dem Bett und drückte sie fest. Dann setzte sie Anne auf ihr Bett. Sie kniete sich vor sie hin und sagte: „Wollen wir uns schnell anziehen und waschen und dann Frühstücken?"

„Ja." sagte Anne rutschte von Hannas Bett und lief Richtung Badezimmer.

Frisch gewaschen und angezogen gingen Anne und Hanna die Treppe hinunter Richtung Küche.

Hanna hört fremde Stimmen. Machte sich aber keine Gedanken. Mit Anne auf dem Arm öffnete sie die

Küchentür und sah zwei Frauen am Tisch sitzen, die sie nicht kannte.

Lina kam sofort auf sie zu und nahm Hanna Anne ab und fragte Anne: „Soll ich dir einen Kakao machen?"

Anne strahlte Lina an „Kaba" sagte sie. Lina setzte Anne auf die Arbeitsfläche, damit sie ihr genau zusehen konnte. Hanna stand immer noch, wie vom Donner gerührt, in der Küchentür.

„Hanna?" sagte Sabrina. Hanna blickte verwirrt in die Runde und schloss die Küchentür.

„Guten Morgen." sagte sie und reichte Liv die Hand. Liv nahm Hannas Hand und fragte „Sind sie Hanna?"

„Ja, ich bin Hanna und sie?" fragte Hanna und reichte auch Britt die Hand.

Liv stand auf und stellte sie Hanna gegenüber „Ich bin Lorenz Mutter, Liv Halver". Britt sagte nichts.

Hanna nahm sich schnell einen Stuhl und setzte sich, ihr war schwindlig geworden. Liv nahm sich ebenso einen Stuhl und setzte sich Hanna gegenüber und sah sie an.

„Alles in Ordnung, Hanna?"

Hanna sah Liv genau an. Sie erkannte große Ähnlichkeit mit Lorenz. Nur dass Liv Halver klein war. „Ja, alles in Ordnung Frau Halver. Ich habe nur nicht mit ihnen gerechnet. Ich habe erst vor 2 Tagen erfahren, dass es sie überhaupt gibt." erklärte Hanna.

„Hanna, mir ging es genauso. Lorenz hatte mir auch Nichts erzählt. Bitte nenne mich Liv. Ist das Anne?" fragte Liv, die Anne ansah wie sie auf der Arbeitsfläche saß und Lina zusah.

„Ja, das ist Anne. Sie ist 1,5 Jahre alt." sagte Hanna. Hanna, sah Richtung Britt, denn sie hatte bemerkt, dass Britt die ganze Zeit interessiert zu ihr herüber sah.

„Wer sind sie, wenn ich fragen darf." sagte Hanna zu Britt gerichtet.

Britt fühlte sich ertappt und sagte „Ich bin Britt Mai, die Mutter von Konstanze."

Hanna hielt ihr ihre Hand entgegen und sagte „Schönen guten Morgen, Frau Mai."

Sabrina merkte, dass Hanna sich nicht wohl fühlte. Sie ging auf sie zu und fragte:

„Möchtest du einen Kaffee und frischen Käsekuchen?"

Hanna war sehr dankbar über die Frage von Sabrina, es lockerte die angespannte Stimmung auf.

„Gerne." sagte sie. Sabrina brachte ihr Kaffee und Kuchen und setzte sich neben Hanna.

Anne saß auf Linas Schoß, die ihr half den Kakao aus einer Tasse zu trinken. Lina bemerkte die angespannte Stimmung und sagte:

„Sabrina, hat heute Morgen die ganze Küche aufgeräumt und auch noch einen Kuchen gebacken" Lina wusste nicht warum sie das sagte.

Sabrina antwortete „Tja, ich kann das." Alle mussten lachen und waren froh der angespannten Stimmung einige Zeit zu entkommen.

Lorenz, Magnus und Karl standen fast zur gleichen Zeit auf. Sie begegneten sich im Gang.

„Guten Morgen." sagten alle drei gleichzeitig.

„Habe ich einen Hunger." sagte Magnus und ging die Treppe hinunter. Karl und Lorenz folgten ihm.

Alle wunderten sich, warum es so still war im Haus.

Als sie in die Küche kamen, war alles aufgeräumt. Nur auf dem Tisch, standen 3 Gedecke, Kuchen und Brötchen.

Es lag ein Zettel auf dem Tisch, auf dem Stand „Es steht alles im Kühlschrank. Kaffeemaschine muss eingeschaltet werden. Wir sind alle unterwegs. Gruß Lina."

Karl schaltete die Kaffeemaschine ein. Lorenz und Magnus holten Wurst, Käse, Marmelade und Butter aus dem Kühlschrank und setzten sich an den Tisch.

Karl kam sobald der Kaffee fertig war auch an den Tisch. Sie aßen alle drei mit großem Appetit. Plötzlich bemerkte Karl das Auto von Liv, dass auf dem Hof stand, durch das Fenster.

„Was ist denn das für ein Auto?" fragte er Magnus und Lorenz.

Beide sahen aus dem Fenster Magnus sagte „Keine Ahnung." Lorenz erschrak innerlich und sagte „Das ist das Auto vom meiner Mutter."

„Deiner Mutter?" fragte Karl.

„Ja. Das ist das Auto meiner Mutter, sieht man auch an dem Kennzeichen"

„Lorenz, du hast Recht. Ein schwedisches Kennzeichen." sagte Magnus „Aber, warum ist sie hier?"

„Magnus, ich hab sie doch angerufen. Weißt du nicht mehr? Aber ich dachte nicht, dass sie so schnell hier ist. Aber wo ist sie?" Lorenz trat näher an das Fenster, er hoffte sie zu sehen.

„Sie wird schon irgendwo sein" sagte Magnus und räumte den Tisch ab „Komm Lorenz helfe mir mal. Wir wollen die Küche so sauber verlassen, wie wir sie vorgefunden haben." sagte Magnus.

Karl stand auf und half Magnus. Lorenz stand wie hypnotisiert am Fenster.

Eine halbe Stunde später waren Karl und Magnus fertig. Karl ging zum Fenster und klopfte Lorenz auf die

Schulter. „Wir sind fertig du darfst dich wieder bewegen." scherzte er.

Lorenz erschrak. „Entschuldigt." sagte er und verließ die Küche und ging hinaus auf dem Hof.

Er lief jede Ecke des Hofes ab. Nirgends konnte er seine Mutter entdecken. Er dachte nur daran, ob sie schon Hanna und Anne gesehen hatte. Das hätte er nicht gewollt. Er war wieder wütend, diesmal auf sich. Weil er so lange geschlafen hatte.

Magnus kam auch nach draußen. Er sah Lorenz über den Hof rennen.

„Lorenz." rief er „sie wird schon noch kommen."

Lorenz sah Magnus und ging auf ihn zu. „Wo kann sie sein?"

„Keine Ahnung, Lorenz. Ich denke sie ist früh hier angekommen. Vielleicht sieht sie sich einfach mit Lina die Gegend an."

„Aha und Hanna und Anne?" sagte Lorenz nervös.

„Vielleicht sind sie dabei? Sabrina, ist ja auch nicht hier. Lorenz es sind alles erwachsene Menschen. Ok, außer Anne. Sie kommen schon wieder zurück. Lina hat ja auch einen Zettel geschrieben. Beruhige dich." Magnus war von Lorenz genervt.

„Ist ja gut Magnus. Da hast du wohl recht."

„Logisch Lorenz." sagte Magnus und ging wieder ins Haus. Lorenz folgte ihm.

„Ich will joggen gehen Lorenz, kommst du mit. Ich ziehe mich nur schnell um." sagte Magnus zu Lorenz der hinter ihm lief.

„Gerne Magnus."

20 Minuten später, trafen sich beide vor dem Haus und liefen los.

Es war ein wunderschöner Morgen. Nach dem ausgiebigen Regen Gestern, war die Landschaft wie gewaschen. Es stieg auf dem Feld ein zarter Nebel auf, die Sonne strahlte noch etwas schwach. Es war kühl, aber wunderschön.
Lina ging mit Liv spazieren. Es hatte sich am Frühstückstisch so ergeben. Hanna, Sabrina und Anne sind nach Lübeck gefahren. Denn sie wollten shoppen gehen. Britt wollte sich zurückziehen. Lina zeigte ihr das Gästezimmer. Britt nahm es dankbar an.
So kam es, dass Lina und Liv die Küche säuberten und dann beschlossen spazieren zu gehen.
Aber nicht, bevor sie ein Frühstück für die drei Männer vorbereiteten.
„So schnell lernt man sich kennen." sagte Liv „Ich kann immer noch nicht verstehen, was Lorenz sich dabei gedacht hatte. Ok, eine Freundin zu verheimlichen, dass kann ich noch verstehen. Aber, ein Kind? Meinen Enkel? 1,5 Jahre ist die Kleine alt und so hübsch"
Liv schüttelte den Kopf.
Lina blieb stehen und sah Liv an „Liv, verstehen tue ich es auch nicht. Nur ändern können wir es nicht mehr. Was Lorenz dazu bewogen hat, versteht wohl nur er."
Liv sah Lina an und war ihr sehr dankbar „Danke, Lina. Aber sein Kopf wird noch gewaschen" sagte sie und beide gingen weiter.

Als Lina die Tür schloss, sah Britt sich in dem Zimmer um. Es war etwas rustikal eingerichtet.
Mit alten Möbel aber durchaus sehr gemütlich. Britt ging ans Fenster das zum Hof gerichtet war. Sie sah hinaus.
Sie sah Sabrina und Hanna mit Anne, die in ein Auto stiegen und wegfuhren. Kurz danach, sah sie noch Liv und Lina den Hof verlassen sie gingen Richtung eines Waldes.
Britt, war überrascht gewesen. Denn sie wurde so freundlich aufgenommen, keine Vorurteile wegen ihrer Tochter, schlugen ihr entgegen. Sie war sehr erleichtert gewesen.
Nun war Britt sehr müde geworden. Die ganze Nacht waren sie gefahren. Britt packte ihre Tasche aus, zog sich um und legte sich auf das Bett. Trotz Sorge um ihre Tochter schlief Britt sie ein.

Magnus und Lorenz waren bereits am See angekommen.
Magnus fragte „Wollen wir um den See laufen."
„Nein, ich würde dir gerne die Hütte zeigen."
„Welche Hütte Lorenz." Magnus blieb stehen.
„Habe ich dir nicht davon erzählt?" Lorenz wunderte sich
„Nein." sagte Magnus
„Ok, ich bin spazieren gegangen oder eher wutentbrannt losgerannt, als ich mit Hanna stritt. Ich ging einen Feldweg entlang den ich noch nie gelaufen bin. Da fand ich eine Hütte, in der Licht war. Ich sah hinein und da war Konstanze."
„Aha und was hast du dann gemacht?" fragte Magnus.
„Ich bin weggelaufen. Ich wollte nicht, dass sie mich sieht."

„Du Künstler" sagte Magnus „komm zeig sie mir."
Beide liefen weiter zu der Hütte, die Lorenz gefunden
hatte. Plötzlich blieb Magnus stehen, denn er sah von
weitem die Hütte.
„Was bleibst du stehen?" fragte Lorenz
„Nun, sie könnte uns sehen. Es ist helllichter Tag."
Magnus zweifelte manchmal am Verstand von Lorenz als
dieser sagte: „Ja du könntest recht haben."
„Lass uns zu dem Wäldchen hinüber laufen, denke da
sind wir dann gut geschützt, um auf die Hütte zu sehen."
„Ok. So machen wir das." sagte Lorenz und lief los.
Als, sie das kleine Wäldchen durchquert hatten kamen
sie an eine Hecke, die hinter dem Haus war. Es brannte
wieder Licht in der Hütte.
„Es brennt Licht." sagte Lorenz nervös. „Lorenz, ich sehe
das auch-" Magnus musste lächeln „Was bist du so
aufgeregt?"
„Keine Ahnung, immer wenn ich weiß, das Konstanze in
der Nähe ist, bekomme ich so ein komisches Gefühl wie
Magenschmerzen. Manchmal steigt auch Wut in mir
auf."
„Na, dann wird es Zeit, dass es beendet wird. Denn so
kann es nicht weitergehen. Komm lass uns zurück
laufen." sagte Magnus und lief einfach los.
Lorenz sah nochmal zu der Hütte und lief dann Magnus
hinterher. Sie liefen wieder Richtung See. Schon von
weitem sahen sie zwei Frauen auf einer Bank sitzen, sie
unterhielten sich.
Je näher sie kamen erkannte Lorenz auch, wer es war.
Seine Mutter und Lina.
Er lief schnell und rief schon von weitem „Mama!"

Magnus kam gar nicht mehr hinterher. Lorenz wurde immer schneller. Aber, als er Mama rief, war es ihm klar. Er erkannte nun auch beide Frauen.

Liv dachte erst sie hatte sich verhört, als jemand Mama rief. Aber sie drehte sich um und sah Lorenz auf sie zulaufen.

Liv stand auf. Lorenz blieb vor ihr stehen und er nahm seine Mutter in den Arm „Da bist du ja, wie schön Mama. Wann bist du angekommen?"

Liv freut sich ihren Sohn in den Arm zu nehmen, sie schob ihn aber nach einiger Zeit von sich weg. „Setzt dich." sagte sie zu ihm.

Lorenz setzte sich zu Lina. Seine Mutter setzte sich auch. Sie sah ihren Sohn an „Wir sind heute Morgen angekommen. Sind die ganze Nacht gefahren."

„Wir? Hast du Britt mitgebracht?" fragte Lorenz.

„Ja, ich habe sie mitgebracht" erklärte Liv „ich habe heute Morgen auch Hanna kennengelernt und meine Enkelin Anne. Sie ist so ein hübsches, süßes Kind. Lorenz, wie konntest du sie mir nur verschweigen?" Liv war richtig enttäuscht.

„Mama, ich habe es dir erklärt. Ich weiß es ist nicht verständlich. Nur ändern kann ich es nicht mehr."

„Nun, dann will ich das mal so hinnehmen. Aber, was ist denn mit Hanna. Ich habe sie als höfliche, freundliche Frau kennengelernt." sagte Liv.

„Das ist eine Sache zwischen mir und Hanna" sagte Lorenz genervt.

„Sei nicht so genervt Lorenz. Das ist nicht nur eine Sache zwischen euch. Ihr habt ein Kind. Anne braucht Stabilität und kein ewiges hin und her." Liv tadelte Lorenz.

„Mama, ich brauche keine Ratschläge." Lorenz war verärgert.

Liv stand auf und stellte sich direkt vor Lorenz, stemmte ihre Hände in die Hüften und sagte:

„Wer so einen Kindergarten veranstaltet wie Du, braucht mehr als Ratschläge" Liv blickte hoch und sah Magnus der hinter der Bank stand. Magnus lächelte sie an und nickte.

Liv musste lachen.

Lorenz dreht sich auf der Bank um und sah Magnus verschmitzt grinsen. „Das du auf der Seite meiner Mutter bist, war mir klar." sagte er.

Magnus klopfte seinem Freund auf die Schulter und sagte: „Nicht auf der Seite deiner Mutter, sondern auf der Seite erwachsener Menschen." dabei grinste er erneut.

Alle fingen an zu lachen und beschlossen zurück zu Linas Hof zu gehen.

Sabrina und Hanna kamen entspannt in Lübeck an. Sie stellten ihr Auto in einem Parkhaus ab. Sie setzten Anne in ihren Kinderwagen und gingen Richtung Einkaufszentrum. Anne, war aufgeregt. Sie war bewusst noch nie in Lübeck. Anne entdeckte eine Eisdiele und sagte: „Eis." sie blickte zu ihrer Mutter hoch.

„Später, meine Süße. Wollen wir nicht erst mal etwas einkaufen. Vielleicht ein neues Kleid für dich?" sagte Hanna beschwichtigend.

Anne, überlegte und sagte dann kurz „Ok. Eis dann?"

„Ja, später gibt es ein Eis." sagte Hanna und schob Anne vor sich her Richtung Laden wo es schöne Kleider für kleine Damen gab.

2 Stunden später gingen alle drei, mit Tüten bepackt, Richtung Eisdiele. Sie hatten viele Sachen für Anne gekauft. Auch Sabrina und Hanna hat sich etwas gegönnt. Lina hatten sie auch nicht vergessen. Ein schönes Halstuch in sommerlichen Farben.

Sie setzten sich auf die Stühle in der Eisdiele, wo sie noch einen schönen Ausblick über das Einkaufszentrum hatten.

Sie bestellten zwei Cappuccino und jeweils ein Stück Kuchen. Für Anne ein kleines Eis mit 2 Kugeln, Schokolade und Vanille.

Alle drei genossen Kaffee, Kuchen und Eis.

Als Hanna fertig war sagte sie „Ich war heute Morgen sehr erstaunt, als ich auf Lorenz Mutter traf. Habe ja erst erfahren, dass es sie gibt und heute ist sie hier?"

„Soweit, ich das verstanden habe. Hat Lorenz sie angerufen, dass sie vorbeikommen soll." erklärte Sabrina.

Anne wollte aus dem Hochstuhl raus und sah ihre Mama bittend an „Mama, raus." sagte sie.

Hanna stand auf und hob Anne aus dem Stuhl. Sie sagte mahnend „Nicht weglaufen, Anne. Schön in der Nähe bleiben".

„Ja" sagte Anne und ging zu dem Aquarium, was zum Eiscafé gehörte. „Fisch" sagte sie und blieb fasziniert mit Ferdinand im Arm davor stehen. Ein Mitarbeiter des Eiscafés kam zu ihr und erklärte ihr mit viel Geduld die Fische. Hanna lächelte den Mitarbeiter an und sagte zu Sabrina.

„Es ist schon komisch, dass Lorenz nie was sagte und plötzlich steht sie vor mir?" Hanna schüttelte den Kopf, sie sah auch immer wieder zu Anne.

„Hanna, dass verstehe ich auch nicht. Ich war heute Morgen sehr erstaunt, als sie plötzlich auf den Hof fuhr."
„Sehr seltsam alles. Ich denke es werden viele Gespräche werden. Es muss endlich alles ruhiger werden in meinem Leben und auch in Annes Leben." Hanna stöhnte.
„Eigentlich, wollte ich einen friedlichen Urlaub verbringen. Aber, hier ist nur Chaos und Neuigkeiten die mich teilweise echt stören."
„Ja, da hast du recht. Wir wollten auch ein schönes Wochenende verbringen. Jetzt sind wir schon länger da. Was auch ok ist. Denn so wollten wir dich nicht alleine lassen."
Sabrina sah zu Anne und sagte „Anne, wollen wir nach Hause fahren?" auch Hanna fragte sie.
Hanna nickte und ging zu Anne nahm sie auf den Arm und bedankte sich bei dem Mitarbeiter des Eiscafés. Sabrina bezahlte.
Sie gingen zum Parkhaus und fuhren mit der schlafenden Anne Richtung Linas Hof. Sabrina und Hanna waren entschlossen nun endlich alles zu klären.

Als sie ankamen, sahen sie von weitem schon alle vor dem Haus stehen. Es sah aus, als wenn Magnus und Lorenz heftig diskutierten.
Sabrina parkte das Auto und sie stiegen alle aus. Anne lief zu Karl, er nahm sie auf dem Arm und ging mit ihr ins Haus.
„So geht es nicht weiter." hörten sie Magnus sagen: „Das geht dich nichts an." sagte Lorenz.
Sabrina ging auf beide zu und sagte „Was ist denn hier los? Wie im Kindergarten! Ständig dieses Gestreite. Es muss eine Lösung für alles her. Oder wir gehen alle

unseren Weg und sehen uns nicht mehr!" Sabrina war
wütend, sie war dieses ewige hin und her leid. Seit
Tagen, ging das nun so. Sie wusste, es musste eine
Lösung her.

Lorenz und Magnus waren sofort still. Beide sahen
Sabrina erschrocken an. Wussten sie doch, dass Sabrina
Recht hatte.

Hanna kam auf alle Drei zu und sagte: „Sabrina, hat es
auf den Punkt gebracht. Entweder, es werden endlich
Nägel mit Köpfen gemacht oder es gibt keine Zukunft
als Partner oder Freunde." Hanna sah Lorenz böse an
„Ist dir eigentlich bewusst, was du hier tust und getan
hast? Du spielst dich auf als wenn dir alle nur Böses
wollen. Wach endlich auf Lorenz!" sagte sie und ging an
ihm vorbei ins Haus.

Sabrina sah Hanna hinterher und was sehr stolz auf sie.
„Was denn mit euch los?" sagte Lorenz. „Nichts Lorenz,
das ist alles nur die Wahrheit. Wach endlich auf und
nimm dein Leben in die Hand. Sieh zu, dass du alles in
Ordnung bringst. Denn deine Mutter zu verschweigen
und dein Kind ist wohl das Blödeste, was ich jemals
gehört habe"

„Es gab einen Grund." sagte Lorenz störrisch.

„Wegen Konstanze? Das glaubst du doch selbst nicht,
Lorenz. Du warst einfach feige und wolltest dich nicht
entscheiden für Hanna. Hast dich in deinem
Selbstmittleid gesuhlt. Was Hanna gemacht hat, war
auch nicht in Ordnung. Aber, sie hat sich entschuldigt
und das nicht nur einmal. Aber, du bist selbstherrlich
und denkst du hast das Recht gepachtet." Sabrina redete
sich in Rage „Sei endlich der Mann den du uns vorspielst.

Steh zu deiner Liebe und deinem Kind. Oder ist das auch eine Lüge, wie so vieles?"
Sabrina wartete keine Antwort ab, sah zu Magnus „Kommst du mit rein?" Magnus nahm Sabrinas Hand und ging auf Lina zu die immer noch da stand, er sagte: „Komm Lina, ich brauch einen Schnaps." er lächelte Lina an und sie gingen ins Haus.

Lorenz blieb wie vom Donner gerührt im Hof stehen. Er überlegte, ob Sabrina richtig lag. War er wirklich ein Feigling? Wollte er überhaupt eine Familie? Wollte er Hanna und Anne.
Er stand lange da und kam für sich zum Schluss. „Was sicher ist. Ich bin kein Feigling!" sagte er zu sich selbst und wollte ins Haus gehen. Plötzlich hörte er hinter sich eine Stimme.
„Lorenz, kann ich dich sprechen?"
Lorenz drehte sich um und sah Britt Mai vor sich stehen. Eigentlich, hatte er keine Lust zu reden. Aber, ihm fielen die Worte von Sabrina ein, besonders das Wort „Lösungen."
Er versuchte seine Unmut zu verbergen und sagte „Ja gerne Frau Mai."
„Wollen wir ein paar Schritte gehen?" fragte Britt zaghaft, sie hatte die schlechte Laune von Lorenz bemerkt.
„Entschuldigen sie, Frau Mai. Es ist kein guter Tag. Aber, wir können gerne ein paar Schritte gehen." Lorenz hängte sich bei Frau Mai unter und sie verliesen den Hof.
„Lorenz, es tut mir leid, dass Konstanze immer noch so schlimm ist." sagte Britt.

„Britt, dafür können sie nichts. Ich verstehe das auch nicht." Lorenz sah Britt an.

„Weißt du wo sie sich aufhält?" fragte Britt.

„Ja, im Wald ist eine kleine Hütte, da habe ich sie gesehen. Denke da hat sie sich versteckt."

„Ist das weit von hier? Ich muss mit ihr reden. Denn sie braucht Hilfe." sagte Britt besorgt.

„Nun eine kleine Strecke ist es schon. Wenn sie möchten können wir gerne hin gehen. Nur dass sie es einmal gesehen haben. Dann können sie entscheiden, wann sie mit ihr reden wollen" Lorenz, war erstaunt über seine Worte. Hatte er sich doch geschworen, nicht mehr zu der Hütte zu gehen.

„Gerne. Das ist eine Gute Idee".

Sie gingen beide Richtung Hütte und sagten kein Wort. Je näher sie kamen, um so nervöser wurde Lorenz und auch Britt.

Nach einer kurzen Zeit bogen sie in den kleinen Feldweg ein der zur Hütte führte. Von weitem konnte Lorenz die Hütte schon sehen. Er blieb stehen und zeigte mit seiner Hand Richtung Hütte. „Da hinten ist die Hütte, Britt." sagte er.

Britt sah in die Richtung in die Lorenz zeigte „Danke, den restlichen Weg finde ich alleine. Du kannst wieder zurück laufen-" sagte sie entschlossen.

„Sind sie sicher?" fragte Lorenz.

„Ja, du wärst jetzt keine Hilfe-"

„Stimmt-" sagte Lorenz verabschiedete sich und ging wieder zurück Richtung Hof. Insgeheim, war Lorenz froh, sich von der Hütte zu entfernen. „Doch Feigling-" sagte er zu sich".

Britt ging langsam auf den Hof zu. Sie überlegte, was sie sagen könnte. Wie sie ihre Tochter umstimmen konnte. Seit Jahren fragte sich Britt was passiert war? Sie hatten ein schönes Leben, gut ihr Vater verließ sie, aber sie tat alles, damit es Konstanze gut ging.

„Was fesselt dich so an Lorenz?" Fragte sie sich selbst. Kurze Zeit später stand sie vor der Hütte, sie merkte dass Licht brannte. Britt nahm ihren ganzen Mut und klopfte an die Tür. Es rührte sich nichts. Britt sah durch ein Fenster in dem das Licht brannte. Sie sah Konstanze. Britt klopfte kurzentschlossen an das Fenster.

Sie sah wie Konstanze erschrak und ans Fenster trat. Mit aufgerissenen Augen sagte sie: „Mama." ging aus dem Raum Richtung Haustür. Sie öffnete die Haustür, trat aus dem Haus heraus und sagte erneut, sehr erstaunt „Mama".

Britt ging auf ihre Tochter zu und nahm sie in den Arm „Hallo, Konstanze. Es ist nicht einfach dich zu finden." sagte sie.

„Komm rein." sagte Konstanz und ging vor ihrer Mutter her in einen größeren Raum, der einem Wohnzimmer ähnelte. Der Raum war, mit einer durchgesessenen Couch, Tisch und Stühlen ausgestattet. An der Wand stand eine alte Kommode und ein Schreibtisch, über dem ein Foto aus der Schulzeit von Konstanze und Lorenz hing. Sonst hing noch ein altes Bild über der Couch, das einen röhrenden Hirsch darstellte, der auf einem Hügel stand.

Britt fand das Zimmer sehr beklemmend.

Sie sah ihre Tochter an. Konstanze sagte „Ich habe Kaffee gemacht, möchtest du eine Tasse?"

„Gerne." sagte Britt und setzte sich auf einen Stuhl.
Kurze Zeit später brachte Konstanze den Kaffee,
Zucker, Milch und einen kleinen Teller mit Keksen.
Britt goss sich Kaffee in eine Tasse und gab noch Milch
dazu. Konstanze setzte sich ihrer Mutter gegenüber.
„Mama, ich freue mich. Aber, was machst du hier?
Woher weißt du, dass ich hier bin?" fragte Konstanze
sehr aufgeregt.
„Konstanze, Lorenz Mutter Liv Halver hatte mich
angerufen. Sie hat mir erzählt, dass du hier bist und
Hanna belästigst. Sie hat mir erzählt, dass du Lorenz
ausspionierst und immer weißt wo er ist. Woher weißt
du dass Lorenz hier ist oder Hanna?" Britt war sehr
direkt zu ihrer Tochter.
„Mama, das geht dich nichts an." sagte Konstanze
trotzig.
Britt, trank ruhig einen Schluck Kaffee und sagte:
Natürlich geht mich das was an. Du belästigst Leute, die
du gar nicht kennst. Du machst Lorenz das Leben
schwer. Gut, er kann im Moment noch etwas damit
umgehen. Aber, wie lange? Du überschreitest Grenzen!"
Konstanze setzte sich gerade auf ihren Stuhl und sagte:
„Lorenz, müsste sich nun endlich für mich entscheiden.
Dann wäre alles gut." Konstanze verschränkte die Arme
vor ihrer Brust und sah ihre Mutter fordernd an.
Britt kannte ihre Tochter und hatte genug solche
Diskussionen mit ihr geführt. Sie sagte: „Konstanze, was
redest du für einen Unsinn. Lorenz liebt dich nicht und
wird es nie tun. Lass dir endlich helfen. Du findest noch
den Richtigen."

„Den Richtigen? Lorenz ist der Richtige! Irgendwie hast du schon Recht, aber mein Kopf sagt was anderes." Konstanze stand auf und ging im Raum auf und ab. Nach einer gewissen Zeit bliebt sie vor ihrer Mutter stehen und sah auf sie herab, denn Britt saß noch auf ihrem Stuhl. „Mama, kannst du mir das garantieren, dass alles gut wird? Wieder zum Arzt? Wieder Tabletten? Oder wie stellst du dir das vor?"

Britt sah zu ihrer Tochter hoch und sagte: „Erst einmal eine Beratung und dann sehen wir was dabei raus kommt. Du willst doch nicht dein ganzen Leben so verbringen" Britt stand auf und zeigte übertrieben auf das Zimmer.

„Warum nicht? So schlimm ist es nicht" Konstanze war sehr wütend.

„Konstanze, das ist nicht dein Ernst? Du hast einen tollen Beruf gelernt, hattest eine gute Anstellung und das gibst du alles auf, wegen, dem hier?" Britt war fassungslos.

„Mama, es war alles gut. Bis mir jemand gesagt hat, dass Lorenz eine Freundin hat. Ich habe nicht mehr an ihn gedacht. Aber die Nachricht hat mich umgehauen. Dann habe ich gesehen, dass diese Hanna ein Kind hat. Ich muss wissen von wem es ist." Konstanze klang bestürzt.

„Was willst du dann tun, wenn du es weißt?" fragte Britt.

„Ich habe keine Ahnung, Mama." sagte Konstanze und setzte sich wieder „Ich habe keine Ahnung" wiederholte sie.

Britt zog einen Stuhl zu Konstanze und setzte sich ihr gegenüber und nahm ihre Hand.

„Merkst du nun, dass du dir helfen lassen musst?"

„Ich weiß es nicht" sagte Konstanze und begann zu weinen.

Britt nahm ihre Tochter in den Arm und versuchte sie zu trösten.

Sie saßen einige Zeit so da. Britt löste sich langsam von Konstanze und sagte: „Mein Schatz, du musst dir Hilfe holen. Ich unterstütze dich bei allem. Aber, du kannst nicht hier bleiben. Verstehe das doch. Komm mit zurück nach Schweden."

Konstanze, sah ihre Mutter an und sagte „Ich muss erst wissen von wem das Kind von Hanna ist. Vorher gehe ich nicht von hier weg."

Britt sah ihre Tochter an und sie wusste, dass sie so nicht weiterkam. Sie hatte sie verloren.

Sie hoffte nur, dass sie keinen Blödsinn macht.

Britt, stand auf und sagte: „Dann muss ich wohl gehen." drehte sich um und verließ die Hütte und rannte fast Richtung Linas Hof. Britt bemerkte nicht, dass Konstanze ihr hinterher rief.

„Ich will nur wissen von wem das Kind ist. Danach komme ich mit nach Schweden".

Britt kam außer Atem bei Linas Hof an, sie ging ohne jemanden zu begrüßen auf ihr Zimmer und schloss ab. Sie wollte alleine sein.

„Lina, wie meinst du das?" fragte Sabrina. Sie sah Lina an, diese stand an die Arbeitsfläche gelehnt und hatte gerade mitgeteilt, dass sie keine Lust mehr auf Streit in ihrem Haus habe. Sie wünscht, sich wieder Ruhe.

„Ich meinte das wie ich es sage." sagte Lina. Sie war den Tränen nahe, hatte sie sich so auf die Tage mit Freunden und Familie gefreut. Aber es ist nur Streit im Haus, dass ertrug Lina nicht.

Es waren alle in der Küche versammelt außer Lorenz, Britt und Anne, die gerade ihren Mittagsschlaf hielt. Hanna bemerkte, dass Lina traurig war und den Tränen nahe.

„Großmutter." sagte sie „ich weiß was du meinst. Du hast dich auf schöne Tage mit Freude und Ruhe gefreut. Ich ertrage es auch nicht mehr. Entweder ändert sich etwas oder wir sollten alle abreisen. Damit wieder Ruhe hier einkehrt. Meinen Urlaub hatte ich mir auch anders vorgestellt" Sie stand auf und ging zu Lina und legte ihr den Arm um die Schulter

„Ich möchte nur, dass es dir gut geht, Lina." sagte sie.

Lina sah Hanna dankbar an.

„Ich verstehe das auch." sagte Magnus „aber wie sollen wir Lorenz nur dahin bewegen, dass er endlich was tut und nicht immer nur davon läuft."

Alle sahen Magnus an und wussten keine Antwort. In diesem Moment öffnete sich die Küchentür und Lorenz trat herein. Er bemerkt die Blicke auf ihm und fühlte sich unangenehm. „Störe ich?" sagte er.

Magnus ging auf in zu und sagte: „Nein. Was willst du nun tun. Wieder weglaufen?"

Lorenz merkte, dass Magnus immer noch sauer war. Er hatte aber keine Antwort darauf und wandte sich von Magnus ab und setzte sich auf einen Stuhl.

Magnus sah ihn nur an und schüttelte den Kopf. Hanna konnte es nicht fassen. Lorenz kam herein und sagte kein Wort. Außer ob er störe? Unfassbar.

Es entstand eine sehr unangenehme Stille. Lina ertrug das ganze nicht mehr und sagte:

„Es reicht! Wenn ihr nicht endlich eure Streitereien oder eure Probleme löst, dann fahrt nach Hause. Ich bin zu alt für so einen Kindergarten. Mein Hof ist kein Spielplatz für eure Tragödien." sie verlies mit Tränen in den Augen die Küche. Hanna war erschüttert. Das letzte Mal wo sie ihre Großmutter hat weinen sehen war, als ihre Mutter gestorben war.

Sabrina, wollte Lina hinterher. Hanna hielt sie auf „Lass sie alleine. Sie wir im Moment mit keinem Reden. Sie braucht Ruhe." Sabrina nickte und lehnte sich neben Hanna an den Küchentresen.

Hanna wie Sabrina verschränkten ihre Arme vor der Brust und sagten gleichzeitig: „Und nun?"

Magnus ging zu den beiden und sagte: „Lorenz muss das mit Konstanze klären. Erst dann kehrt wieder Ruhe ein."

Alle Augen richteten sich auf Lorenz.

„Habt ihr euch jetzt alle gegen mit verschworen?"

Hanna reichte es, ging auf Lorenz zu und sagte: „Nein wir nicht, sondern du. Sieh zu, dass du das geregelt bekommst und entschuldige dich bei Lina. So haben wir keine Zukunft. Wobei ich nicht weiß ob du das überhaupt möchtest."

Lorenz stand auf und trat nah zu Hanna. Er merkte wie Wut in ihm aufstieg. Wollte das aber nicht. Er versuchte sich selbst zu beruhigen.

„Ich, ich....." stammelte er. „Ja?" sagte Hanna, die seine Wut bemerkte.

Magnus bemerkte sie auch, wollte zu Hanna. Sabrina hielt ihn am Arm fest und schüttelte den Kopf. Magnus verstand.

Lorenz sah Hanna an. Er sah die schöne Frau die er vor Jahren in Nürnberg am Hauptmarkt, das erste Mal getroffen hatte. Er erinnerte sich an die ersten Sonnenstrahlen in diesem Frühling. Es war alles so einfach und klar gewesen. Aber nun stand er vor ihr und hatte keine Worte. Er wollte doch nur sie und ein Leben mit ihr. Er verstand nicht, warum er nicht einfach zugriff. Er schüttelte den Kopf.

„Warum schüttelst du den Kopf." sagte Hanna. Bevor Lorenz etwas sagen konnte stand Karl von seinem Stuhl auf und sagte: „Ich geh zu Lina." er verließ ohne weitere Worte die Küche.

Alle waren erstaunt, denn sie hatten Karl überhaupt nicht bemerkt.

Lorenz war froh um die kurze Unterbrechung, er erzählte Hanna an was er gedacht hatte.

Sie war sehr erstaunt.

„Was heißt das jetzt?" fragte Hanna. Lorenz nahm ihre Hand und sagte: „Ich weiß es nicht. Hanna, es ist alles so schwierig. Manchmal, möchte ich die Zeit zurück drehen."

„Lorenz, wir drehen uns im Kreis. Merkst du das nicht? Ich habe mich entschieden nur du nicht"

„Ich weiß. Ich kann es noch nicht" sagte er. Hanna zog ihre Hand aus der von Lorenz sah ihn an, strich ihm über seine Wange „Na, dann." sagte sie. Verließ die Küche.

Hanna ging in das Wohnzimmer, denn sie wusste, dass Lina dort war mit Karl.

Sie setzte sich zu beiden und sagte: „Lina, seid mir nicht böse. Ich reise heute noch ab. Es hat keinen Sinn. Sabrina wird dir alles erklären. Ich kann nicht mehr bleiben."

Lina, sah ihre Enkelin an. Sah ihren Schmerz und verstand. „Ich bin dir nicht böse. Es ist wohl besser. Hanna, ich besuche euch einfach in Nürnberg. Karl fährst du mit?"

„Nein, ich bleibe so lange hier wie du mich brauchst, Lina." sagte Karl.

„Schaffst du das ohne mich, Hanna?" scherzte Karl.

„Natürlich." sagte Hanna, gab Lina und Karl einen Kuss auf die Wange.

Sie ging in ihr Zimmer, packte ihre und Annes Sachen. Eine halbe Stunde später war sie fertig. Mit Anne auf dem Arm ging sie ins Wohnzimmer und verabschiedete sich von Lina. Es wurde nicht mehr viel gesprochen. Karl half Hanna mit den Koffern und umarmte sie zum Abschied. Hanna verabschiedete sich nicht von Sabrina, Magnus und Lorenz. Sie hatte keine Kraft mehr.

Hanna setzte Anne in den Kindersitz ihres Autos und gab ihr Ferdinand in den Arm.

Lina kam noch mit einem großen Korb Lebensmittel und einer Vesper für die Fahrt.

„Komm gut nach Hause, Hanna und ruf an." sagte Lina noch.

„Natürlich, Großmutter Lina." sagte Hanna lächelnd.

Alle wussten, es war die richtige Entscheidung.

Hanna fuhr los, sie sah noch im Rückspiegel Karl und Lina winken.

In der Küche bemerkten Lorenz, Magnus und Sabrina dass ein Auto den Hof verlies. Sie sahen aus dem Fenster. Es war Hannas Auto und Karl und Lina standen im Hof und winkten ihr nach.

Sie gingen auf den Hof zu ihnen. Sabrina fragte: „Ist Hanna nach Hause gefahren?".

„Ja." sagte Lina. „Eine gute Entscheidung." sagte Sabrina ging zu Magnus der nickte.

„Ihr reist auch ab?" fragte Lina.

„Frau Tent, ich denke das ist das Beste. Aber, wir kommen wieder." sagte Magnus und umarmte Lina fest. Lina nahm die Umarmung dankbar an. „Lasst uns noch ein tolles Abendessen vorbereiten. Abreisen könnt ihr Morgen noch." sagte Lina und schob beide wieder Richtung Haus.

Karl sah Lorenz an, der immer noch in die Richtung blickte, in die Hannas Auto verschwunden war.

Karl sagte:„Nicht gut gelaufen, was? Lorenz, sie ist eine tolle Frau du hast es nur noch nicht gemerkt." Karl ging zurück ins Haus und wollte Lina helfen.

Lorenz sah Karl nach. Er mochte ihn. Er wusste, dass er Recht hatte.

Er überlegte was er nun tun sollte. Lorenz brauchte nicht lange für eine Entscheidung. Er ging auf sein Zimmer, packte seine Tasche. Er wollte sich nicht verabschieden. Lorenz nahm einen Zettel vom Schreibtisch und schrieb darauf.

„Entschuldigt, ich bin nach Hause gefahren. Die letzten Tage waren zu viel für mich. Wohl auch für euch alle. Ich fahre nach Lübeck. Mache die Praxis wieder auf. Mama, ich habe dich lieb. Bis bald. Euer Lorenz"

Lorenz legte den Zettel mitten auf den Schreibtisch. Nahm seine Reisetasche verlies das Zimmer und ging zu seinem Auto. Unbemerkt fuhr er vom Hof.

Es waren Stunden in der Küche vergangen, aber nun war das Abendessen fertig. Liv war auch dazu gekommen und hatte beim Kochen geholfen. Nun war der Tisch festlich gedeckt und es roch nach Schmorbraten mit Knödeln und Gemüse. Liv hatte noch ihr berühmtes Lebkuchen Parfait gemacht.

Lina bat Liv, Lorenz und Britt zu holen.

Liv ging die Treppe hoch erst, zu Britt Zimmer und klopfte. Britt öffnete die Tür. Sie lächelte Liv an „Hallo." sagte sie. Britt hatte sich beruhigt und war froh Liv zu sehen.

„Ich soll dich zum Abendessen holen. Es gibt Schmorbraten und mein Lebkuchen Parfait." sagte Liv.

„Das hört sich lecker an. Ich habe einen großen Hunger." sagte Britt und nahm ihre Strickjacke.

„Geh du schon mal hinunter. Ich hole noch Lorenz." sagte Liv und ging zu Lorenz Zimmer.

Sie klopfte an die Tür und rief „Lorenz, Essen." es rührte sich nichts. Liv öffnete die Tür und bemerkte das leere Zimmer und einen Zettel auf dem Schreibtisch. Sie las ihn und sie wurde traurig. Erst Hanna und Anne und nun noch Lorenz. Sie schüttelte den Kopf und ging zurück in die Küche. Sie stand noch in der Tür mit dem Zettel in der Hand und sagte kurz: „Lorenz ist auch nach Hause gefahren."

Es war plötzlich sehr still in der Küche bis Magnus sagte „Verstehe einer Lorenz". Ein zustimmendes Murmeln entstand. Keiner wollte über Lorenz und den Ärger der letzten Tage sprechen.

Lina wollte alle ablenken hielt den Braten hoch und sagte „Kommt, lasst uns essen."

Alle waren dankbar setzten sich und genossen das festliche Mahl. Keiner hat den ganzen Abend mehr über Lorenz gesprochen.

Es war schon spät als alle zu Bett gingen.

Am nächsten Morgen, nach einem guten ausreichenden Frühstück, brachen Magnus und Sabrina auf. Sie verabschiedeten sich noch von Lina und Karl.

Als beide mit dem Auto den Hof verließen, waren sie erleichtert.

„Ich hatte mir die Zeit hier so schön vorgestellt. So wie es immer war." sagte Sabrina etwas wehmütig.

„Ja, es war schon komisch. Warum musste auch Konstanze herkommen." Magnus war auch enttäuscht von Lorenz und sagte „Ich kenne Lorenz nicht mehr. Wir sind so lange befreundet"

Sabrina legte ihre Hand auf Magnus Arm „Ich finde auch es hat sich viel verändert. Ich denke wenn wir alle nun unseren Weg gehen wird vielleicht alles gut. Hoffe ich jedenfalls. "

„Dein Wort in Gottes Ohren." sagte Magnus.

Schweigend fuhren sie weiter Richtung Lübeck. Sie wussten beide, im Moment war alles gesagt.

Lina saß mit Karl in der Küche und sie unterhielten sich über die letzten Tage. „Lina, mache dir keine Vorwürfe, es ist nicht deine Schuld. Es ist alles blöd gelaufen."

„Du hast ja Recht, Karl. Ich.." Lina konnte nicht weitersprechen, da die Küchentür aufging und Liv mit Britt herein kamen. „Stören wir?" fragte Liv.

„Aber, nein." sagte Lina „wollt ihr Frühstücken?" Lina stand auf und deckte den Tisch erneut. Britt und Liv setzten sich dankbar.

Karl saß beiden gegenüber und fragte unverblümt „Was ist nun mit Konstanze?"

Britt sah zu Karl und ihr wurde flau im Magen „Ich war bei ihr und habe mit ihr gesprochen. Sie war so uneinsichtig."

Karl war dieses nicht genug. Hatte Konstanze ja alles durcheinander gewirbelt. „Was soll nun passieren? Es sind ja nun alle weg, nur ich bin noch da." sagte er etwas unfreundlich.

Lina schritt ein. „Karl" sagte sie. Karl sah sie an und sagte „Schon gut. Hast du noch Kaffee?"

Lina goss Karl eine Tasse Kaffee ein und wandte sich an Liv „Was für Pläne haben sie? Sie können gerne bleiben".

Liv war sehr erstaunt über die Gastfreundlichkeit von Lina. Sie sah Britt an. Britt wusste nicht was sie sagen sollte.

„Lina, ich denke Britt wird noch einmal mit Konstanze reden, oder?" sagte sie und sah erneut Britt an.

„Das hat wohl keinen Sinn. Ich habe ihr angeboten mit nach Schweden zu kommen. Aber sie wollte nur wissen wer der Vater von Anne ist." Britt schüttelte den Kopf.

Plötzlich klopfte jemand an das Küchenfenster. Alle Vier sahen zum Küchenfenster und konnten nicht glauben wer da stand. Konstanze!

Es entstand ein bedrückendes Schweigen. Konstanze klopfte erneut an das Fenster und sagte: „Wollt ihr mich nicht reinlassen?"

Britt stand auf und ging raus zu ihrer Tochter „Was machst du hier?"

„Ich wollte dich besuchen." sagte sie. Konstanze war sich keiner Schuld bewusst.

„Mich besuchen? Konstanze." Britt war sehr enttäuscht von ihrer Tochter.

Auch Lina und Karl kamen auf den Hof. Nur Liv blieb in der Küche. Sie wollte nicht mit Konstanze reden.

„Oh, ein ganzes Begrüßungskomitee." sagte Konstanze sehr schnippisch als sie Lina und Karl sah.

„Konstanze!" sagte Britt sehr streng „Du hast kein Recht so zu sprechen"

„Doch habe ich! Ich will nur Antworten. Wo ist Lorenz und wie hieß sie noch mal Hanna?" Konstanze wollte sich nicht mehr vertreiben lassen. „Holt sie her." sagte sie.

„Das wird nicht möglich sein. Sie sind alle abgereist." sagte Lina

Konstanze starrte sie an. „Was? Abgereist? Lorenz hat sich bei mir nicht verabschiedet. Das würde er nie tun." Konstanze war sich so sicher.

Karl war plötzlich verärgert. Was bildet sie sich ein, dachte er. „Warum sollte er sich bei dir verabschieden? Lass doch endlich alle in Ruhe. Such dir Hilfe. Du machst alles kaputt." sagte er böse. Es sagte niemand was. Eine bedrückende Stille entstand. Alle wussten Karl hatte Recht, aber niemand hatte es jemals zu sagen gewagt.

Konstanze starrte nur Karl an. Karl brach das Schweigen und sagte „Was bringt dir das zu wissen wer Annes Vater ist? Kannst du dann besser schlafen? Oder wird alles noch schlimmer?" er wollte nicht mehr seinen Mund halten.

Lina ging zu Karl und hackte sie unter „Danke!" sagte sie nur und lächelte ihn zaghaft an. Lina war ihm so dankbar. Weil endlich jemand das aussprach, was alle dachten.

Konstanze starrte ihn an. Noch nie hatte jemand so mit ihr gesprochen.

„Was ich dann tue? Ich, ich weiß es nicht. Erst wollte ich wieder nach Schweden gehen." stammelte sie.

„Wir werden es dir erst sagen. Wenn du versprichst, dir Hilfe zu holen und Lorenz in Ruhe lässt." sagte Karl erneut.

„Das, das kann ich nicht. Lorenz, er gehört doch zu mir, oder?" Konstanze war verwirrt.

„Nein!" sagte Britt scharf. „Lorenz gehört nicht dir. Begreife das endlich. Seit Jahren sage ich dir das. Aber, du willst dir nicht helfen lassen oder denkst überhaupt darüber nach was du tust." Britt hob ihre Hände „Ich mag nicht mehr, Konstanze. Es macht mich kaputt." Britt war den Tränen nahe.

„Mama, ich will es wissen und komme mit nach Schweden. Warum gehört mir Lorenz nicht? Es ist so schwer für mich zu verstehen." erklärte Konstanze

„Aber, mein Kind. Er hat dich noch nie an sich heran gelassen. Er hat dich immer zurück gestoßen. Das letzte Mal als ihr Freunde wart, war in der Grundschule. Du musst das begreifen." versuchte es Britt erneut.

„Aber...." versuchte Konstanze zu sagen. Aber Karl fuhr ihr über den Mund „Hol dir Hilfe und versuche nicht ständig etwas zu erklären was falsch ist. Lorenz mag nichts mit dir zu tun haben. Verdammt, Konstanze du bist doch erwachsen. Wach endlich auf." Karl war richtig wütend.

Nun kam auch Liv aus dem Haus, ging auf Konstanze zu und sagte mir ernster Stimme.

„Konstanze, Lorenz liebt Hanna und Anne ist seine Tochter. Ihr werdet nie eine Zukunft haben. Jetzt weißt du es. Ich hoffe du hörst nun endlich auf und gehst deinen Weg"

Konstanze sah Liv fassungslos an. Sie wollte es nicht glauben. Anne seine Tochter.

„Nein, dass ist nicht wahr" sagte sie.

„Es ist wahr und das wird sich auch nicht ändern" sagte Liv.

Alle waren überrascht, dass Liv so direkt war und hofften es war der richtige Weg.

Britt ging auf ihre Tochter zu und sagte: „Komm mit nach Schweden. Wir finden einen Weg. Bitte denk darüber nach."

Konstanze, hatte Tränen in den Augen „Ja, ich denke darüber nach" sagte sie und verließ den Hof.

Es entstand eine betrübte Stimmung unter allen. So dass alle in eine andere Richtung gingen.

Karl und Lina gingen zurück ins Haus. Liv setzte sich auf die Bank und Britt blieb stehen und sah ihrer Tochter nach.

Hanna bog in ihre Straße ein. Sie war froh endlich wieder in Nürnberg zu sein. Sie fuhr ihr Auto in die Garage. Stellte die Koffer vor die Tür, die gleich in ihr Haus führte und hob Anne aus dem Auto. Anne war sehr schläfrig. Es war auch schon 20:00 Uhr. Hanna war durchgefahren. Sie wollte nur noch nach Hause.

Nachdem Hanna, Anne in ihr Bett gebracht hatte, befüllte sie die Waschmaschine, sie hatte vorher bereits Kaffee gemacht und goss sich nun eine Tasse ein, mit viel Milch.

Hanna stand mit der Tasse Kaffee an dem Fenster, was Richtung Garten ging. Es war schon dunkel. Sie sah nur eine leichte Beleuchtung von Nürnberg. Sie war etwas betrübt, hatte sie sich doch sehr auf den Urlaub gefreut.

Sie dachte über die letzten Tag nach. Es war wie im schlechten Film. Ein auf und ab. Sie hatte Sachen erfahren, die sie umgehauen hatten. Lorenz Mutter und Konstanze. Hanna schüttelte den Kopf „Das ist doch alles nicht zu glauben." sagte sie zu sich selbst.
Hanna trank ihren Kaffee, kümmerte sich noch um die frisch gewaschene Wäsche und ging dann zu Bett.

Kapitel 9

Heimat

Es war Herbst geworden. Hanna stand in ihrem Laden und wunderte sich wo die Zeit hingegangen ist. Sie dachte an den Besuch bei Lina. Seit der Zeit hatte sie Lorenz nicht gesehen.

Mit Magnus und Sabrina hatte sie viel Kontakt. Sie erzählten ihr, Lorenz arbeitet sehr viel und meldet sich nicht mehr.

Hanna hat sich seit dem Urlaub bei Lina, auf Anne und ihren Laden konzentriert. Sie war sich nicht sicher, ob sie überhaupt eine Zukunft hatten.

„Mama" hörte Hanna eine dünne Stimme hinter sich. Sie drehte sich um und sah Anne, sie hielt Ferdinand hoch.

„Mama, Ferdi ist kaputt." sagte Anne empört und den Tränen nah.

Hanna ging in die Knie und nahm Anne Ferdinand ab. Sie sah, dass sich die Naht etwas gelöst hatte. Sie sagte „Anne das kann ich nähen. Dann ist Ferdinand wieder gesund"

„Gleich?" fragte Anne. Hanna ging vom Laden in ihr Wohnzimmer und holte Nadel und Faden und begann Ferdinand zu nähen. Sie gab ihn Anne, diese sagte „Verband". Hanna musste lachen und holte einen Verband, um die frische Naht zu verbinden. Zufrieden ging Anne wieder in ihr Zimmer und Hanna in den Laden.

Die Glocke läutete. Hanna sah eine ältere Dame mit großem Hut in den Laden kommen. Sie konnte das

Gesicht nicht erkennen und fragte: „Kann ich ihnen helfen?"

„Nein, ich sehe mich um." sagte die Dame mit freundlicher Stimme. Hanna dachte, die Stimme kommt mir bekannt vor. Sie konnte nicht weiter darüber nachdenken, da ein weiterer Kunde ihre Hilfe benötigte. Als dieser bezahlt hatte, wollte Hanna zu der älteren Dame gehen. Als sie plötzliche Anne rufen hörte die auf die ältere Dame zu rannte „Omi." sagte sie und fiel ihr in die Arme.

Nun erinnere sich Hanna an die Stimme, es war Lina. „Lina." rief sie und nahm ihre Großmutter in den Arm „was machst du denn hier?"

„Es war meine Idee." sagte Karl, der auch in den Laden kam. „Der letzte Besuch war so lange her. Da kam mir die Idee ob Lina uns nicht besuchen könnte."

„Eine tolle Idee." sagte Hanna und führte Lina in ihre Wohnung. Sie zeigte ihr alles, da Lina sie noch nie in Nürnberg besucht hatte, seit sie den Laden führte.

„Wer kümmert sich denn um deine Tiere?" fragte Hanna „Meine Nachbarin Waltraud. Schön, hast du es hier Hanna. Es ist so praktisch, dass die Wohnung gleich neben dem Laden ist. Wunderschön." sagte Lina bewundernd.

„Ja es ist sehr praktisch." sagte Hanna „komm ich zeige dir das Gästezimmer"

Am Ende der Wohnung war ein kleines Zimmer. In dem Zimmer stand Bett, Schrank, Schreibtisch und ein Ohrensessel. Das Beste von dem Zimmer war der direkte Zugang zum Garten.

„Das ist ja ein schönes Zimmer." sagte Lina „geht es da zum Garten?" fragte sie und öffnete die Glastür und ging hinaus. Es führten von einer kleinen Terrasse Treppen hinunter zum Garten. „Wunderschön." sagte Lina erneut. Lina ich muss zurück in den Laden, Hanna hatte die Türglocke des Ladens gehört.

„Geh nur, Hanna. Karl wird mir sicher helfen auszupacken." Lina sah Karl, der in der Tür stand, auffordernd an. Sie zeigte dabei auf die Körbe mit Lebensmitteln und selbstgebackenem Kuchen und Plätzchen.

„Gerne, komm gehen wir in die Küche. Wollen wir Mittagessen kochen? Da würde sich Hanna sicher freuen."

„Eine gute Idee." Lina bemerkte Anne hinter sich und fragte „Anne, willst du mit Kochen helfen?" Anne strahlte und sagte „Oh ja".

Hanna hatte im Laden viel zu tun. Aber, als sie das frisch gekochte Essen aus der Küche roch, wäre sie am Liebsten gleich in die Küche gelaufen. Leider war sie zu sehr beschäftigt.

Es war 13:00 Uhr geworden, Hanna schloss Mittag immer ihren Laden von 13:00 Uhr bis 15:00 Uhr zu, damit sie Zeit für Anne hatte und gemütlich Essen konnte.

Hanna ging in die Küche und war überrascht. Lina hatte Schnitzel mit Kartoffelsalat und Kopfsalat gezaubert. Der Tisch war gedeckt und das Essen stand auf dem Tisch.

„Komm, setz dich Hanna. Essen ist fertig" sagte Lina. Hanna setzte sich an den Tisch und bemerkte jetzt erst, wie hungrig sie war.

Lina schnitt für Anne ein Schnitzel klein. Sie aßen genüsslich und unterhielten sich.

„Lina, das ist so schön, dass du hier bist. Wie lange kannst du bleiben?" fragte Hanna.

„Wenn es geht, würde ich gerne den Rest des Jahres bleiben, also bis Januar." Lina sah Hanna an.

„Gerne, da freue ich mich. Wie schön. Weihnachten mit meinen Lieben. Aber, nicht nur das, die ganze Vorweihnachtszeit."

Karl lächelte, hatte er ja alles mit Lina geplant. Hanna bemerkte es und sagte „Ihr habe das so geplant, oder?" Karl und Lina sahen sich an und sagten gleichzeitig: „Klar." Anne mischte sich ein und sagte „Kuchen."

Lina stand auf räumte den Tisch ab und sagte zu Anne „Erst gibt es Nachtisch, Schokoladenpudding mit Sahne"

„Jaaaa." rief Anne und klopfte mit einem Löffel auf den Tisch.

Es war ein schönes Mittagessen. Als die Küche wieder sauber war, ging Hanna wieder in ihren Laden, denn es war schon fast 15:00 Uhr.

Lina und Karl gingen mit Anne spazieren. Wollte Karl, Lina doch Nürnberg zeigen. Lina war so lange nicht mehr in Nürnberg gewesen.

Sie gingen mit dem Kinderwagen hinter der Burg entlang und bogen dann links ein Richtung Albrecht-Dürer-Platz, der unterhalb der Burg lag, der Weg führte direkt in die Innenstadt, an alten Kneipen, schönen Bäckereien, Bratwurstständen und Wirtschaften vorbei. Es war ein angenehmer, für November milder Tag. Die bunten Blätter und die Sonne begeisterten Lina.

„Wie schön Nürnberg doch ist. Ich hatte es fast vergessen. Im Herbst ist es besonders schön." sagte sie bewundernd.

„Ja, das ist es. Wie lange warst du nicht mehr in Nürnberg?" fragte Karl.

„Ich war einmal kurz hier mit Hanna, als sie Hochschwanger war. Aber da konnte ich Nürnberg nicht richtig ansehen. Es war für mich nicht einfach, nach dem Tod von Angelika und Karsten, nach Nürnberg zu kommen." Lina wurde sehr traurig.

„Lina, wir machen uns einen schönen Nachmittag. Es ist Herbstmarkt am Hauptmarkt. Wollen wir da hingehen?" Lina hängte sich bei Karl unter, der den Kinderwagen schob und sagte „Sehr gerne."

Sie gingen weiter und sahen schon von weitem den Hauptmarkt mit dem Herbstmarkt. Es roch verführerisch nach Bratwurst, aber Karl und Lina hatte erst gut gegessen.

Anne war fasziniert von den bunten Ständen und wollte aus dem Kinderwagen.

„Du musst aber bei uns bleiben." ermahnte Lina.

Anne sagte kurz „Ja" und ging auf einen Stand zu mit Holzspielzeug. Sie war fasziniert von den an Metallfedern hängenden Holztierchen, die auf und ab sprangen. Doch plötzlich, sah Anne ein Holzpferd mit Rollen zum hinterher ziehen.

„Omi" rief sie „Pferd! Meins!" Anne war ganz aufgeregt. Lina ging zu Anne hin und sah sich das Pferd an. Es war sehr schön, mit Mähne und Schweif und hatte einen roten Sattel und Halfter. Es war nicht billig. Aber Lina konnte Anne nicht widerstehen. Aber, sie wollte nicht gleich „Ja." sagen.

Sie beugte sich zu Anne hinunter und sagte: „Das ist ganz schön teuer Anne." Anne sah ihre Urgroßmutter an und sagte mit Tränen in den Augen: „Aber, ist Lisa. Muss mit."

Lina hob Anne hoch „Ach, Lisa? So schnell ein Name" Anne sagte „Lisa mit." Bevor Lina etwas tun konnte, hörte sie Karl sagen „Einmal bitte Lisa zum mitnehmen" er zeigte auf das Pferd. Der Verkäufer musste lachen, hatte aber den Dialog mitbekommen. Er reichte Anne das Pferd und sagte: „Hier deine Lisa, kleine Dame" Anne strahlte den Mann an und reichte im ihre kleine Hand „Danke." sagte sie. Gerne nahm der Verkäufer die kleine Hand in die seine und sagte „Gerne"

„Omi, runter." sagte Anne die noch auf den Arm von Lina war. Lina stelle Anne auf den Boden, stellte das Pferd auf das Kopfsteinpflaster und wollte es hinter sich herziehen. Aber, auf dem Hauptmarkt war Kopfsteinpflaster und das Pferd fiel immer hin. Anne sah den Verkäufer böse an „Kaputt." sagte sie. Der Mann lachte, kam aus seinem Stand heraus, mit einem langen Holzbrett. „Nein, kleine Dame. Nur der Boden hier ist nicht gut für Lisa. Zieh sie mal auf dem Brett hinter dir her." Der Verkäufer legte das lange Holzbrett auf den Boden. Stellte das Pferd von Anne an das Ende und sagte: „Zieh es hinter dir her, kleine Dame."

Anne lief los und das Pferd rollte auf dem Brett hinter hier her. Sie strahlte. Anne zog mehrmals das Pferd auf dem Brett hin und her und lachte laut. Nach einer gewissen Zeit sagte sie: „Lisa, schlafen." und legte ihr Pferd in den Kinderwagen. Anne lief weiter, Karl und Lina verabschiedeten sich schnell von dem Verkäufer der Spielsachen und liefen Anne hinterher. Anne blieb vor einem Süßigkeiten Stand stehen und bewunderte die bunten Zuckerstangen. „Omi?" Sagte sie und lächelte Lina an.

„Ohh nein." sagte Lina und hob Anne hoch. „Wir haben erst gegessen, oder?" sagte Lina. Anne sah sie an und nickte. Sie wollte wieder runter, denn laut Anne fror Lisa und sie deckte das Pferd zu. Karl musste schmunzeln, da Anne mit der Decke sehr kämpfte sich aber nicht helfen lassen wollte.

„Wenn das so weiter geht kommen wir nicht weiter." sagte Karl schmunzelnd. Lina lachte und ging mit Anne weiter. Anne lief tapfer die ganze Strecke und schien nicht müde zu werden.

Lina sah an einem weiteren Stand, mit Porzellan, eine schöne Schale in Türkisblau mit kleinen Blüten. Sie sah Karl an und sagte: „Was meinst du würde sie Hanna gefallen?" Karl sah die Schale genau an und sagte „Ganz bestimmt." Lina nickte, bezahlte die Schale. Diese wurde gut eingepackt, damit sie nicht zerbrechen konnte.

Anne blieb stehen und sagte zu Lina „Omi, Kaba?" Lina war überrascht. Aber sie fand es eine prima Idee. Direkt am Hauptmarkt war ein schönes Café sie gingen alle drei in das Café, setzten sich und bestellen zwei Kaffee und einen Kakao mit Sahne für Anne. Anne hatte auch Lisa ihr Holzpferd, mit in das Café genommen. Damit es nicht so alleine ist, wie sie sagte. Ferdinand hatte einen eigenen Stuhl bekommen.

Anne genoss ihren Kakao und unterhielt sich mit ihrem Pferd Lisa und Ferdinand. Karl und Lina beobachteten sie und waren gleichermaßen Stolz auf Anne.

„Sie ist sie ein liebes Mädel." sagte Karl „ich fühle mich wie ihr Großvater."

„Ja, das ist sie. Karl, sei beruhigt du bist für Anne wie ihr Großvater, einen besseren hätte sie nicht haben können." sagte Lina und legte ihre Hand auf die von Karl.

Karl strahlte. Sie unterhielten sich noch über Nürnberg und die alten Zeiten, als sie bemerkten, dass Anne am Stuhl eingeschlafen war mit Pferd Lisa im Arm.

Sie zahlten, trugen Anne nach draußen setzten sie in den Kinderwagen, legten Lisa das Pferd und Ferdinand zu Anne und deckten sie zu.

Karl und Lina gingen weiter vom Hauptmarkt Richtung Innenstadt, zur Breiten Gasse mit vielen Geschäften. Sie bummelten gemütlich durch die Straße, sahen sich Geschäfte an und genossen den schönen Nachmittag. Es war mittlerweile fast 18:00 Uhr. Es dämmerte schon und sie gingen weiter, Richtung Hannas Laden. Um 18:30 Uhr waren sie bei Hanna.

Hanna hatte ihren Laden bereits geschlossen und eine Vesper zum Abendessen vorbereitet.

Als Karl und Lina mit dem Kinderwagen in den Hausgang fuhren, fiel Hanna sofort das Holzpferd auf. Anne wurde wach und sagte „Mama, Lisa." und hielt das Pferd hoch.

Hanna sah Lina an, die den Kopf schüttelte und auf Karl zeigte. Dieser sagte „Ich konnte nicht nein sagen. Sie war so süß." er sah Hanna verschwörerisch an.

Hanna lachte und sagte „Na dann. Kommt ich habe den Tisch gedeckt. Wollt ihr was essen?" „Gerne" sagten Karl und Lina gleichzeitig und ließen sich die Vesper schmecken. Anne saß auf Hannas Schoss und sagte „Mama, müde." Hanna stand auf und brachte Anne in ihr Bett. Sie schlief schnell ein, mit Lisa dem Pferd und Ferdinand. im Bett.

Hanna ging zurück in die Küche, blieb aber in der Tür stehen und beobachtete Karl und Lina. Beide unterhielten sich mit vollem Mund und lachten.

„Na, wer redet hier mit vollem Mund?" scherzte Hanna und setzte sich zu den Beiden und nahm sich Brot und belegte es mit Wurst und Gurken. „Wir." sagten Karl und Lina wieder gleichzeitig und alle mussten herzhaft lachen.

„Psst." sagte Hanna „Anne schläft". Karl und Lina sahen Hanna an und mussten wieder lachen.

Alle Drei saßen nachdem die Küche aufgeräumt war. noch weiter in der Küche. Lina hatte noch einen Früchtetee gekocht.

Lina fragte „Hanna, hast du von Lorenz wieder was gehört?"

„Nein" sagte Hanna „ Er hat sich nicht mehr gemeldet. Ich habe ihn auch nicht erreicht telefonisch. Auch auf E-Mails hat er nicht geantwortet. Hast du was gehört?"

„Nun, Magnus hatte einmal angerufen und nur gesagt, dass Lorenz sich zurück gezogen hat. Mehr wusste er auch nicht."

„Aha. Noch eine Frage. Was ist denn mit Konstanze passiert, als ich mit Anne gefahren bin?"

Lina trank einen Schluck von ihrem Tee und sagte „Liv und Britt blieben auch nicht mehr lange, sie blieben noch 1 Tag.

Liv hat Konstanze erzählt, dass Lorenz der Vater von Anne ist. Konstanze war sehr geschockt und ist gegangen. Wie es weiter gegangen ist weiß ich nicht. Ich habe mit Britt nicht mehr gesprochen. Wie gesagt, sie sind kurz danach gefahren. Karl und ich waren dann alleine auf meinen Hof und wir genossen die Ruhe."

„Was? Sie weiß es? Wurde Lorenz darüber informiert?"
Hanna war plötzlich sehr aufgeregt.
„Ich weiß es nicht, Hanna" sagte Lina „ich denke seine
Mutter hat es ihm gesagt."
„Mhm" sagte Hanna
„Hanna, mache dir doch nicht über alles Gedanken. Er
wird sich sicher damit auseinander setzen und für sich die
richtige Lösung finden. Wie wir wissen, macht er ja alles
alleine, oder?" Karl war seit dem Urlaub nicht mehr gut
auf Lorenz zu sprechen.
Hanna sah ihn liebevoll an „Du hast ja Recht, Karl. Wir
sollten das Thema wechseln."
„So ist es gut." sagte Lina und goss jedem eine Tasse Tee
ein.

Die Wochen vergingen wie im Flug. Hanna dachte darüber nach, wie schön die Zeit gewesen war mit Lina. Den Vorbereitungen für Advent und das Plätzchen backen. Mit Anne war es ein richtiges Chaos, sie war komplett voll Mehl. Es war ein riesen Spaß.

Nun, ist heute bereits der 4. Advent. Im Laden war vor Weihnachten immer die Hölle los und Hanna verkaufte viele Bücher und Deko Material.

Es war noch sehr früh am Morgen. Hanna war sehr früh aufgestanden. Hatte den Frühstückstisch gedeckt. Sie stand nun mit einer großen Tasse Milchkaffee an der Tür, die zum Garten führte und bemerkte, dass es zu schneien begann. Es lag bereits eine dünne weiße Schicht auf dem Rasen und auch auf der Terrasse. Hanna zog sich schnell Winterstiefel und eine dicke Jacke an und ging raus auf die Terrasse. Sie nahm ihre dampfende Tasse Kaffee mit und war fasziniert vom Schnee. „Wie schön. Weiße Weihnachten." sagte sich zu sich selbst.

Auf der Terrasse sah Hanna noch den Weihnachtsbaum stehen, der langsam eingeschneit wurde. Sie wusste, er muss aus dem Schnee raus, aber sie konnte ihn alleine nicht heben.

Sie trank einen Schluck von ihrem Kaffee und beobachtete wie ihr kleiner Garten immer weißer wurde. Hanna überkam ein weihnachtliches Gefühl. Weiße Weihnacht, sie hoffte so sehr das der Schnee liegen blieb. Hanna fröstelte und ihr Kaffee war mittlerweile auch kalt. Sie ging wieder zurück ins Wohnzimmer. Schüttete ihren kalten Kaffee weg und goss sich neuen ein.

Es war sehr still an diesem Sonntag. Hanna sah auf die Wanduhr in ihrer Küche.

Es war gerade 6:00 Uhr. „Kein Wunder." sagte sie und genoss ihre heiße Tasse Kaffee.

Hanna hört wie Anne leise zu singen begann. Sie ging zu ihr und blieb an der Tür stehen und beobachtete sie.

Anne saß in ihrem Bett, hatte Ferdinand in der Hand und ließ ihn Tanzen, sie hielt ihn in die Richtung der Gitterstäbe, denn neben dem Bett stand das Pferd Lisa. Anne sagte „Hallo, Lisa" dann bemerkte sie Hanna. „Mama" rief sie stand auf und streckte ihr ihre Ärmchen entgegen, ohne Ferdinand loszulassen.

Hanna ging zum Bett und hob Anne heraus „Guten Morgen mein Schatz." sagte sie und gab ihr einen Kuss auf die Wange. Anne sagte „Runter, Lisa" Hanna stellte Anne auf den Boden, die sofort die Schnur des Pferdes nahm und es hinter sich herzog.

Anne ging aus ihrem Zimmer Richtung Küche sie sagte: „Mama, Essen."

Hanna ging hinter ihrer Tochter her, setzte sie in ihren Hochstuhl, machte ihr einen Kakao. Bestrich eine Scheibe Brot mit Butter und Erdbeermarmelade, diese schnitt sie in kleine Stücke. Stellte alles vor Anne auf den Tisch und setzte sich zu ihr.

Anne nahm ein Stück Brot und biss genüsslich hinein. Sie hielt das angebissene Brot auch Ferdinand und Lisa hin. Hanna beobachtete ihre Tochter und war sehr glücklich sie zu haben. Ihr Leben war nicht einmal so schlecht, dachte sie und trank einen Schluck Kaffee.

Anne war bald satt und fragte „Omi, wecken?" Sie lächelte Hanna an.

Hanna hob sie aus ihrem Hochstuhl und ermahnte Anne leise und verschwörerisch „Aber, nicht erschrecken." „Nein, nein." Anne lief im Schlafanzug mit Ferdinand im Arm in Richtung Linas Zimmer.

Sie öffnete so leise wie möglich die Tür. Lina war bereits wach, tat aber so, als würde sie noch schlafen. Sie hatte Anne bemerkt.
Anne lief auf Linas Bett zu und schüttelte ihren Arm sanft „Omi, aufstehen." sagte sie, stellte sich auf ihre Zehenspitzen und gab ihr ein Küsschen auf die Wange.
Lina öffnete die Augen und setzte sich auf.
„Guten Morgen, Anne." sagte sich und strich Anne über die Wange. „Ich komme gleich. Will nur schnell ins Bad" Lina stand auf und hob Anne hoch und gab ihr einen Kuss auf die Wange. „Ok" sagte Anne.
Nachdem Lina, Anne wieder auf den Boden gestellt hatte und Anne zurück in die Küche gelaufen war, ging sie ins Bad.
Anne kam in die Küche zurück und sagte zu Hanna: „Omi wach." und lächelte.
Lina kam kurze Zeit später in die Küche und fragte „Ist Kaffee da?" Hanna hatte ihr bereits eine Tasse eingeschenkt und sagte: „Setz dich, Lina. Hier, dein Kaffee." Lina setzte sich an den schön gedeckten Tisch.
Der Adventskranz stand mitten auf den Tisch. Noch brannten nicht alle 4 Kerzen, sie warteten bis alle am Frühstückstisch saßen. Es fehlte nur noch Karl. Er wohnte in seiner Wohnung über Hanna.
Bevor Lina etwas sagen konnte, klingelte es an Hannas Haustür. Sie öffnete und Karl stand mit einem

winterlichen Strauß vor ihr. „Oh, vielen Dank." sagte
Hanna und bat Karl herein.

Karl setzte sich an den Küchentisch und Hanna zündete
jede Kerze des Adventskranzes an.

Anne war fasziniert von den Lichtern und strahlte
„Schön." sagte sie.

Es wurde ein harmonisches Frühstück, an dem wenig
gesprochen wurde. Lina, fragte nach einer gewissen Zeit
„Wollen wir heute auf den Christkindlesmarkt gehen?
Jetzt wo es schneit, ist es bestimmt noch viel schöner und
romantischer"

„Gerne." sagte Karl und sah Hanna an.

„Ja, warum nicht. Das ist bestimmt schön. Wenn es kalt
ist, schmeckt der Glühwein noch viel besser." Hanna
grinste Lina und Karl an.

Alle mussten lachen. Selbst Anne stimmte fröhlich mit
ein und hielt Ferdinand in die Höhe.

Das Frühstück hatte sehr lange gedauert. Hanna sah auf
die Wanduhr und staunte, dass es bereits 10:00 Uhr war.
„Die Zeit ist aber schnell vergangen." sagte sie.

„Ja stimmt" sagte Karl. „Wir räumen alle schnell die
Küche auf, dann gehen wir langsam los, oder?"

„So machen wir es." sagte Lina begann den Tisch
abzuräumen. Sie räumte das Geschirr in den
Geschirrspüler. Karl stellte Butter, Milch und die
restlichen Dinge in den Kühlschrank. Brot in den
Brotkasten.

Anne versucht die Kerzen vom Adventskranz
auszublasen. Lina half ihr, da bemerkte sie, dass Anne
noch im Schlafanzug war. „Anne, ich sehe das jetzt erst.
Du bist noch im Schlafanzug. Komm wir ziehen dich
warm an und gehen auf den Christkindlesmarkt."

Eine halbe Stunde später, waren alle vor der Haustür.
Anne hatte einen Schneeanzug an mit kleinen Bären
darauf.
Hanna überlegte noch, was sie mit Anne machen sollte.
Es hatte doch mehr geschneit als gedacht. Der
Kinderwagen würde im Schnee stecken bleiben.
Plötzlich sah sie Karl mit einem Schlitten mit Sitzlehne
um die Ecke kommen. An der Lehne war auch noch ein
Gurt befestigt, damit Anne nicht herausfallen konnte.
Karl setzte Anne auf den Schlitten und deckte sie mit
einer dicken Decke zu. „Ferdinand auch" sagte sie. Karl
schob den Stoffhasen auch unter die Decke.
Dann gingen alle los, Karl zog den Schlitten hinter sich
her und Anne lachte laut und rief: „Schneller." „Oh nein"
sagte Karl und lächelte Anne an.
Sie gingen gemütlich über die Burg, Richtung
Christkindlesmarkt, der jedes Jahr 4 Wochen vor Hl.
Abend auf dem Hauptmarkt aufgebaut wird. Es gab
auch einen Kinderchristkindlesmarkt, mit Karussell,
Kinderbacken und Weihnachtsmann.
Von weitem waren die Lichter und der Duft nach
Bratwürsten und Lebkuchen zu sehen und zu riechen.
Mit dem Schnee war es eine unvergleichliche Stimmung.
Auch wenn es mitten am Tag war.
Sie schlenderten über den Christkindlesmarkt.
Bewunderten die Stände mit Christbaumschmuck, aus
Glas, Metall und Holz.
„Wie das alles funkelt." sagte Lina und sah sich fasziniert
um.
„Herrlich, nicht wahr." sagte Karl und hakte sich Lina
unter. Lina sah ihn lächelnd an.

Der Christkindlesmarkt hatte eine besondere Atmosphäre. Hanna fühlte sich wie ein Kind. Sie blieben vor einem Stand mit Zwetschgenmännle stehen.

Lina sagte: „Da hat sich aber nichts verändert. Wie in meiner Kindheit." Lina suchte sich ein Zwetschgenmännle heraus und kaufte es. Eine Bäuerin mit roten Filzkopftuch und einer Tracht, aus Zwetschgen und Nüssen hergestellt. Lina war begeistert.

Anne bemerkte, dass Lina ein Zwetschgenmännle kaufte und sagte: „Haben will, Omi."

Lina ging auf die Knie und sagte „Anne das ist nichts zum spielen, nur zum ansehen. Sonst geht es kaputt." Sie hielt Anne das Zwetschgenmännle hin.

Anne sah es fasziniert an und nickte. Sie gingen alle weiter über den Christkindlesmarkt, zum Kinderchristkindlesmarkt.

Plötzlich wollte Anne selber gehen. Denn sie sah das alte Kinder Karussell und wollte damit fahren.

Karl hatte bereits Karten für das Karussell gekauft. Anne und Karl gingen zum Karussell und Karl fragte: „Mit was willst du fahren Anne?"

Anne zeigte auf ein großes weißes Pferd. Karl hob Anne auf das Pferd und stellte sich neben sie. Denn einer musste sie noch festhalten. Das übernahm Karl. Der Mitarbeiter des Karussells, nahm die Fahrkarten Karl ab und die Fahrt ging los. Anne lachte laut, als die Fahrt begann.

„Na, da freut sich aber jemand." sagte Lina und hängte sich bei Hanna unter.

„Ja, endlich kann sie damit fahren. Sie ist ein richtiger Sonnenschein. Karl natürlich auch." Hanna grinste.

Lina sah sie an und musste lachen „Na, besonders Karl."
Beide lachten und beobachteten Anne und Karl, die viel
Spaß auf dem Karussell hatten.

Plötzlich fing es wieder leicht zu schneien an. Hanna sah
sich auf dem Kinderchristkindlesmarkt um und fühlte
sich glücklich. Plötzlich stutze sie. Sah sie doch
gegenüber vom Karussell, das mitten auf dem Platz
stand, eine bekannte Person. Sie war sich aber nicht
sicher.

Sie sah Lina an „Du siehst du den Mann dort drüben am
Glühweinstand? Der sieht Magnus aber sehr ähnlich."
Lina sagte nichts und lächelte. „Lina denkst du, das ist
er?" fragte Hanna.

„Geh, doch rüber und frag." sagte Lina verschmitzt.
Hanna konnte es nicht glauben, hatte Lina wieder was
ausgeheckt? Sie löste sich von Lina ging, um das
Karussell herum, auf den Mann zu.

Karl kam mit Anne vom Karussell und sagte zu Lina:
„Hat sie ihn entdeckt?" Lina sah Karl an „Ja, sieht so aus."
beide strahlten, ihre Überraschung schien zu glücken.
Karl hatte noch Anne auf dem Arm, die fasziniert auf das
Karussell starrte.

Hanna stand nun hinter dem Mann, sie konnte ihn nicht
genau erkennen, denn er trug eine dicke Wollmütze. Sie
sagte: „Magnus?"

„Ja." sagte Magnus.

„Was machst du hier?" Hanna ging näher auf Magnus zu
und umarmte ihn „Schön, dass du da bist." sagte sie.
„Ich freue mich auch. Der Glühwein ist wirklich gut hier
in Nürnberg." sagte er und sah auf Hanna hinunter. „Du
siehst richtig gut aus. So entspannt." sagte er. Hanna

löste sich von Magnus. „Ich bin auch entspannt. Aber, sag mir was du hier machst."

„Glühwein trinken." sagte Magnus und lächelte.

Plötzlich spürte Hanna eine Umarmung von hinten und eine Stimme die sagte: „Lina und Karl haben uns eingeladen." Hanna fuhr herum, denn sie hatte die Stimme sofort erkannt. Es war Sabrina. Sie fiel Sabrina um den Hals „Das ist ja eine Überraschung. Wie lange seid ihr schon in Nürnberg?" fragte sie.

Sabrina schob Hanna leicht von sich weg und sagte: „Wir sind vor ca. einer Stunde in Nürnberg angekommen. Wir hatten mit Lina ausgemacht, dass wir uns hier treffen. Sie hat dir nichts gesagt?"

„Nein. Ich habe durch Zufall Magnus gesehen." Sabrina lächelte Hanna an und sagte:

„Wir sind die Weihnachtsüberraschung." Sabrina ging zu Magnus, gab ihm einen Kuss auf die Wange und sagte: „Na, Überraschung geglückt, Hanna?".

„Ja sehr. Ich freue mich."

Anne hatte Sabrina entdeckt und stürmte auf sie zu „Bina, Bina." rief sie und warf sich Sabrina in die Arme. Sabrina ging in die Knie und umarmte sie „Meine kleine Maus. Du bist schon wieder gewachsen."

Magnus, hob Anne hoch und warf sie in die Luft „Na du Maus." sagte er und Anne lachte.

Lina und Karl kamen dazu. „Hanna" sagte Lina „ich hoffe wir haben dich nicht überrumpelt"

„Aber nein, Lina was für eine tolle Überraschung." sagte Hanna und gab ihrer Großmutter einen Kuss auf die Wange.

Nach einem schönen und fröhlichen Mittag und Nachmittag kamen sie alle um 15:30 Uhr zurück.

Magnus und Sabrina gingen mit Karl in seine Wohnung, da sie in seinem Gästezimmer wohnten.

Hanna zog Anne aus. Sie legte sie in ihr Bettchen, da sie sehr müde war und schlafen wollte.

Anne sagte: „Ferdinand auch müde." Hanna legte Ferdinand zu Anne ins Bett und deckte beide zu. Anne schlief sofort ein.

Hanna ging aus dem Zimmer Richtung Küche. Lina bereitete einen kleinen Snack zum Kaffee vor.

Hanna holte noch Stollen und Weihnachtsplätzchen dazu. Sie zündete alle 4 Kerzen vom Adventskranz an.

Hanna sah aus dem Fenster und sagte „Es schneit schon wieder."

„Dann wollen wir mal hoffen, dass der Schnee bis Hl. Abend liegen bleibt. Weiße Weihnacht ist so schön." sagte Lina und sah auch aus dem Fenster.

Lina ging vom Fenster weg und stellte ein Tablett mit verschiedenen Broten mit Wurst und Käse auf den Tisch. Sogar einen Nudelsalat hatte sie schnell gemacht. Hanna setzte sich.

„Schläft Anne?" fragte Lina.

„Ja, sie war sehr müde." Hanna goss sich eine Tasse Kaffee ein. „Wollen wir mit dem Essen warten, bis alle da sind?"

„So machen wir das." sagte Lina.

Es dauerte nicht lange und die Küchentür ging auf. Karl, Magnus und Sabrina kamen herein.

„Das sieht ja gut aus." sagte Sabrina setzte sich und nahm sich ein Brot „Ich habe so einen Hunger."

Alle begannen mit großem Appetit zu essen. Als sie fertig waren fragte Hanna.

„Wie lange bleibt ihr?" Sie sah Sabrina und Magnus an.

„Bis nach Silvester, dachten wir." Sabrina sah Magnus an, dieser nickte.

Wir müssen euch was sagen, Sabrina wurde etwas nervös.

Magnus merkte dieses und übernahm das Gespräch, „Seit dem 06.12. heißt Sabrina nicht mehr Bogmann sondern Bowinkel." Magnus sah gespannt in die Runde. Es begann ein langes Schweigen.

Hanna konnte es nicht glauben. Sie hatte geheiratet „Wie schön." fuhr es aus ihr heraus.

Sabrina sah sie an „Du bist nicht böse?"

„Aber nein, Sabrina. Das ist doch wunderschön. Ich freu mich für euch. Egal ob ich dabei war oder nicht," Hanna stand auf und nahm nacheinander Sabrina und Magnus in den Arm.

Auch Karl und Lina erhoben sich. Es wurde ein richtiges durcheinander.

Es wurde ein gemütlicher Abend für alle. Sehr spät gingen sie alle in ihr Bett.

Hanna ging leise in ihr Zimmer, Anne war nicht mehr aufgewacht. Sie schlief tief und fest. Es war auch für sie ein aufregender Tag gewesen. Sie streichelte Anne sanft über die Wange und legte sich dann selbst schlafen.

Gleich konnte Hanna nicht einschlafen, sie dachte an Sabrina und Magnus. Fragte sich ob es einen Grund gab, dass sie so schnell heirateten. Weiter konnte Hanna nicht mehr denken, denn sie schlief ein.

Es war Hl. Abend. Hanna stand schon früh in ihrem Laden. Denn gerade an Weihnachten war immer viel los. Gestern hatten sie so viel Kunden im Laden, dass Magnus und Sabrina ihr halfen. Sie liebte diese Tage in ihrem Laden. Trotz viel Arbeit war es schön und eine besondere Stimmung lag in der Luft.

Heute hatte Hanna, Glühwein mit und ohne Alkohol vorbereitet. Stollen und selbstgebackene Plätzchen standen auch bereit. Hanna, liebte es an Hl. Abend ihre Kunden mit Glühwein und Weihnachtsplätzchen zu überraschen.

„Schönen guten Morgen, Hanna." sagte Karl der gerade in den Laden kam „Soll ich mich später um den Glühwein kümmern?"

„Guten Morgen Karl. Das wäre prima! Dann könnte ich mich mehr um die Kunden kümmern." Hanna freut sich über Karls Angebot.

„Wie lange hast du heute geöffnet?"

„Bis 13 Uhr" sagte Hanna und sah auf ihre Uhr. Es war 7:30 Uhr. Heute würde sie ihren Laden schon um 8:30 Uhr öffnen.

„Na, da ist ja noch Zeit für eine gute Tasse Kaffee." sagte sie und ging mit Karl in die Küche. Sie goss beiden eine große Tasse ein, als Sabrina und Magnus in die Küche kamen.

„Sollen wir dir heute wieder helfen?" fragten sie gleichzeitig.

„Ja, sehr gerne. Karl hilft auch." sagte Hanna.

„Dann machen wir das so. Wir Frühstücken, dann sind wir für alle Schandtaten bereit. Wer kümmert sich eigentlich um Anne?" frage Magnus.

Hanna nahm einen Schluck von ihrem Kaffee und sagte
„Lina kümmert sich um sie. Sind beide gerade im Bad."
Hanna hatte noch nicht ausgesprochen, da kamen Lina
und Anne schon in die Küche.
„Mama." sagte Anne und rannte auf Hanna zu. Hanna
stellte ihre Tasse auf den Küchentisch und hob Anne
hoch. „Hast du gut geschlafen?" sagte Hanna zu Anne
und gab ihr einen Kuss auf die Wange.
„Essen." sagte Anne und umarmte ihre Mutter.
Hanna setzte Anne in ihren Hochstuhl und beschmierte
ihr ein Vollkornbrot mit Butter und Marmelade, sie
schnitt das Brot noch in kleine Stücke, damit Anne sie
gut essen konnte. Lina stellte Anne noch einen Kakao
dazu.
Sie frühstückten noch alle gemütlich. Als Karl plötzlich
sagte: „Wir sollten langsam in den Laden gehen, in 10
Minuten müssen wir aufmachen"
Hanna sah auf die Uhr und wunderte sich, dass es schon
so spät war und stand auf, Lina sollen wir dir schnell
noch helfen.
„Aber nein, dass schaffen ich und Anne schon. Geht in
den Laden."
Karl, Hanna, Sabrina und Magnus standen auf und
gingen in den Laden. Hanna sah schon Leute vor der
Tür stehen. Karl sah Hanna fragend an, ob er schon
aufmachen soll? Hanna nickte.
Karl sperrte die Tür auf und es kamen schon 7 Kunden
herein und sahen sich ausgiebig im Laden um.
Hanna und Sabrina fragten ob sie helfen konnten.
Magnus räumte noch Bücher ein und Karl kümmerte
sich darum, dass Glühwein, Stollen und
Weihnachtsplätzchen schön präsentiert wurden.

Die ersten Kunden hatten ihre Ware gefunden und bereits bezahlt. Gingen zu Karl und holten sich noch Stollen und Weihnachtplätzchen. Manche Kunden tranken sogar schon Glühwein.

Der Laden wurde immer voller und alle hatten eine Menge zu tun. Lina und Anne kamen immer wieder vorbei um Stollen und Weihnachtsplätzchen aufzufüllen. Anne war ganz stolz das sie mithelfen durfte.

Die Zeit verging wie im Fluge. Als Hanna auf die Uhr sah, war es schon 12 Uhr und ihr Laden war immer noch voll. Alle die mithalfen waren beschäftigt. Sabrina kam zu Hanna „Es macht wirklich Spaß hier zu arbeiten." Hanna lächelte sie an.

„Ja, nicht wahr. Aber langsam bekomme ich Hunger"

„Ich auch. Aber das Essen muss noch warten. Ich glaube da will jemand ein Buch eingepackt haben." Sabrina grinste Hanna an und schlenderte zu dem Kunden der mit einem Buch in der Hand winkte.

„Sie möchten es verpackt haben?" fragte Sabrina den Kunden.

„Ja, gerne. Ist für meine Mutter." sagte der Kunde und lächelte Sabrina an „Eine Frage. Darf man sich von den Weihnachtsplätzchen was nehmen?"

„Aber ja. Wie haben auch noch Glühwein und Stollen. Greifen sie ruhig zu." sagte Sabrina und lächelte den Kunden an.

Nachdem der Kunde das eingepackte Buch entgegen genommen hatte, ging er zu Karl, der beim Glühwein stand. „Ich hätte gerne einen Glühwein." sagte der Kunde vorsichtig.

„Mit oder ohne Alkohol?" fragte Karl freundlich.

„Na, es ist doch Weihnachten. Bitte mit Alkohol." der Kunde musste lachen.

Karl und der Kunde kamen ins Gespräch und mussten immer wieder laut lachen.

Hanna bemerkte dieses und freute sich über die ausgelassene Stimmung.

Sie kassierte weitere Bücher und bemerkte, dass der Laden langsam leerer wurde. Es war bereits 13:15 Uhr.

Magnus schloss den Laden ab und öffnete jedem Kunden, der noch im Laden war einzeln die Türe, damit er hinaus konnte.

Um 13:45 Uhr war der letzte Kunde gegangen. Alle, waren etwas erschöpft, aber glücklich. Karl kam mit einem Tablett und 4 Tassen Glühwein auf Hanna, Magnus und Sabrina zu.

„Den haben wir uns jetzt verdient." sagte er.

„Ja." sagte alle gleichzeitig und prosteten sich zu.

Sie räumten noch den Laden auf und gingen dann alle zusammen in die Küche. Es duftete herrlich nach Essen.

Lina hatte mit Anne ein einfaches Essen gekocht. Kartoffelsalat mit Würstchen und Kopfsalat dazu.

Hanna war erstaunt wie feierlich die Küche von Lina noch geschmückt wurde. Der Tisch erstrahlte mit Kerzen und Tannzweigen. An den Fenstern hatte Lina Lichterketten angebracht. Es war wunderschön.

„Jetzt kann Weihnachten beginnen." sagte Hanna

Sie setzten sich alle und ließen sich das Mittagessen schmecken.

„Ihr seid ja ausgehungert." sagte Lina erstaunt, als sie mitbekam, dass sich alle einen weiteren Teller füllten.

„Und wie." sagte Magnus und nahm sich einen großen
Löffel Kartoffelsalat „Liebe Lina, du hast ja genug
gekocht." Magnus lächelte Lina an.
Anne sah ihre Mutter an und fragte: „Mama,
Christkind?"
„Das kommt heute Abend erst. Es muss noch alle
Geschenke einpacken." Hanna sah ihre Tochter liebevoll
an. „Mhm" sagte Anne und war etwas enttäuscht. Anne
gähnte.
Sabrina sah dieses und sagte „Wenn du einen
Mittagsschlaf machst, ist die Zeit nicht mehr so lange."
Anne sah Sabrina an und sagte „Mama, Bett." Alle
lachten.
„Moment," sagte Lina „und der Nachtisch?"
Sie räumten gemeinsam den Tisch ab und deckten für
den Nachtisch, Obstsalat mit Vanillesoße.
„Boah, nun passt nichts mehr rein." sagte Magnus, als er
den Nachtisch gegessen hatte.
Anne schlief fast auf ihrem Stuhl ein. Hanna hob sich aus
dem Hochstuhl und trug sie in ihr Zimmer und legte sie
in ihr Kinderbett. Anne kuschelte sich an Ferdinand und
schlief ein.

Hanna ging zurück in die Küche. Sie wollte Lina mit
dem Abwasch helfen. Aber als sie in die Küche kam, war
diese aufgeräumt und keiner war zu sehen.
Sie hörte ein rumpeln und ein leises fluchen aus dem
Wohnzimmer. Hanna schloss die Küchentür und ging
schräg gegenüber in das Wohnzimmer. Sie sah Magnus
mit dem Weihnachtsbaum kämpfen. Wollte er ihn doch
gerade aufstellen und so sichern, dass er nicht umfallen

konnte. Denn Anne könnte daran ziehen. Karl versuchte ihm, so gut es ging, zu helfen.

Hanna blieb an der Tür stehen und musste lachen. Karl blickte hoch. „Helfe uns lieber" sagte er und hielt den Baum in der Position fest, die Magnus ihm gesagt hatte.

Kurze Zeit später stand der Weihnachtsbaum sicher und Magnus sagte stolz „Haben wir gut gemacht Karl."

Hanna stand immer noch an der Tür.

„Lass mich mal durch." hörte sie hinter sich. Hanna drehte sich um uns sah Lina mit einem großen Karton stehen. „Komm, ich helfe dir." sagte sie und nahm Lina den Karton ab.

Hinter ihr kam noch Sabrina mit der hölzernen Weihnachtskrippe von Karls Vater.

„Kommt, lasst uns den Baum schmücken. Bevor Anne aufwacht."

Sabrina stellte die Grippe unter den Weihnachtsbaum und stellte alle Figuren hinein.

Alle anderen schmückten den Weihnachtsbaum mit einer elektrischen Lichterkette, bunten Kugeln, Holzfigürchen und Strohsternen. Nach einer guten Stunde war der Baum fertig.

Sie traten alle einen Schritt zurück und bewunderten ihr Werk.

„Er ist sehr schön geworden." sagte Hanna

„Ja." sagten Lina, Karl, Magnus und Sabrina gleichzeitig.

„Lasst uns die Geschenke unter dem Baum legen. Dann können wir das Wohnzimmer verschließen.

Sie stellten alle ihre schön verpackten Geschenke unter den Baum. Lina verschloss das Wohnzimmer, ließ aber ein kleines Licht an. Damit, wenn Anne durch das Schlüsselloch sah, sie dachte das Christkind ist da.

Die ganze Aktion hatte fast 2 Stunden gedauert. Es war
bereits 17 Uhr. Hanna hatte Kaffee gemacht.
Sie saßen alle in der Küche und genossen eine heiße
Tasse Kaffee. Lina bereitete Schnittchen vor. Damit
nach der Bescherung noch etwas zum Essen da war.
„Anne schläft aber lange." sagte Sabrina.
„Na, da bin ich froh." Hanna lachte. Sie genoss die
heimelige Ruhe.
Lina war mit den Vorbereitungen fertig und setzte sich
mit an den Tisch. „Was wohl Anne zum Baum sagen
wird?" fragte sie in die Runde.
„Sie wird erst einmal staunen, denke ich." sagte Magnus.
„Bis sie die Geschenke entdeckt, ich denke dann gibt es
kein Halten mehr."
Alle fingen an zu lachen. „So wird es sein." sagte Hanna
und goss sich eine weitere Tasse Kaffee ein.
Als sie diesen getrunken hatte, sagte sie „So, ich ziehe
mich mal um. Will ja schön sein für das Christkind" sie
lachte und verließ die Küche.
„Das sollten wir alle tun. Treffpunkt in ca. einer halben
Stunde hier in der Küche" sagte Lina und verließ ebenso
die Küche.
Alle nickten und gingen auf ihre Zimmer. Es entstand
eine weihnachtliche Stimmung die so keiner mehr
kannte.
Als Hanna in ihr Zimmer kam, stand Anne schon in
ihrem Gitterbettchen „Mama, anziehen."
„Ja, mein Schatz. Komm, lass uns schön anziehen. Das
Christkind kommt bald."
Hanna hob Anne aus ihrem Bett und half ihr sich
anzuziehen. Ein rotes Wollkleidchen mit Sternen und

Rentieren darauf. Anne drehte sich vor dem Spiegel.
„Prinzessin." sagte sie.
Hanna beugte sich zu ihr und sagte „Was für eine süße
Prinzessin." Auch Hanna zog ein Kleid an. Ein blaues
Samtkleid mit langen Ärmeln. Hanna flocht ihre langen
Haare zu einem langen Zopf und schminkte sich dezent.
Anne wollte auch einen geflochtenen Zopf.
Annes Haare waren noch nicht so lang, aber einen
kleinen Zopf konnte Hanna ihr flechten.
„Wie Mama." sagte Anne und war stolz auf ihren kleinen
geflochtenen Haar Zopf.

Ein Glöckchen bimmelte. Anne wurde sehr aufgeregt.
„Christkind" sagte sie.
Hanna nahm sie auf ihrem Arm, damit sie vor lauter
Aufregung nicht stolperte und hinfiel.

Die Wohnzimmertür war noch geschlossen. Anne stellte
sich auf ihre Zehenspitzen und sah durch das
Schlüsselloch. Sie sah ein kleines Licht leuchten. „Da."
rief sie. Das Glöckchen bimmelte erneut. Anne sah durch
das Schlüsselloch, dass der Christbaum plötzlich
leuchtete.
„Da, da, da" rief sie und wollte in das Wohnzimmer.
Doch die Tür war noch verschlossen.
Das Glöckchen bimmelte erneut.
Plötzlich öffnete sich ganz langsam die Wohnzimmertür.
Anne war wie erstarrt, so fasziniert war sie. Sie stand an
der geöffneten Tür und sah hinein. Sie sah einen großen,
leuchtenden Christbaum. Sie sah auf dem Tisch viele
schöne Kerzen und eine Weihnachtskrippe.
Hanna schob Anne vorsichtig ein Stück weiter.

Anne, sah plötzlich die Geschenke unter dem Weihnachtsbaum und ihre Erstarrung löste sich. Sie sah Hanna mit fragenden Augen an und Hanna nickte.

Anne stürmte auf die Geschenke zu und fiel auf die Knie. Sie setzte Ferdinand vorsichtig neben sich auf den Boden und begann ihre Geschenke auszupacken.

Es kam eine kleine Puppe mit weichem Körper zum Vorschein. Bausteine, ein Weihnachtsbuch und verschiedene schöne Kleidungsstücke.

Ganz nah am Christbaum stand noch ein Paket. Es war in braunes Backpapier gehüllt, mit einer Adresse darauf. Anne, sah ihr Mutter an. „Mama, Paket. Meins?" Hanna ging zu Anne und zog das Paket hervor. „Ja, es steht dein Name darauf. Es ist von Papa" Hanna erkannte Lorenz Schrift sofort. Sie freute sich, dass er an Anne gedacht hatte.

„Papa." Anne freute sich und öffnete mit Hilfe von Hanna das Paket. Es war ein weicher Teddy darin auf einer Karten stand: „Mein kleiner Schatz, er soll dich immer beschützen."

Hanna hatte Tränen in den Augen und sah Lina an. Lina legte ihr die Hand auf die Schulter und sagte: „Wie schön. Oder?"

Hanna stand auf wischte sich eine Träne weg und sagte: „Ja."

Anne kam mit dem Teddy und Ferdinand und der Puppe auf dem Arm zur Sabrina.

„Alles meins." sagte sie und lächelte Sabrina an. Sabrina beugte sich zu Anne „Das sind aber schöne Sachen."

„Ja" Anne lächelte Sabrina an und setzte sich auf den Boden und begann mit allen drei Spielsachen zu spielen.

Karl kam zu Tür herein, mit einem großen Tablett mit vollen Tassen Glühwein „Na, wie wäre es mit einem Schluck?"

„Eine gute Idee." Sagte Magnus und nahm sich eine Tasse und verteilte die anderen Tassen.

Sabrina schüttelte den Kopf. Magnus lächelte und nickte. Stellte Sabrinas Tasse wieder auf das Tablett. Es wurden noch Geschenke für die Erwachsenen ausgetauscht. Karl setzte sich auf dem Boden zu Anne und spielte mit ihr.

Sabrina gab Hanna ein kleines flaches Paket. Als Hanna dieses auspackte, ging sie zu Magnus und hielt seine Hand. Sie war nervös. Sie flüsterte Magnus zu „Ob sie sich freut?"

„Klar." sagte Magnus und war selbst gespannt.

Hanna setzte sich an den Esstisch im Wohnzimmer und wunderte sich, warum Sabrina so nervös wurde. Sie packte das Geschenk aus. Es enthielt nur verschiedene Zettel. Hanna drehte sie um und konnte es nicht fassen. Es waren Ultraschallbilder und Sabrinas Name stand darauf.

„Sabrina!" sagte sie stand auf und fiel ihr um den Hals „Glückwunsch, du bist schwanger? Wie schön. Magnus auch an dich Glückwunsch. Wie weit bist du?" Hanna freute sich sehr.

„Im 4. Monat. Also, noch am Anfang" sagte Sabrina und war froh, dass Hanna nicht böse war.

Lina hatte es auch gehört und sagte zu Karl „Wieder was Kleines, Karl. Ist das nicht schön?"

„Ja." sagte er und stand vom Boden auf.

Es war bereits einige Zeit vergangen. Anne erhob sich auch vom Boden ging zu Karl und zupfte an seiner Jacke und sagte „Hunger."

Karl sah sie an und sagte „Ich auch." Lina hörte dieses und ging mit Sabrina und Hanna in die Küche um die vorbereiteten Platten und Salate zu holen.

Sie stellten alles auf den Esstisch im Wohnzimmer, damit sich alle bedienen konnten.

Magnus sagte „Was für ein schönes Weihnachtsfest."

Sie sahen ihn an und alle nickten, selbst Anne. Wie immer mussten alle lachen. Sie waren alle mit sich zufrieden und im Moment einfach glücklich. Keiner wollte diese Stimmung zerstören.

Der Winter war fast vorüber. Hanna stand in ihrer Küche und dachte zurück an Weihnachten und Silvester. Es war eine wunderschöne harmonische Zeit. Sie hatten gekocht, sind spazieren gegangen und es wurde viel geredet.

Hanna dachte zurück, als es am 31.12. so sehr geschneit hatte. Sie sind alle Schlitten gefahren. Fast, den ganzen Tag lang. Es war so eine wunderschöne Zeit, dass alle melancholisch wurden als sie abreisen mussten.

Sabrina, Magnus und Lina fuhren am 5.01. wieder zurück in die Lüneburger Heide. Magnus und Sabrina mussten wieder arbeiten und Lina wollte zurück an ihren Hof.

Karl und Hanna mit Anne blieben in Nürnberg.

Sie öffneten den Buchladen wieder. Der Alltag hatte wieder begonnen. Doch die Stimmung, in der Zeit, blieb sehr lange erhalten.

Es war Samstag, Hanna hatte ihren Laden geschlossen. Karl kam auf sie zu.

„Hanna, was hältst du davon, wenn wir etwas in die Stadt gehen. Die Läden haben ja bis 20 Uhr geöffnet. Es ist so schön draußen. Die Sonne kommt durch. Wir könnten einfach einen Kaffee trinken."

„Eine schöne Idee, Karl. Holst du Anne?" Anne trat hinter Karl hervor und sagte „Fertig"

„Na ihr seit mir zwei Schlingel. Das habt ihr schon vorher ausgemacht." sagte Hanna grinsend.

„Ja klar" sagten Karl und Anne gleichzeitig.

Sie fuhren mit dem Auto in ein Parkhaus. Stiegen aus und gingen in der Breite Gasse bummeln. Sie kauften sehr wenig. Freuten sich über die Sonne und die schon leicht warme Luft.

Sie kamen an einem Bäcker vorbei mit Tischen vor der Bäckerei. Sie setzten sich und bestellten Kaffee und Kuchen und für Anne einen Kakao.

„Jetzt wird es endlich Frühling." sagte Karl zu Hanna.

„Ja, es ist so schön heute. Heute Morgen musste ich an das schöne Weihnachten und Silvester denken. War es für dich auch so schön, Karl?"

„Es war wunderbar. Schon lange nicht mehr so schöne Feiertage ohne Streit verbracht. Einfach wunderschön. Hanna, hast du etwas von Lorenz gehört?" fragte Karl plötzlich.

„Ja, wir haben am 1. Januar miteinander telefoniert."

„Und?" fragte Karl.

„Nichts und. Wir redeten fast nur über Anne. Habe ihm erzählt wie sehr sie sich über sein Geschenk gefreut hatte. Er wollte sich wieder melden. Habe bereits des Öfteren angerufen. Leider habe ich ihn nicht erreicht." Hanna wirkte resignierend, dachte Karl.

„Es ist schon seltsam." sagte Karl und lächelte.

„Karl, könntest du dich um Anne kümmern. Ich würde gerne etwas alleine sein." Hanna sah Karl an.

„Natürlich. Wir gehen noch etwas auf den Spielplatz und dann wieder nach Hause. Lass dir Zeit."

„Danke." Hanna stand auf und gab Anne einen Kuss auf dich Wange und verabschiedete sich von beiden.

Hanna ging ohne nachzudenken Richtung Hauptmarkt. Sie sah schon von weitem die ganzen Obst- und Gemüsestände. Hanna, kaufte für das Wochenende ein. Sie ging zum Rathaus stellte ihre Tüten auf den Boden und lehnte sich an die Wand. Hanna schloss die Augen, es war der 10. April. Wieder der 10. April wie vor einigen Jahren. Sie genoss die Sonne in ihrem Gesicht, sie war schon richtig warm.

„Vorsicht, auch in der Frühlingssonne kann man einen Sonnenbrand bekommen." hörte sie eine bekannte Stimme sagen. Hanna dachte sie träumt.

Hanna öffnete die Augen und blinzelte, denn die Sonne blendete sie. Sie wusste wer vor ihr stand.

Sie sagte „Bitte?" sie tat so, als würde sie ihn nicht kennen.

„Ich wollte dich nur vor einem Sonnenbrand bewahren." sagte die bekannte Stimme.

Hanna stieß sich von der Wand ab und lächelte „Das wolltest du vor Jahren auch schon einmal, Lorenz."

„Ja und da habe ich es vermasselt." sagte er.

Hanna sah Lorenz genau an. Er war immer noch ein sehr attraktiver Mann, seine hellbraunen widerspenstigen Haare waren mit grauen Strähnen durchzogen. Um seine schönen blauen Augen, bildeten sich ein paar Fältchen.

Hanna nahm Lorenz Hand und sagte „Was machst du hier. Woher weißt du das ich hier bin?"

„Mhm, nun Karl hat mir geholfen. Hanna, ich bin schon seit 3 Wochen in Nürnberg. Ich habe hier eine Praxis aufgemacht. Ich wollte erst alles fix machen, bevor ich mich melde." Lorenz atmete tief ein „Deswegen hast du mich auch nicht erreicht."

Hanna war überrascht aber nicht verärgert. Sie freute sich, dass Lorenz wohl Nägel mit Köpfen machen wollte.

„Du hättest es mir sagen können"

„Hanna, ich wollte einfach mit allem fertig sein. Dir zeigen, dass ich es ernst meine. Ich habe Magnus meinen Anteil der Praxis in Lübeck verkauft und mir eine Praxis hier in Nürnberg gekauft. Ich habe vor 3 Monaten eine Anzeige in der Zeitung gelesen. Ich hatte das Gefühl, als wenn es ein Fingerzeig war. Außerdem wollte ich, dass du siehst, dass ich nicht mehr weglaufe. Hanna, ich habe mir die letzten Monate viele Gedanken gemacht und bin zum Schluss gekommen, dass ich nur zu euch möchte. Zu dir und Anne."

„Konntest du alles Regeln? Alle Probleme in deinem Leben?" fragte Hanna

Lorenz sah Hanna an und drückte ihre Hand sanft.

„Nein nicht alle. Es benötigt wohl noch etwas Zeit."

„Was ist mit Konstanze?" fragte Hanna.

„Das weiß ich nicht. Ich habe sie seit dem Sommer nicht mehr gesehen. Meine Mutter erzählte mir, dass sie wohl in eine Klinik gehen wollte. Aber, ob sie gegangen ist. Ich weiß es nicht.

Ich hoffe, dass ich sie nicht mehr sehen muss." Lorenz seufzte.

„Nun da müssen wir wohl noch abwarten mit Konstanze."

„Wir?" Lorenz dachte sich verhört zu haben.

„Wenn du so einen großen Schritt wagst, Lorenz. Dann sollten wir den Versuch starten, schon wegen Anne."

„Ja, das sollten wir." sagte Lorenz.

Er sah Hanna an, ihre braunen wachen Augen sahen ihn fragend an. Sie war immer noch sehr hübsch, mit ihren langen lockigen Haaren.

Lorenz beugte sich zu Hanna, strich ihr sanft über die Wange und gab ihr einen Kuss. Sie umarmten sich lange bis sie eine kleine, dünne Stimme hörten die rief: „Papa!"

Hanna und Lorenz lösten sich voneinander drehten sich zur Stimme und sahen Anne auf sie zulaufen.

Sie gingen auf Anne zu, Hand in Hand. Lorenz hob Anne hoch. „Hallo mein kleiner Schatz." sagte er zu Anne und gab ihr einen Kuss auf die Wange.

Anne umarmte Lorenz Hals und sagte „Mein Papa."

Hanna sah Anne und Lorenz an und war sehr glücklich.

Karl kam dazu und sagte mit einem Lächeln „Vermasselt es nicht wieder."

Lorenz und Hanna sahen Karl an und sagten „Wir versuchen es."

Karl verdrehte die Augen und musste lächeln.

Wortlos gingen sie gemeinsam über den Hauptmarkt Richtung Spielplatz.

Zum guten Schluss

In Erinnerung an
den unglaublichsten
und
liebsten
roten Kater
Whisky!